Manuel Negro

Io non uccido

LE MERAVIGLIE

Adesso devi eseguire i miei ordini.
Se non seguirai le mie istruzioni o chiamerai la polizia, lei morirà.

Il Cacciatore di vegani

Adesso devi eseguire i miei ordini.
Se non seguirai le mie istruzioni o chiamerai la polizia, lei morirà.

Il Cacciatore di vegani

1

#l'attesa

Nell'attesa ho paura, allora mi rifugio nei ricordi.

All'inizio volevo fare il modello, ma al provino mi dissero che ero troppo basso: «Ci dispiace, ti mancano almeno dieci centimetri».

Allora ho pensato di fare l'attore porno, ma anche lì: «Ci dispiace, ti mancano almeno dieci centimetri».

In sintesi, la mia vita è questo: una continua rincorsa per colmare quei dieci centimetri che mi separano dalla felicità.

Forse avrei dovuto studiare Medicina come sognava nonna Delia, anche se il mio sarcasmo sarebbe stato fatale.

«Dottore, con il mio stato di salute cosa mi consiglia?».

«Lourdes».

Ho tentato con le interviste radiofoniche per strada, ma ho smesso perché i passanti mi rispondevano cose assurde.

«Buongiorno, lei è a favore della fecondazione assistita?».

«No, quando fecondo io, non assiste nessuno».

Poi ho fatto il corriere, ma sono stato licenziato viaggiando con il mio capo. Lui alla guida del furgone ha suonato il clacson, e io gli ho subito urlato: «Bravo, suonagli ancora a 'sti due imbecilli!».

«Scusa, io veramente salutavo i miei».

Beato lui, che almeno li aveva, i genitori. Io li ho persi all'improvviso senza un motivo. Una mattina sono spariti nel nulla, lasciandomi solo con i nonni.

Alla fine, per scappare da quella realtà insopportabile, sono andato a lavorare nei villaggi turistici, rischiando la vita con i vacanzieri che mi bussavano alla porta.

«Animatore, di' a quella sporcacciona che hai nel letto di urlare di meno».

«No, diglielo tu che sei il marito».

Ma proprio d'estate, in un villaggio, ho scoperto quello che mi ha condotto al brivido di questa attesa che all'inizio fa sempre paura.

Sbircio oltre la tenda che mi copre e vedo una trentina di persone, tra cui Rascel e Buenafuente. In un angolo avvisto un tamarro tatuato, con un paio di baffi a manubrio che nemmeno Vittorio Emanuele II.

Nell'oscurità, noto anche uno strano uomo elegante in abito scuro, inusuale per la fauna di questo posto.

Respiro a lungo cercando la giusta concentrazione per entrare in scena, mentre il fumo inizia a riempire la sala.

Il vociare in sottofondo si affievolisce e m'incammino verso l'ingresso dalla quale all'improvviso apparirò, accompagnato da un ridicolo jingle.

Ecco la voce del presentatore più mediocre della storia: «Signore e signori, ecco a voi Eddy».

Eddy sono io.

E anche stasera, proverò a colmare quei dieci centimetri che mi separano dalla felicità.

2

#tictac

Apro gli occhi uno per volta, svegliato dal ticchettio.

Sembra che in casa ci sia una bomba, in realtà è la sveglia di mia nonna Delia. Una di quelle vecchie sveglie che si caricano a molla ed emettono un *tic tac* insostenibile.

Un suono metallico che riecheggia come un martello nel silenzio totale di casa mia, immersa nella calma della collina torinese.

Sarebbe davvero meglio una bomba, almeno poi esplode e la smette di tormentarmi con il suo *tic*, *tac*, *tic*, *tac*, *tic*, *tac*.

Devo regalare a mia nonna una nuova sveglia digitale, anche se lei rifiuta la tecnologia perché dice che si trova male.

Addirittura, usa ancora la scopa, perché anche il rappresentante di aspirapolveri con lei si è arreso.

Un pomeriggio, mostrandole la foto di un acaro ingrandita al microscopio per convincerla ad acquistare, le ha detto: «Signora, quest'animale è un acaro. E quest'animale è anche nel suo letto».

«Ma cosa dici che non l'ho mai visto».

Insomma, mia nonna si può definire con tre concetti principali: tecnologia zero, viva padre Pio, mangia che sei sciupato.

Ma la parola che meglio la descrive è una sola: amore.

Lei è l'unica persona che ho al mondo e che si è occupata di me da quando i miei genitori sono spariti nel nulla.

Mi ha cresciuto e soprattutto nutrito fino al giorno in cui sono diventato vegano, poi sono iniziati i guai seri.

Ormai a tavola con lei è una battaglia continua, senza esclusione di colpi.

«Nonna, non mangio il brodo, perché dentro c'è il dado di carne».

«Sì, ma tanto si è sciolto».

Da quando ho fatto la scelta etica di non mangiare più carne né pesce, né derivati animali come latte, latticini, uova e miele, la sua domanda è sempre la stessa: «Te le sei fatte le analisi?».

E purtroppo non è l'unica a chiederlo, infatti appena qualcuno scopre che sono vegano, subito si preoccupa per la mia salute e chiede: «Te le sei fatte le analisi?».

Adesso mia nonna in casa non c'è, perché come ogni giorno ha già raggiunto il centro anziani dove passa il pomeriggio con le amiche. In compenso c'è la sua sveglia con il ticchettio che, come un monito, mi ricorda: la nonna non c'è, ma non te ne approfittare.

Appena sveglio mi stropiccio gli occhi e mi districo dal cavo degli auricolari collegati al cellulare. Chiudo YouTube su cui avevo iniziato a guardare uno speciale su Massimo Troisi, addormentandomi ai titoli di testa.

Mi immergo all'istante nei social, senza neanche alzarmi dal letto. Sono le due in punto e non ho ancora comunicato a nessuno che la serata di ieri è stata bellissima, che mi sono tanto divertito, che li aspetto alla prossima e il solito blablabla che tutti ci inventiamo per avere più Mi piace.

Nonostante la paura durante l'attesa e la voglia di farla finita con questo lavoro, alla fine la serata è andata bene.

L'ansia prima di iniziare lo spettacolo è sempre presente ma in fondo è una sana tensione che mi aiuta a concentrarmi.

La voglia di smettere invece sta iniziando a diventare un problema, perché la frustrazione di esibirmi in locali infimi comincia addirittura a trasparire quando sono in scena.

Per fortuna da dietro uno schermo si può mentire meglio, quindi inizio a condividere sui social.

Anche perché oggi se un evento non lo mostri su Facebook, su Instagram, su Twitter, sembra che non sia mai successo.

La nostra vita è scandita dalle foto e dai post. Viviamo perennemente con il dito che scorre sullo schermo del cellulare. E purtroppo lo usiamo spesso anche alla guida, mettendo a repentaglio la nostra vita e quella degli altri. Se il pollice opponibile ci ha fatti evolvere, l'indice scorrevole ci farà estinguere.

Per prima cosa apro Twitter ed emetto un cinguettio.

@ilcomicovegano

Il numeroso pubblico si è molto divertito allo show di ieri. Hanno riso tutti e tre.

#ilcomicovegano #autoironia #vegan #veganshow

Facebook mi chiede: A cosa stai pensando?

Penso che nella vita non bisogna mai mollare. Soprattutto in ascensore.

Meglio fare una battuta perché, se dicessi davvero quello che penso, mi chiuderebbero la pagina per oltraggio.

Su Instagram infine posto una foto di me al lavandino del bagno e scrivo: *Il mattino dopo lo spettacolo, un vegano appena sveglio si sente un vegetale.*

#ilcomicovegano #autoironia #vegan #facciadacuscino

Mi guardo allo specchio e quasi non mi riconosco: ho bisogno di un restauro. Guardo uno dei tanti santini di padre Pio sparsi per casa da mia nonna, ma anche lui pare alzare le mani in segno di resa. Faccio una doccia, mi sbarbo, mi pettino, metto la crema antirughe, mi asciugo i capelli, metto la lacca. Insomma, divento Wanda Osiris.

Dopo la ristrutturazione, passo al guardaroba. Jeans, una maglietta, giacca scura, scarpe nere e sono pronto per uscire.

Ultima specchiata davanti alla porta e vedo un comico di

quarantacinque anni, capelli neri, faccia assonnata, abbigliato con stile.

Strizzo l'occhio a padre Pio e con un sorriso sono fuori.

All'appuntamento importantissimo di oggi dovrò fare del mio meglio, quindi devo restare sereno. Abbandono in casa la frustrazione, il fastidioso *tic tac* della sveglia e scendo le scale sorridendo proprio come Wanda Osiris.

3

#incontri

Scendo le scale controllando di aver preso tutto e perquisendomi raggiungo l'androne.

Nel palazzo in cui vivo con mia nonna c'è la classica portineria che confina con l'appartamento del portiere.

Quest'ultimo è un uomo dall'età indefinita, il classico che non capisci se di anni ne ha pochi e li porta male o ne ha tanti e li dimostra tutti.

Basso e con capelli radi che cadendo gli creano sulla giacca un cimitero di peli bianchi.

Appena mi sente scendere, si affaccia e mi fa una battuta con il suo accento siculo. Peccato che *ilFenomeno*, come lo chiamo io, è il classico tipo convinto di essere simpatico, ma le battute gli riescono malissimo.

«Buongiorno, Eddy, come andiamo? Vedi che alla prossima riunione di contominio, chiederò di eliminare il giardiniere.

Tando basta che fai una festa vecana e minchia vi mangiate tutto il prato».

Faccio un sorriso di cortesia, poi azzero il portiere: «Ciao, caro. Belli i capelli sulle spalle, ma forse starebbero meglio attaccati alla testa. Ora ti saluto e, mi raccomando, fai una preghiera ai caduti».

IlFenomeno ride a crepapelle come sempre, perché ci gode

a farsi sfottere. Gli faccio un cenno di saluto con la mano ed esco dal portone, senza dargli modo di replicare.

La giornata è bella, un clima ottimo per quello che devo fare oggi. Affretto il passo e in pochi minuti sono davanti all'edicola, dove c'è il mio giornalaio di fiducia.

Ci conosciamo da molti anni, anche se il nostro rapporto è confinato al suo chiosco.

Eccolo lì con il suo metro e ottantacinque, i capelli neri con la riga di lato e la faccia tondeggiante. Praticamente il sosia di Philippe Noiret in *Amici Miei*, ma con l'accento piemontese.

«Buongiorno, Perozzi», dico.

Lui alza le mani per dirmi di aspettare, poi inizia a parlare con un'espressione da "*Tiaggiustoioneh*".

«*Fui sbattuto fuori il primo anno perché copiavo agli scritti di Metafisica: sapete, stavo sbirciando nell'anima del mio compagno di banco*».

«Woody Allen», dico sicuro.

Sbuffando e dandogli una pacca affettuosa sulla spalla, gli faccio capire che conoscevo benissimo la battuta.

È un gioco che facciamo quando ci vediamo, perché Perozzi vuole mettere alla prova la mia conoscenza comica.

Lui mi dice una battuta e io devo indovinare l'autore, l'opera, il film, insomma la fonte della citazione.

«Perozzi, mi dispiace di aver indovinato subito, ma tu citi uno tra i comici più famosi in assoluto. Troppo facile, anche se una battuta di Allen detta con il tuo accento piemontese sembra più Macario. Impegnati, altrimenti la colazione la pagherai sempre tu!».

«Lo so neh, ma in questi anni te li ho detti tutti bòja fàuss. Va bin, anche oggi colazione pagata».

«Grazie mille, intanto prendo un giornale così leggo mentre metto qualcosa sotto i denti».

«Va bin, ma prima ti regalo una chicca. Così, se inventi battute buone, poi dividiamo gli incassi neh».

Perozzi si diverte a suggerirmi le notizie più curiose che gli capitano.

«Eddy, oggi ne ho letta una interessante bòja fàuss. Scienza: una ricerca dimostra che nella vita trecento ore son dedicate al sesso».

«Sì, per me almeno duecento da solo».

Ridiamo insieme, poi pago, metto i giornali sottobraccio e saluto Perozzi che mi fa l'occhiolino.

Cento metri di camminata e sono arrivato al bar dove solitamente prendo il caffè.

Entro e cerco un posto dove sedermi per fare colazione tranquillo. Certo, sembra strano fare colazione alle quattordici e trenta, ma per me è l'alba.

Quando di notte rientro a casa, do un bacio a mia nonna che dorme, saluto la sua sveglia e poi mi metto subito al computer. Scrivo battute, oppure guardo un film e senza accorgermene sono le cinque. Allora mi obbligo ad andare a letto, dove guardo sul telefono qualcosa che mi culli per farmi addormentare.

Così, nel migliore dei casi, mi ritrovo al bar a fare colazione in orari da pausa pranzo e vengo sempre qui perché non c'è la classica bolgia dei bar torinesi tra mezzogiorno e le due.

Entrando vedo una bella ragazza minuta, con i capelli mossi e variopinti di blu e nero che prende il caffè al banco. Sorseggia dalla tazzina con lo sguardo vispo, trasudando un fascino involontario che la rende irresistibile.

Più avanti un paio di tipi strambi giocano alle macchinette e una signora elegante prende l'acqua per il suo cagnolino.

Il bar è di Maurizio, «Per gli amici Maurì», dice sempre lui. Maurì con l'accento sulla I perché è romano emigrato a Torino per amore. Bello tracagnotto, con la sua pelata lucida, fa capolino da dietro al bancone.

«Ciao, Maurì, oggi voglio esagerare. Mi faresti per favore una spremuta d'arancia e un cappuccino con latte di soia? Così fa acido e ti intaso il bagno».

«Ciao bello, io to faccio, ma non puoi più di' latte de soia. Dice che hanno vietato a parola "latte" pe e bevande veggetali. perché dice che confonde er conzumatore».

«Giustissimo, Maurì. Anche io ieri ho comprato dei frutti di mare, pensando fossero frutti di bosco che nascono sott'acqua».

Maurì si fa una bella risata a bocca aperta, allora continuo: «Adesso però mi aspetto anche che si attivino a modificare tutto quello che confonde il consumatore. Voglio il divieto sulla produzione di pasta fresca, perché istiga all'omicidio religioso fare gli strozzapreti. E, caro Maurì, tu rischi l'arresto per sfruttamento, se ti azzardi a servire gli spaghetti alla puttanesca. Ma soprattutto pensa che delusione quando ti aspetti una donna prosperosa della Campania, ma poi scopri che "'a zizzona" di Battipaglia è solo una mozzarella».

Mentre Maurì se la ride, il mio sproloquio ha attirato l'attenzione della ragazza minuta al banco che sta pagando il suo caffè e si accinge a uscire. Mi guarda curiosa, allora le sorrido e lei azzarda: «Scusi, ma lei è vegano?».

«Signorina, la ringrazio per l'educazione di usare il "lei", ma oggi stesso manderò un reclamo all'azienda che fa la mia crema antirughe».

Ora sorride lei, dicendo: «Scusi, ma io do del "lei" per deformazione professionale».

«Sì, ma dammi del "tu", perché al prossimo "lei" mi viene l'osteoporosi».

Alza lo sguardo al cielo sorridendo, poi prende confidenza: «Va bene. Ma quindi tu sei vegano?».

«Sì».

«E allora cosa mangi?».

«Io mangio quelli che me lo chiedono».

Scoppia in una risata divertita e io la osservo, mentre Maurì armeggia dietro al bancone girato di spalle.

«Va bene, vegano, adesso ti lascio al tuo spuntino e vado perché si è fatto tardi».

Poi ridendo maliziosa aggiunge: «Anche se essere mangiata sembra interessante».

In quel momento le squilla il cellulare, lo prende e mi saluta con la mano mentre si dirige verso l'uscita.

Ho solo il tempo di dire: «Ma vai via così, senza nemmeno presentarci?».

Seguo con lo sguardo i suoi capelli neri e blu che si allontanano, mentre lei uscendo parla al telefono.

Chissà dove se ne andava così di fretta, chissà chi era al telefono, ma soprattutto chissà se la colazione è pronta, perché ho fame.

Mi siedo al tavolino accanto al bancone, sfogliando il giornale fino alla pagina della cronaca di Torino.

In risalto c'è l'articolo sulla posa della prima pietra del bioparco, che avverrà tra qualche ora. Sotto è appena citata la manifestazione no-zoo, liquidata in poche righe. Anche i giornali, penso, non sono affatto imparziali e spesso scrivono ciò che fa comodo al potente di turno. In questo caso, il signor Walter Vanni, titolare della società che ha vinto il bando per costruire il nuovo zoo di Torino.

È assurdo che qualcuno ancora si diverta a vedere un leone africano in gabbia, prigioniero della nebbia torinese. Sarebbe come se dei felini si divertissero visitando San Vittore, con la differenza che i carcerati spesso sono colpevoli, mentre i leoni sono sempre innocenti.

Intanto Maurì si avvicina con il vassoio, portandomi la spremuta e il cappuccino a cui ha aggiunto un croissant.

«Eddy, eccote 'a spremuta e questo è er cappuccino. E te regalo pure 'sto cornetto vegano che t'ho messo da parte».

«Grazie, Maurì».

«Tranquillo, te vedo smagrito, magna. E salutame nonna che prima è passata a prende' er caffè».

«Caffè immancabile, altrimenti non può chiacchierare a tutta forza con le amiche al centro anziani».

«Eh sì, anche perché le servono energie pure pe' ditte: Te le sei fatte le analisi?».

Maurì si allontana sorridendo e io consumo la colazione leggendo il giornale. Mentre mangio inizio a sentire l'ansia, perché immagino che a Torino mi aspettino davvero in tanti.

4

#supernonne

Prima di avviarmi verso il cuore di Torino, passo a fare un saluto a mia nonna al centro anziani.

L'edificio è una bella struttura con tanto di bar e teatro, dove anch'io mi sono esibito qualche volta.

Arrivando trovo il solito gruppetto di pensionati che gioca a briscola, sorseggiando qualche bicchiere. Ogni tanto uno di loro si distrae, attratto dai rumori del cantiere nella via.

Il suono del martello pneumatico, una betoniera che gira o una ruspa che scava, sono per l'anziano medio come le sirene per Ulisse. Infatti, in Italia, i cantieri sono sempre un'odissea.

«Buongiorno a tutti».

Saluto i quattro giocatori al tavolo che mi rispondono appena, immersi nella partita. Solo quello più interessato ai lavori stradali mi guarda sorridente, forse sperando che io sia il capocantiere che è venuto a chiedere la sua consulenza.

Al mio saluto risponde anche il gestore del centro anziani, un uomo molto serio e accigliato. Avrà sessant'anni, portati con fatica su una faccia stanca che non ho mai visto sorridere.

«Buongiorno a lei», mi dice con la sua voce rauca e antipatica. Poi riprende a fare le sue cose misteriose, sparendo nel retro.

Se esistesse il campionato dell'uomo più antipatico del mondo, lui sarebbe squalificato per doping.

Vado deciso alla porta che conduce al giardino esterno, dove trovo schierati quasi cinquecento anni, divisi in cinque signore eleganti che amo prendere in giro.

C'è la bionda signora Piera, una donna molto curata e truccata tipo Moira Orfei, poi Caterina con i ricci neri di tinta appena fatta, Ada con il suo bastone di legno lucido, Tina la signora in sedia a rotelle e infine mia nonna Delia.

«Vedo che c'è stata un'evasione di massa dal Museo Egizio», esordisco con le signore che ridono e mi salutano con un coro di "ciao", "buongiorno" e qualche colpo di tosse.

«Ciao, giovanotto, ma non siamo così mummie», risponde allegra Piera "Orfei".

«Lo so, signora, scherzo, lei poi è bellissima: potrebbe far innamorare un archeologo», dico.

Lei ride, mia nonna invece mi guarda con affettuoso rimprovero e mi ammonisce: «Smettila, Eduardo, e fai l'educato come ti ho insegnato».

Solo mia nonna mi chiama con il mio nome completo e non Eddy come fanno tutti. Penso che in fondo le piaccia dire quel nome, perché era anche quello di suo marito.

Mi avvicino e le do un bacio sulla guancia, quindi lei chiede: «Hai mangiato?».

«Nonna, ma non è che se manchi di casa cinque minuti deperisco. Ho mangiato qualcosa da Maurì, che ti saluta».

«Chissà che avrai mangiato, a nonna, le tue solite cose vegane».

La signora Ada, accarezzando il suo bastone lucido sentenzia: «Non fa molto bene alla salute essere vegano. Te le sei fatte le analisi?».

«Tranquilla, signora, le analisi sono perfette. Comunque, ho già deciso: se muoio mi farò potare», dico ironico e la signora alzando gli occhi al cielo continua: «Ma mica muori, tu sei giovane. Siamo noi che dobbiamo stare attente con tutti gli acciacchi che abbiamo».

Le signore la guardano sconsolate pensando ai loro malanni, ma Piera "Orfei" afferma decisa: «Ma quali acciacchi, appena mettono il ballo a palchetto andiamo a ballare e ci troviamo pure il fidanzato».

Tina, la signora in sedia a rotelle, se ne esce con una battuta fulminante: «E se il fidanzato si comporta male io gli passo sopra, così impara».

Rido di gusto, mentre do una carezza a mia nonna sulla mano e le dico: «Nonna, alla vostra età non vi bastano il colesterolo e il diabete, adesso volete anche i problemi di cuore?».

La signora Tina in sedia a rotelle diventa seria affermando: «Purtroppo i problemi di cuore li avevo davvero, però li ho risolti con una bella valvola mitralica».

La signora Caterina con i ricci neri di tinta appena fatta interviene come se fosse una delle protagoniste di *Sex and the City* del geriatrico. «Ma i problemi di cuore con gli uomini sono peggio. Con mio marito altro che mitralica, serve il mitra».

Le signore ridono in modo complice, mentre mia nonna quando si parla di uomini ha sempre uno sguardo malinconico.

Immagino sia perché ripensa a mio nonno, l'uomo con cui ha condiviso tutta la vita. Mio nonno era un uomo simpatico e creativo, infatti credo che la mia vena comica arrivi da lui. Gli volevo molto bene e ricordo il giorno in cui se n'è andato: c'era un sole favoloso. Sarà per questo che amo la notte con la pioggia che accompagna il buio come un'orchestrina jazz.

Guardo in alto il cielo limpido e penso che la luce sia ottima per fare un bel video da condividere sui social.

Quindi fisso le signore con lo sguardo da monello, poi tento la proposta: «Signore, ho pensato di fare un breve video divertente insieme a voi. Se volete lo facciamo e poi lo condivido su Facebook e YouTube».

Subito mia nonna mi rimprovera spazientita: «Ma sempre con queste cose, questi video, queste battute».

Caterina mi guarda sospettosa da sotto i riccioli neri e spalleggia sarcastica mia nonna: «Tu fai il video e lo metti su quel coso lì, come si chiama. E noi cosa ci guadagniamo?».

La guardo come se fossimo a una riunione sindacale, quindi aggiungo: «Giusto, signora. Io faccio il video insieme a voi e poi vi farò un bel regalo. Potete scegliere: un viaggio a Fátima per chiedere il miracolo, una serie di cateteri ultramoderni oppure una fornitura annuale di semolino».

Ridono tutte, quindi spiego come intendo ricompensare la prestazione artistica: «In realtà vi posso pagare con il mio libro autografato. Ovviamente ve lo regalo, poi voi potete rivenderlo e arrotondare la pensione. Ma va benissimo anche nella stufa, oppure come sottopentola, è un oggetto multiuso».

Le signore, contente, mi danno l'assensò a girare il video in cambio del dono editoriale.

L'idea è semplice: loro battono il tempo con le mani e io faccio un pezzetto della mia canzone rap sui vegani. Poi condivido tutto sui social e vediamo che succede.

Magari ho fortuna, il video diventa virale e io famosissimo grazie a un gruppo di supernonne. Ormai le provo tutte per raggiungere la popolarità, perché sono davvero stufo di essere il comico più sconosciuto d'Italia.

Estraggo il telefono dalla tasca e lo preparo per iniziare a girare l'ennesimo video demenziale che intaserà il web. Provo una serie di inquadrature, allontanandomi e avvicinandomi al gruppo.

Mi inginocchio, mi alzo, poi mi inclino, stringo l'inquadratura, la allargo, insomma mi trasformo in Federico Fellini.

Dopo aver trovato la posizione giusta, spiego alle nonnine cosa faremo. Mi preparo e finalmente avvio la registrazione.

«Ciao, amici, siamo in compagnia del mio nuovo gruppo di ballerine del Museo Egizio. Solo per voi l'eccezionale rap: *Io sono vegano*».

Inizio a dare il la schioccando le dita con la sinistra e le nonne partono con le mani fuori tempo, allora attacco a snocciolare rime. Sembro un incrocio tra Notorious-B.I.G. e Tupac. Da morti.

Io sono vegano e ti do una mano
a capire meglio questo mondo strano.
Quando sei vegano, serve del coraggio
perché devi farti i panini per il viaggio.
Sono in Autogrill e mi guardo intorno
per me non hanno niente neanche a mezzogiorno.
Se non vuoi mangiare panini con il maiale,
ti restano soltanto le piante al davanzale.
Io sono vegano, sì, sì.
Io sono vegano, oh, oh.
Io sono vegano, sì, sì.
Io sono vegano, oh, oh.
Vai con l'applauso finale, tutte insieme.

Le signore urlano e partono con l'applauso più sgangherato di sempre, mentre io le guardo come se fossi Eminem sul palco del Madison Square Garden.

In pochi secondi taglio il video e lo carico su YouTube, per poi condividerlo su Facebook:

Ecco il nuovo gruppo che mi seguirà nello show.
#ilcomicovegano #rapvegano #ballerinedelmuseoegizio

Appena terminate le riprese, si apre un telo da cui appare il gestore del centro anziani con la sua faccia da Nosferatu. La sua ombra si staglia sul muro, creando un'atmosfera da famiglia Addams. L'uomo ci osserva con gli occhi socchiusi, poi senza proferire parola sparisce chiudendo la tenda con uno strattone. Per un attimo ho l'impressione che su quel tessuto sia rimasta impressa la sagoma del suo corpo, creando la Sindone del gestore.

Io e le nonnine ci guardiamo sorridendo, complici, mentre mia nonna Delia si tocca la testa con il dito come a dire: «Questo è matto».

«Signore, vi ringrazio molto per la vostra simpatia. Lasciate un foglio con i vostri nomi e gli indirizzi a nonna Delia, così poi vi porterò i libri di persona con tanto di dedica. Adesso scappo che ho un appuntamento importantissimo. Ma tranquille, signore, che stasera vengo a rimboccarvi la lapide».

Saluto mia nonna con un bacio sulla fronte e mi allontano, mentre lei scuote la testa guardandomi come se fossi un deficiente senza speranza.

Mi avvio svelto verso il centro della città, perché come al solito sto facendo tardi. L'incontro con le nonne però mi ha rilassato e adesso so cosa farò appena arrivato all'appuntamento con la folla.

5

#vaffanzoo

Dopo l'interminabile giro attraverso le vie della città, alla fine ho trovato un parcheggio.

Trovare posto è stato arduo, infatti ho girato più di mezz'ora. Durante la ricerca mi sono subito imbattuto in quello che io definisco "il parcheggio miraggio". È quello in cui da lontano sei sicuro di aver trovato un posto tra due auto ma poi quando ti avvicini scopri che c'è una maledetta Smart. Purtroppo, l'auto microscopica da lontano non si vede, creandoti l'illusione di aver risolto. Invece ti tocca continuare a cercare perché quello che hai visto era solo un miraggio.

Poi sono giunto davanti a un parcheggio dove ho trovato *lei*: la moglie che occupa il posto al marito. Era un essere mitologico con una cofana di capelli altissimi, sembrava un incrocio tra una guardia di Buckingham Palace e una drag queen.

La signora, dopo avermi fatto cenno di no con il dito, ha detto con voce da posseduta: «No, qui non puoi parcheggiare. Adesso arriva mio marito con il camper».

Trovato un parcheggio, infatti, per non perderlo ci vanno ad abitare.

Abbandonata la signora, ho trovato un buco dove piazzare la mia utilitaria nera con strisce laterali. Le strisce non sono fasce decorative, ma righe fatte per sfregio sulle portiere.

Parcheggiando l'auto, vedo in lontananza la folla davanti al parco Michelotti. Il parco è la sede dell'ex zoo di Torino, chiuso ormai da trent'anni. Ma Walter Vanni, il manager della società ZooShow, oggi sta per inaugurare i lavori del nuovo bioparco.

Dopo essere sceso dall'auto mi incammino su corso Casale che costeggia il fiume Po. In pochi minuti sono a ridosso della massa di persone accorse qui per la manifestazione nazionale contro la riapertura del nuovo zoo.

Vedo ovunque cartelloni con scritte «NO AGLI ZOO», «NO AL BIOPARCO», l'ironico «VAFFANZOO», palloncini e bandiere delle associazioni animaliste. Insomma, una moltitudine di colori a favore della libertà animale, ma anche della libertà di entrare in un parco pubblico senza dover per forza pagare il biglietto a qualche multinazionale.

Il corteo è partito da piazza Statuto, poi è passato per il centro e infine è giunto qui.

Scatto una foto di me alla manifestazione e la condivido su Facebook e Instagram.

#manifestazionenozoo #ilcomicovegano #riderepernonpiangere

Nella folla c'è il carro di un trattore su cui la presidente dell'associazione NoZooTorino arringa la folla, dicendo qualcosa che però non riesco ancora a sentire. Sarà alta un metro e settanta, con i capelli rossi a caschetto e sopra i jeans indossa una maglietta con il logo dell'associazione.

Ai piedi del carro-palco emerge la figura imponente di Rascel che fuma una sigaretta, soffiando il fumo in alto come una ciminiera. Una ciminiera alta un metro e novantasei, con i capelli rasati e gli occhi azzurri. Vedendolo potrebbe sembrare uno della sicurezza, con i suoi centoundici chili di muscoli belli torniti. Sulla sua stazza mi dice sempre: «Non faccio palestra, sono nato così».

«Deve essere stato un parto terribile», rispondo.

Ma lui non capisce al volo la battuta, perché Rascel è un

incrocio tra l'Everest e un bambino di dodici anni con la voce sottile. È un bel ragazzo, ma con le donne non ce la fa proprio. Se chiamasse un telefono erotico, anche la ragazza al centralino gli direbbe: «Mi spiace, hai sbagliato numero».

Da qualche tempo ha nel cuore la libraia, collega di sua sorella Lory, ma non si decide mai a invitarla perché è così timido che al primo appuntamento manderebbe la madre.

Rascel è il mio assistente tuttofare: fonico, tecnico luci, psichiatra. Ma soprattutto è un amico vero, uno di quelli che si farebbe uccidere per aiutarmi. E ucciderlo non è una cosa facile.

Il suo vero nome è stato dimenticato, perché dal primo momento in cui ci siamo conosciuti l'ho chiamato Rascel. Rascel come l'immenso Renato Rascel, un metro e sessanta di talento grandioso. Proprio per contrasto alla sua stazza, l'ho chiamato così. Lui ha riso, quindi gli è rimasto.

«Ciao, Rascel, sono arrivato. Come va?».

«Ciao, tutto bene».

E, se io non gli dicessi più niente, potrebbe restare muto per sempre. Quindi come al solito continuo a parlare: «Ho tardato per cercare parcheggio. Ma Buenafuente dov'è?».

«A parlare con gli organizzatori».

Oltre la folla davanti al palco, posso vedere in tutta la sua estensione il parco Michelotti. Fervono i preparativi per la posa della prima pietra del nuovo zoo che sorgerà nell'area dall'altra parte della strada. Vedo da lontano un palco molto bello, circondato da un nastro tricolore. Nella zona circostante una serie di persone eleganti che parlano tra loro, fingendo di ignorare il pacifico corteo di manifestanti no-zoo.

Sono tutti in attesa del signor Walter Vanni che darà il via alla cerimonia.

«Ciao, Eddy, che bello vederti. E c'è anche Rascel. Ciao, omone».

Riconosco alle mie spalle la voce da Topo Gigio di Jerry, un fan che mi segue da così tanto tempo da essere diventato quasi uno di famiglia. Mi giro e vedo subito la sua bella pancetta pronunciata, i capelli scuri cortissimi e due occhi sporgenti come quelli di un carlino.

Dall'aspetto sembrerebbe un ragioniere impiegato alla Megaditta, ma in realtà fa il custode e la guardia notturna al Museo del Cinema di Torino.

«Ciao».

Risponde per primo Rascel con la sua solita eloquenza, guardandomi con aria interrogativa sul tipo che ci ha appena salutati. Saluto e spiego: «Ciao, Jerry. Rascel, te lo ricordi Jerry? Lui è il papà di Giada».

Il gigante buono sorride, ma è evidente che non si ricorda. Jerry, stringendomi la mano con affetto, mi dice: «Eddy, sono davvero contento di rivederti. Voleva venire anche Giada, ma è rimasta a casa perché oggi non era in forma».

La figlia quattordicenne di Jerry ha un serio problema cardiaco e deve operarsi negli Stati Uniti; io stesso ho organizzato alcuni spettacoli di raccolta fondi per aiutarla.

«Mi dispiace, Jerry, ma vedrai che stasera starà meglio», dico per rassicurarlo.

«Caro Eddy, lo spero anche io. Ma per fortuna oggi era solo molto stanca, niente di preoccupante. Comunque tu che fai qui?».

«Credo proprio che dovrete sorbirvi un mio monologo».

Jerry sorride, dandomi una pacca sulla spalla.

«Lo sai che mi piace molto vederti all'opera e spero che diventerai famosissimo perché ti voglio in televisione».

«Tra poco sparisco, così almeno potrai vedermi al telegiornale».

Ridiamo insieme, mentre Rascel accenna un sorriso di cortesia.

A Jerry si illuminano gli occhi da carlino e con la sua voce da Topo Gigio mi raccomanda: «Prima di sparire, però, vieni a trovarmi alla Mole. Se vieni te lo faccio visitare in segreto quando è chiuso. Di notte e senza persone ha un fascino magico».

Il Museo del Cinema di Torino è bellissimo, quindi immagino che visitarlo vuoto sia un'esperienza unica. Comunico a Jerry la mia disponibilità: «Bellissima idea. Magari dopo uno spettacolo passiamo a trovarti: io, Rascel e Buenafuente».

«Bene, sarebbe molto divertente. E poi, con quello che hai fatto per Giada, mi sembra il minimo».

«Speriamo di poter fare ancora di più per raccogliere fondi e farle fare il viaggio per l'operazione».

Gli occhi da carlino di Jerry si fanno lucidi, poi abbassa la testa e mi abbraccia sussurrando: «Grazie, Eddy».

Prima che Jerry se ne vada gli propongo di farci una foto insieme. Ci mettiamo vicini e Rascel con il mio telefono tra le mani scatta.

In un attimo l'immagine è condivisa su Facebook e Instagram, dove ho anche taggato Jerry.

#Jerry #fannumerouno #amici #vaffanzoo

Dopo la foto Jerry si congeda: «Ora vado, così faccio un giro per la manifestazione. Mi raccomando: sul palco dacci dentro. Ciao, ragazzi, vi aspetto al museo».

«Veniamo di sicuro. Anche se, una volta entrati, rischiamo che Rascel non lo fanno più uscire, tanto somiglia all'Incredibile Hulk».

Ridiamo e l'amico con la voce da Topo Gigio si allontana salutandoci con la mano, mentre vedo avvicinarsi Buenafuente.

Buenafuente è un mio amico, ma è anche il mio manager. È nato in Argentina da emigrati italiani ed è alto un metro e ottanta. Capelli lunghi ricci e tinti di nero, ha quasi sessant'anni. È un uomo preciso fino al limite dell'ossessività, capace di follie pur di fare le cose come le ha programmate. Quando penso alla sua precisione, immagino sempre questa scena: io suono a casa sua e lui si affaccia al balcone.

«Eddy, scendo ad aprirte la porta».

«Ma è aperta».

«Allora chiudila che scendo ad aprirte».

Perché se il progetto era di scendere ad aprirmi la porta, quello deve essere.

Luis Buenafuente è sempre elegante e con l'immancabile Rolex da polso, per cui ha una vera passione. Non so quanti ne abbia, ma di certo ha finito i reni da vendere per pagarli. Quando gli orologiai lo vedono entrare, prenotano subito le vacanze. Nel suo ufficio lavora con la figlia Beatrice, per tutti Bea, che è fissata con il ballo lindy hop di cui non perde mai una lezione.

Buenafuente vive con lei e con sua moglie Anna, donna di cui parla sempre ma che non si vede mai. Se non l'avessi incrociata un paio di volte, dubiterei persino della sua esistenza.

Appena giunto vicino a noi, Luis mi saluta e con il suo inconfondibile accento argentino dà le direttive: «Bueno, Eddy, sei arivato. Sono qui da mezz'ora e te stavamo aspettando. Tra poco la presentatrice te chiama. Tu sali, saluti tutti e fai el monologo. Forte, breve e incisivo».

«Tranquillo, Luis, ho già in mente cosa dire. Ma quelli della cerimonia dall'altra parte della strada che ne pensano?».

«No te interesa esto. Tu fai lo que devi e basta».

Buenafuente non concede il diritto di replica, ma io abbasso la testa e gli sussurro: «Oggi salgo, ma sai che ormai voglio finirla con questo lavoro. Chiudiamo le poche date che abbiamo, poi ho deciso che voglio smettere».

«Bueno, como dice sempre mia moglie: smetto de mangiare domani. Poi ne parliamo, intanto preparate vamos».

Buenafuente è sempre lapidario quando gli parlo di smettere per dedicarmi ad altro e ignora le mie parole.

Rascel intanto è nel suo mondo e interviene soltanto per chiedermi specifiche tecniche: «Eddy, usi il microfono della presentatrice?».

«Sì, certo».

«Va bene, allora sto al mixer e controllo l'audio».

«Grazie, Rascel, fai tu».

Dall'altra parte della strada vedo sfilare inesorabile un corteo di automobili che entrano nel parco Michelotti: BMW, Mercedes, Audi, Porsche, manco fossimo nella città della Fiat.

Da un'Audi grigio canna di fucile, scende Walter Vanni, cinquantenne alto e affascinante in completo blu scuro.

Sebbene lo veda da lontano, mi sembra molto meglio che nella foto sul giornale di oggi.

Ad accompagnarlo una serie di persone che non conosco, ma intuisco che lì in mezzo ci possa essere anche qualche assessore che lo appoggia.

Tra qualche minuto inizierà la cerimonia di posa della prima pietra, ma io dovrò salire sul palco da questa parte della barricata.

All'angolo sinistro: Eddy il comico più sconosciuto d'Italia, quarantacinque anni per settanta chilogrammi di peso; all'angolo destro: Walter Vanni, manager di successo, cinquant'anni e un peso sociale molto maggiore del mio.

Mi sento come Rocky contro il campione del mondo Creed, anche se io essendo vegano non potrei mai fare del male a uno che si chiama Apollo.

Ho una gran voglia di scappare verso il parcheggio e chiedere aiuto alla combattiva signora con la cofana che teneva il posto al marito. Inspiro e attendo l'inizio dell'incontro, mentre Torino ci guarda incuriosita.

6

#imprevisti

«Sono lieta di presentare un amico che oggi è venuto a sostenerci. Un applauso per Eddy, il comico vegano».

Introdotto dalla presidente, salgo sul carro del trattore adibito a palco.

Mi giro per un attimo e vedo che dall'altra parte la cerimonia non è ancora iniziata, mentre Walter Vanni parla al telefono camminando e gesticolando.

L'applauso calorosissimo dei manifestanti mi dà una carica notevole, quindi afferro il microfono a filo e inizio il mio intervento.

«Ciao amici e grazie dell'accoglienza. Siccome molti di voi sono vegani, mi aspettavo un applauso senza energia da persone in carenza di proteine».

Il pubblico sorride e io mi rilasso, anche se temo che da un momento all'altro succederà qualcosa. Mi sembra strano che un uomo scaltro come Walter Vanni accetti di buon grado una manifestazione che va contro i suoi interessi.

Guardo Rascel al mixer facendogli un cenno d'intesa, perché mi sembra che la voce esca perfetta.

Lui capisce, poi estrae il telefono con cui mi fotografa mentre sono in azione sul palco.

«L'"Independent" ha dichiarato Torino città ideale per i vegani. E, siccome i vegani sono contro lo sfruttamento animale, saranno accolti da un nuovo zoo.

Il bioparco sta nascendo oggi nel parco Michelotti di fronte a noi. Sarà bellissimo pagare per entrare in un parco che prima era pubblico. Su questo argomento la giunta comunale ha sentenziato: "Avremmo preferito lasciare il verde ai cittadini, ma non si poteva buttare via tutto il lavoro svolto". Quindi diciamo la verità: non serve uno zoo con gli invertebrati, abbiamo già un comune senza spina dorsale».

Il pubblico alle mie parole applaude urlando. Qualcuno batte anche le mani contro il carro-palco, creando una vibrazione che mi fa formicolare i piedi.

Buenafuente da sotto il palco mi guarda soddisfatto, ma senza ridere, come fa sempre.

Sto per riprendere il mio discorso, quando avvisto in lontananza cinque automobili della polizia che arrivano davanti al parco Michelotti e si fermano una accanto all'altra.

«Bene amici, sta arrivando la polizia. Ma tranquilli è venuta ad arrestare il mio manager Buenafuente, perché hanno scoperto i suoi fondi neri in Svizzera».

Ridono tutti, mentre la presidente dell'associazione scende dal bordo del carro su cui era seduta e si dirige verso il gazebo che ospita i suoi collaboratori.

Due poliziotti, un uomo e una donna, si avvicinano verso la manifestazione e io continuo a recitare.

«Buenafuente scappa che stanno arrivando a prenderti».

Improvviso per prendere tempo, quando Buenafuente mi fa il segno delle forbici con la mano.

«Comunque, per salutarvi vi racconto una breve parabola.

Un cammello e suo figlio cucciolo di cammello si parlano.

Il piccolo, come fanno sempre i bambini, comincia a chiedere al padre i perché della vita.

Papà, perché abbiamo le gobbe?

Perché dentro possiamo accumulare l'acqua per attraversare il deserto.

Papà, e perché abbiamo gli zoccoli?

Perché così, attraversando il deserto, possiamo arrampicarci sulle dune di sabbia.

Papà, ma perché abbiamo queste strane ciglia lunghe?

Perché se c'è una tempesta nel deserto, ci difendono dalle raffiche di sabbia.

Papà, ma se abbiamo tutte queste caratteristiche per sopravvivere nel deserto, che cazzo ci facciamo in centro a Torino?».

Il pubblico applaude, quindi ne approfitto per salutare e scendere dal palco.

I poliziotti sono ormai al gazebo e parlano con gli organizzatori della manifestazione.

«Bueno, Eddy, hai chiuso nel modo giusto», mi dice Buenafuente mentre Rascel mi batte il cinque sulla mano, rischiando di slogarmi una spalla.

L'arrivo della polizia ha creato un momento di smarrimento tra i manifestanti che stanno iniziando ad abbassare il tono della loro pacifica protesta.

Osservo con attenzione il gazebo per cercare di capire cosa stia succedendo, ma la mia attenzione è attratta dalla poliziotta.

Faccio cenno a Rascel e Buenafuente di avvicinarci. Quindi Buenafuente va avanti, mentre io e Rascel lo seguiamo.

Cerco di pensare chi sia quella poliziotta, perché il suo viso mi ricorda qualcuno. Con il mio lavoro mi capita spesso di vedere persone che forse ho già visto a uno spettacolo, ma non è semplice riconoscerle fuori contesto.

Un poliziotto si allontana con Rosy, la presidente dell'associazione, lasciando sola la sua collega che si guarda intorno.

Ci avviciniamo perché voglio parlare con la poliziotta.

«Buongiorno, agente, noi abbiamo finito. Speriamo di non aver fatto danni, ma tanto siamo vegani pacifici; quindi, al massimo abbiamo mangiato due aiuole».

Sdrammatizzo subito con un sorriso e la poliziotta, ricambiandolo: «Buongiorno. Ma quindi lei è vegano? E allora cosa mangia?».

«Io mangio quelli che me lo chiedono».

La poliziotta sorride con lo stesso sorriso che mi aveva sfoggiato qualche ora fa al bar di Maurì. Anche se è in divisa, ha lo stesso fascino irresistibile che oggi aveva sorseggiando il caffè. I suoi capelli variopinti neri e blu sono raccolti e nascosti sotto il cappello della divisa. Alla luce del sole, posso vedere meglio i suoi begli occhi verde cangiante.

La ragazza ci tranquillizza, spiegandoci quello che accade: «È solo un controllo di routine, dobbiamo verificare che tutto sia in regola».

Allora ne approfitto per fare il simpatico: «Comunque se vuole perquisirmi io sono pronto, dove devo mettermi?».

«Le perquisizioni le fa il mio collega. È molto corpulento e non ama affatto i comici».

«Allora rinuncio e fuggo subito con i miei amici. Il piccino qui è Rascel e l'elegantone Buenafuente, un amico che si finge manager. In realtà è un narcotrafficante sudamericano in incognito».

Buenafuente e Rascel sorridono in modo composto, preoccupati che io possa dire qualche scemenza di troppo all'agente. Ma io continuo a scherzare: «In caso di pericolo se chiamiamo la polizia, possiamo chiedere di lei? Può dirci il suo nome?».

«Sono l'agente Fei, Alexandra Fei».

«Come: Bond, James Bond. Complimenti».

«E lei signor comico come si chiama?».

«Io sono Eddy. Per gli amici Eddy, per mia nonna Eduardo, per alcuni il comico vegano. Insomma, può chiamarmi come preferisce. Però se vuole chiamarmi le lascio il mio numero».

«Non si allarghi troppo, Eddy, tanto se voglio trovarla so come fare. È il mio lavoro».

«Sarà facile, non vado mai troppo lontano. La mia alimentazione vegana mi debilita».

«Ultimamente si è fatto le analisi?».

Mentre flirto spudorato con la poliziotta, Rascel fuma una sigaretta e Buenafuente armeggia con il suo cellulare.

Vedo da lontano la presidente dell'associazione che torna con il poliziotto, allora l'agente Alexandra va loro incontro. Si fermano tutti e tre accanto al gazebo e li osservo parlare. L'organizzatrice Rosy congiunge le mani in segno di preghiera, ma i poliziotti scuotono la testa.

Rosy apre una cartellina e ne mostra il contenuto ad Alexandra che allarga le braccia. Poi gli agenti salutano la presidente e si dirigono verso la loro auto.

Alexandra mi lancia uno sguardo da lontano, poi inforca gli occhiali scuri e sale in auto con il suo corpulento collega.

Rosy, con una faccia da 2 novembre, viene verso di noi per illuminarci: «Ragazzi, grazie mille per essere venuti. Eddy, grazie del sostegno».

«Ma figurati, grazie a te per quello che fai. Noi siamo sempre a disposizione, se hai bisogno».

Buenafuente invece non si perde in convenevoli: «Quindi che volevano esti poliziotti? Ci sono problemi?».

La presidente allarga le braccia e spiega: «Purtroppo, il peso di Walter Vanni si fa sentire. È un uomo potente e ha le sue conoscenze molto in alto. Noi abbiamo organizzato tutto alla perfezione, ma hanno trovato un cavillo legale e quindi ci hanno chiesto di sgombrare per motivi di sicurezza. Io credo che il motivo sia inventato. Ma i poliziotti sono stati molto convincenti, dicendomi che rischiamo un verbale salatissimo che metterebbe a repentaglio il bilancio della nostra associazione no profit e una chiusura della stessa».

«Es la solita storia! Lo sapevo, esta cosa no se puede controlar». Poi Buenafuente parte con il suo sproloquio in spagnolo come fa sempre quando si arrabbia.

Snocciola parole incomprensibili, sembra posseduto e bisognoso di un esorcista. In effetti, sono parole così volgari che un interprete in una riunione toglierebbe la cuffia e scapperebbe a confessarsi.

La presidente ci congeda affranta: «Grazie mille, davvero,

ma ora devo salutarvi. Ci sentiamo presto, grazie. Devo andare sul palco a dare la notizia, sperando che non si creino dei veri problemi di sicurezza», poi si allontana e inizia a spargere la voce salendo sul carro del trattore e parlando al microfono.

La folla comincia a rumoreggiare, urlando slogan contro Walter Vanni.

La presidente continua a parlare per placare i manifestanti, spiegando il danno che subirebbe l'associazione se la protesta continuasse.

Dopo altre lamentele, qualcuno inizia a calmarsi e cerca di convincere gli altri a fare lo stesso.

Mentre i più agitati continuano a urlare, la maggior parte della folla inizia a defluire in modo composto da corso Casale verso il centro. Un fiume di persone che costeggia controcorrente il fiume Po, così come controcorrente aveva protestato.

Nella folla che si allontana noto un uomo elegante, vestito di nero. Sono certo di averlo già visto da qualche parte, ma il tempo di dirlo a Rascel e Buenafuente e lui è sparito.

Buenafuente guarda il suo Rolex e poi comunica preciso come sempre: «Eddy e Rascel, la giornata non è finita. Recordatevi che stasera abbiamo da fare».

Ci avviamo insieme per andarcene, mentre il mio sfidante Walter Vanni inaugura la cerimonia di posa della prima pietra, circondato da applausi e flash.

Camminiamo verso le macchine e io già penso alla nuova sfida alla Valle dei Sioux, il locale un po' grottesco che mi attende stasera.

7

#show

Dopo la manifestazione, ho avuto giusto il tempo di passare a casa per prendere il cambio e salutare mia nonna.

Poi sono ripartito per andare all'appuntamento con Rascel e Buenafuente, che mi aspettavano sotto l'ufficio per venire qui.

Dopo essere saliti in macchina, ci siamo mossi veloci per uscire da Torino in tempo utile per non incrociare il traffico in tangenziale.

Appena arrivati abbiamo mangiato qualcosa, poi mi sono cambiato e adesso tocca di nuovo a me.

Al mio ingresso in scena vengo accolto da un applauso degno di un rosario, ma non mi scoraggio.

Siamo in un locale di biker che vengono qui a sfondarsi di birra e poi scandiscono il loro codice fiscale con i rutti.

Il locale è caratterizzato da tavoli di legno, panche di legno e teste di legno che per capire una battuta necessitano di due persone: uno gliela dice e l'altro gliela spiega.

Dal palco posso vedere al centro del locale un totem indiano, che dà al posto un'atmosfera western.

Sui muri ci sono appese bandiere americane, manifesti di Toro Seduto e abiti da cowboy.

Troneggia su tutto una vera Harley-Davidson che sembra finita appesa al muro dopo una rissa, ma in realtà pubblicizza una concessionaria torinese con il suo logo in bella vista.

Il locale ha un nome inequivocabile: La Valle dei Sioux. Ma

qui i segnali di fumo profumano così forte di Bob Marley che se passa il commissario Rex abbaia in aramaico.

Davanti a me conto a occhio una cinquantina di persone, quindi un numero maggiore delle poche che intravedevo dal camerino.

In terza fila rivedo l'uomo tatuato, rasato a zero e con i baffi a manubrio alla Vittorio Emanuele II.

Il presentatore scende dal palco, quindi inizio il mio monologo: «Ciao a tutti, sono Eddy il comico vegano. Io sono vegano per motivi etici. Inoltre, non bevo alcolici, non fumo e non mi drogo. Sì, direte voi: che vita triste. Ma io lo faccio perché mi fa stare meglio. Poi ho visto in TV Keith Richards, il chitarrista dei Rolling Stones e ho pensato: Mi sa che sto facendo una cazzata».

Ecco la prima risata forte che sale dal pubblico come un balsamo per le mie orecchie.

«In effetti Keith Richards a settant'anni suonati, fuma, beve, si fa di qualunque cosa ed è così: *I can't get no, satisfaction*.

Io se bevo un Aperol, canto ubriaco: *Romagna mia, Romagna in fiore*. Infatti, lui è una rockstar e io sono il comico vegano.

La differenza è immensa: a Keith Richards durante i concerti tirano reggiseni e perizoma, a me l'altra sera hanno tirato una pancera».

«Hanno fatto bene».

Interviene a sproposito l'uomo tatuato in terza fila, ma lo ignoro abbozzando una specie di sorriso perché me lo aspettavo. Non è la prima volta che lo vedo, infatti si è presentato anche ad altri miei spettacoli. Ma non viene a seguire lo show, è un uomo che disprezza il prossimo suo come se stesso e si diverte a fare il disturbatore per mettermi in difficoltà.

Quando in sala scopro un odiatore seriale, penso che servirebbe una punizione esemplare.

Una bella settimana chiuso in allevamento intensivo, per scoprire cosa provano i maiali: esseri senzienti con un quoziente intellettivo superiore al suo.

Ma sono vegano, pacifista e non violento, allora mi accontento di affilare la lingua pronto a farlo sprofondare con una battuta: «Hanno fatto bene a tirarmi le cose. Anche perché io sono il comico vegano, l'unico comico che se gli tirano i pomodori è contento».

L'autoironia funziona sempre.

Il tatuato accoglie la risposta con sufficienza, ma il pubblico ride e parte in applauso.

Quando arriva il primo applauso è come la mamma che ti abbraccia quando torni a casa dopo una brutta avventura.

«Amici, vi do una notizia: quest'anno in Italia i vegani sono triplicati. Insomma, risolto il problema potatura delle rotonde.

Noi vegani siamo circa un milione e ottocentomila, quindi il virus si sta espandendo. Ma, tranquilli, essere vegani non vuol dire essere malati, significa soltanto essere contro lo sfruttamento animale».

Di nuovo il tatuato si sente in vena di intervenire, ma questa volta lo attendo al varco.

«Oh, vegano: rispetti gli animali, ma quando cammini schiacci le formiche».

«Sì, invece non ti dico cosa schiacci tu».

La risata fragorosa del pubblico arriva come un'onda anomala, accompagnata da un grande applauso che sembra non finire mai.

Il tatuato accusa il colpo, ma non si dà per vinto. Adesso ha lo sguardo di chi sta per sferrare un altro colpo scorretto.

Come in un incontro di pugilato, ormai è una battaglia a chi resta in piedi fino alla fine. Io non mollo di sicuro, anche se ne avrei tanta voglia in questo periodo. Sono davvero stufo di recitare in questi locali scadenti per guadagnare qualche euro.

Ho quarantacinque anni e sono più di venti che faccio il comico, il presentatore, l'intrattenitore e quasi sempre in situazioni come queste.

Anni passati a dieci centimetri dalla felicità, e anche stasera i centimetri stanno aumentando.

Inizia a diventare dura continuare con questa vita senza sicurezze, senza avvenire e senza un cecchino per il tatuato.

Riprendo il monologo, forte dell'appoggio del pubblico che ormai è dalla mia parte.

«Noi vegani siamo così, persone che fanno cose un po' strane. In autunno, quando cadono le foglie, io sono contento: se sono in giro almeno posso mangiare qualcosa.

Amici, sappiate che sempre più personaggi famosi seguono un'alimentazione vegetale. Il bellissimo Ricky Martin, per esempio, ha dichiarato che per restare in forma è diventato vegetariano. Io quei risultati nemmeno con le piante di Lourdes. Ma una cosa è certa: se le piante di Lourdes fanno miracoli, di sicuro se le fuma Keith Richards».

Ecco un altro applauso che mi dà la carica giusta per continuare. Mentre recito, noto un uomo strano nel pubblico che mi filma con il cellulare.

Dal palco vedo sempre tutto perché mentre sono in scena i sensi si acuiscono. Divento una specie di X-men con il potere di sentire e vedere ogni più piccolo dettaglio. Sceso dal palco, torno a essere più maldestro dell'ispettore Clouseau.

Noto quell'uomo non perché stia filmando, ma perché, in un locale come questo, è curioso vedere una persona così elegante. Abito scuro con giacca, cravatta e tanto di cappotto lungo appoggiato alla sedia. Magari si aspettava un concerto jazz, ma ha sbagliato serata e vuole documentare la bolgia di motociclisti ubriachi per farsi due risate domani con gli amici snob.

Non è la prima volta che lo vedo, era venuto già in un altro locale, e poi mi pare di averlo visto proprio oggi alla fine della manifestazione. Sono quasi certo che sia lui, ma non ho tempo per riflettere su queste cose, devo continuare a recitare.

Sto per riprendere il monologo, contento di aver raggiunto il ritmo giusto tra risate e contenuti. Ma, quando meno te lo aspetti, purtroppo, nella vita accade qualcosa che ti rovina la festa.

Il colpo arriva subito, sputato da sotto i baffoni sporchi di birra del tatuato: «Invece di fare battute rispondi a questa domanda: vegano, salveresti un maiale o tuo figlio?».

Devo dire che la domanda mi lascia spiazzato, non me l'aspettavo una richiesta così complessa da un tamarro come lui. Tentenno per una frazione di secondo, poi mi domando come reagire in maniera efficace. Un attimo che sembra eterno, in cui nella mia testa passano immagini, ricordi, pensieri e bollette da pagare. Mai sottovalutare il potere di una bolletta in scadenza, perché spesso è lei a darmi la forza di non mollare.

Il tatuato mi fissa con aria di sfida e all'improvviso tutto mi è chiaro. Decido di fare qualcosa che non avevo mai fatto.

E non sono le analisi.

8

#latirata

Dal palco posso vedere la consolle a forma di tenda indiana sul fondo del locale.

In regia come sempre c'è Rascel che si occupa di mandarmi le basi e pilotare le luci. Con la mano sta appallottolando un pezzetto di carta, poi lo riapre, lo ripiega e infine beve dal boccale una Coca-Cola.

È evidente che si è innervosito e vorrebbe intervenire contro il disturbatore, ma se qualcuno sfida il comico me ne devo occupare io. Meglio così per il disturbatore, perché Rascel che fa il contropelo è come un frontale con il Frecciarossa.

Inspiro a pieni polmoni, sfodero un sorriso luciferino e scendo dal palco andando incontro al disturbatore tatuato.

Mi piazzo di fronte a lui e in pochi secondi lo osservo da capo a piedi, notando una corpulenza che da lontano pareva minore.

È un frigorifero con le braccia. Sono convinto che se gli apro la giacca, gli si accende la luce.

Tamburello le dita sulle gambe, deciso a staccare la spina all'elettrodomestico parlante con una sfilza di battute spietate.

Guardo per un attimo Buenafuente che mi osserva incuriosito accarezzandosi il Rolex.

Gli faccio l'occhiolino e mi dedico solo al tatuato che sorride in attesa di una risposta, mentre il solito uomo elegante con l'abito scuro continua a filmare la scena.

«Caro amico, ti voglio bene. Sai io sono vegano e amo gli animali».

Il pubblico ride, allora rincaro la dose e parto con la tirata.

In questi anni non l'ho mai usata, perché la vedevo come un eccesso di legittima difesa. Snocciolare una serie di battute cattive contro il malcapitato di turno mi è sempre sembrato ingiusto. Ma quando un uomo spiritoso incontra un uomo più sarcastico di lui, quello spiritoso è un uomo morto.

Stasera sono stanco e voglio chiudere lo scontro in pochi minuti. Non ce la farei a passare tutta la serata a battibeccare con un rompiscatole del pubblico.

«Caro simpaticone, devo dirti che quando uno è un genio è un genio. Non è il tuo caso. Sei così fastidioso che, se incontri un gatto, quello è contento di essere castrato così non puoi rompergli le palle. Tra l'altro la sterilizzazione è importante per gli animali perché riduce il randagismo e li salva da molte malattie. In alcuni animali la sterilizzazione riduce anche l'aggressività. Dovremmo provare a castrare anche te. Se ti rapissero e chiedessero il riscatto, i tuoi familiari risponderebbero: "Vi diamo il doppio basta che ve lo teniate". Sappi che sfottere i vegani è reazionario, se vuoi stupirci davvero fai qualcosa di rivoluzionario: leggi un libro. Nel nostro paese il problema vero non è la fuga dei cervelli, ma sono i deficienti come te che restano in Italia».

A questo punto il pubblico va in visibilio, l'applauso è travolgente. Buenafuente mi guarda stupefatto senza ridere, mentre Rascel tutto serio fa partire a sorpresa la canzone *We Are the Champions* dei Queen.

Un bel colpo da parte sua e infatti il pubblico si gasa ancora di più e, oltre ad applaudire, si alza in piedi.

A un tratto si alza anche il tatuato, allora mi spavento perché è davvero imponente. Mi guarda come mio padre quando perdeva la pazienza e faceva la mossa di sfilarsi la cintura per farmi paura, ma poi si accorgeva di avere le bretelle.

Io inizio a immaginare un piano per staccare la Harley dal muro, accenderla e fuggire dal locale impennando.

I nostri sguardi sono uno di fronte all'altro come nel film *Il buono, il brutto, il cattivo*, ma il tatuato incarna sia il cattivo che il brutto in un'unica persona.

Abbasso le mani come a voler estrarre la pistola dalla fondina, poi mi rendo conto che siamo ancora nel locale e io non sono Clint Eastwood.

Rascel è già fuori dalla tenda indiana, pronto a lanciarsi sull'energumeno baffuto che ho di fronte.

L'uomo molto elegante vestito di nero si è alzato per riprendere meglio la scena con il suo cellulare.

Il tatuato accenna un mezzo sorriso a denti stretti, poi il suo sguardo si fa serio e decide di scagliarsi su di me.

Accenna appena un passo a pugni chiusi, quando all'improvviso lo vedo sollevarsi dal pavimento come se fosse sparita la forza di gravità. Agita le gambe nel vuoto e cerca di divincolarsi, ma ormai è prigioniero dell'abbraccio d'amore di Rascel che lo ha afferrato al volo.

Il tatuato si agita e urla frasi incomprensibili, mentre tutti i presenti sono immobili a guardare increduli la scena.

Rascel dice con molta serenità: «Per favore, calmati».

L'uomo dopo qualche secondo si tranquillizza e inizia a stare fermo. Rascel lo adagia sul pavimento, come se posasse un bambino dopo averlo tenuto in braccio. Il tatuato si gira di scatto per tentare una reazione, ma trovandosi di fronte Rascel si limita a guardarlo stupito come le scimmie il monolite di *2001: Odissea nello spazio*.

Sembra che il tamarro baffuto si sia calmato, ma di scatto estrae dalla tasca un coltello e urla sputacchiando sotto i baffi: «Adesso ti metto a dormire».

Una riga di sudore cola sulla fronte dell'uomo armato di coltello, che deglutendo guarda Rascel.

Il gigante buono non si scompone, ma fissa l'uomo negli

occhi come se volesse ipnotizzarlo. Il tatuato carica con il braccio per sferrare un colpo, ma Rascel gli afferra il polso e stringe senza fatica. Poi, con una botta secca, il gigante piega il braccio del tatuato che è costretto a mollare il coltello.

L'arma cade a terra e Rascel con una pedata l'allontana, piegando il polso del tamarro che si inginocchia per il dolore. Penso che stia guardando a terra per verificare se gli è caduto il coltello o proprio il braccio.

A questo punto l'omone molla la presa e guardando il malcapitato sussurra: «Volevi mettermi a dormire? Scusa ma soffro d'insonnia».

L'uomo si rialza, raccoglie con calma le sue cose dal tavolo e guardandomi minaccia: «Sembri il vincitore, ma non hai risposto alla mia domanda. Non finisce qui».

Poi si avvia veloce verso l'uscita, ma fiero come un lottatore che torna all'angolo sapendo che può ancora rifarsi.

Buenafuente guarda la scena scuotendo la testa, mentre Rascel torna in consolle sfilando tra lo stupore generale.

L'uomo elegante in nero indossa il cappotto alla meglio e fa per andarsene, mentre io risalgo sul palco e provo a riprendere lo spettacolo.

«Amici, scusate. In tanti anni di lavoro, questa non mi era mai capitata. Ma facciamo un applauso all'amico che ha abbandonato la sala. Come diceva Confucio: a volte anche se sei grosso quanto un monovolume, devi stare attento perché puoi sempre incrociare un tir».

Il pubblico sorride, ma io mi domando chi sia quell'uomo tatuato che mi ha sfidato e soprattutto chi diavolo sia l'uomo in nero che oggi ho visto già due volte.

9

#rientro

«Stasera non ho sbagliato niente», esordisce Rascel, riferendosi allo spettacolo appena terminato.

«No, qualcosa l'hai sbagliata», dico io.

«Cosa?».

«La cena. Dici che diventi vegano, poi ordini pomodoro e mozzarella».

«Ci provo, ma vegetariano è già un gran passo».

«No, per te un gran passo è non mangiare qualcuno del pubblico».

Buenafuente ride, poi ingrana la prima e parte.

Siamo in auto e torniamo a Torino, come ogni volta alla fine delle serate: l'agente alla guida, io al posto del passeggero e Rascel che occupa tutto il sedile posteriore.

La meta è il parcheggio sotto l'ufficio dell'agenzia di Buenafuente, dove ci attendono le nostre macchine.

Poi ci divideremo e ognuno farà i conti con la propria solitudine nel tragitto fino a casa.

Mentre La Valle dei Sioux si allontana alle nostre spalle, mi guardo intorno assicurandomi che il tatuato non ci stia seguendo per vendicarsi.

In radio suona musica swing e sui vetri inizia a battere una pioggia leggera.

«Bueno ragassi doviamo muoverci perché io domani me

alzo presto, quindi niente fermate», sentenzia Buenafuente, guardando fiero il suo Rolex e illustrandoci il programma preciso.

«Io devo fumare». Fa Rascel, sbadigliando e stiracchiandosi a metà perché nell'abitacolo non può allungarsi in tutta la sua mole.

«Rascel, te prego, smetila con esto fumo. Como dice mia moglie: una sigaretta son quaranta secondi de vida in meno. Che io penso: allora fumate una stecca».

A quel punto intervengo anche io a sostegno dell'autista: «Sei l'unico di noi che fuma, dai resisti che il viaggio è breve. E poi sai che le sigarette le testano sugli animali? Purtroppo, continuano ancora con l'inutile sperimentazione animale per fumo, alcol e droghe. Ma dico io: vuoi sapere gli effetti di fumo, alcol e droghe? Ti basta una TAC di Keith Richards».

«Smettila di recitare», dice il solito Rascel, con i suoi lunghissimi giri di parole. Io e Buenafuente sorridiamo come dei ragazzini.

«Invece esta è buona, la devi dire al prosimo spettacolo».

«Mi dispiace, argentino, ma sono stanco di queste serate. Adesso siamo arrivati al punto che il pubblico mi vuole anche picchiare. Menomale che c'era Rascel».

«Bueno smetila, dici sempre cassate».

«In realtà le cassate sono dei dolci siciliani, forse intendevi "cazzate", con la Z di Zorro. Caro il mio agente, sono vent'anni che sei qui e ancora non parli bene l'italiano, ti consiglio un corso intensivo».

«Io sono nato en Buenos Aires, tu invece che escusa hai?».

«Signori, abbiamo un altro comico in macchina questa sera, facciamogli un grande applauso».

Rascel da dietro applaude e urla: «Bis, bis, bis. Ma ti prego Buenafuente limitati a rispondere, perché io oggi ho già dato».

«Eddy, stasera me hai entusiasmado. Vedrai che la prosima volta no habla nadie, non parla nessuno dopo la tua tirata».

«Be', se vedono Rascel in zona questo è sicuro. Comunque, Buenafuente, te l'ho detto, non penso che ci sarà la prossima volta. Sono stanco di tutto questo. Quando dopo vent'anni il successo non arriva, forse è meglio trovarsi un lavoro vero».

«Certo, te metti a guardare i cantieri como i pensionati del centro anziani de tua nonna».

«Sì, starò così tanto a guardare i cantieri che mi metteranno sul piano regolatore».

Buenafuente annuisce e io continuo a parlare per scaricare l'adrenalina che stasera è almeno il triplo: «Altrimenti potrei fare il parcheggiatore abusivo, tanto uno più, uno meno».

«Bueno, Eddy, poi mi spieghi meglio perché vuoi smettere. Però lascia perdere el parchegiatore, sono già tanti e in qualche modo devono lavorare anche loro».

«Certo, ma a volte esagerano. Una volta ne è venuto uno da me e mi fa: "Vieni, vieni, vieni". Gli ho detto: "Cosa vieni, vieni, che siamo nel mio garage"».

Quando sono in difficoltà nel mostrare i miei sentimenti, mi proteggo sempre con qualche battuta. Fatico molto a parlare di ciò che provo, mi imbarazza. Anche se con questi due ho vissuto esperienze da riempirci tre vite, quando devo aprirmi mi vergogno. Infatti, adesso, mentre la pioggia sta aumentando, guardo in silenzio le gocce che si posano sul finestrino e creano quell'effetto di panorama sfocato.

Sfocato proprio come la meta che ho cercato di raggiungere in questi anni. E se prima mi era tutto chiaro e nitido, adesso anche i miei obiettivi li vedo confusi come il paesaggio.

In radio è sfumato lo swing e parte la pubblicità, coperta dalla voce di Rascel che smanetta sul cellulare: «Guardate, il video di stasera è già in rete».

Spazientito, alzo il tono della voce: «Lo avrà messo l'uomo in nero che filmava tutto invece di guardare. Questa cosa non la sopporto: sei allo spettacolo, guardatelo».

«Calmate por favor. Bueno che hanno filmato, perché tutti

vorranno vedere te che sfotti el disturbatore. E intanto se vedono cinque minuti de spettacolo che fa sempre bene».

Buenafuente vede sempre il lato commerciale della situazione.

Rascel obietta: «C'è solo la parte di Eddy che dice le battute. Io che lo salvo dall'accoltellatore non si vede».

Io manifesto i miei dubbi sull'uomo che ha filmato: «Scusate, ma io quell'uomo che filmava credo di averlo già visto tre volte. L'altra sera al teatrino, oggi alla manifestazione e stasera alla Valle dei Sioux. Mi sembra troppo per essere una coincidenza».

Buenafuente sbuffa e mi ammonisce: «Eddy, sei paranoico. Esto serà un tuo fan che te segue negli spettacoli. Niente de strano, è normale. Poi potevi chiedere chi era, se proprio ci tenevi».

«Peccato che, mentre recitavo, a un tratto è sparito nel nulla. Il mio senso di vegano, comunque, mi dice che c'è qualcosa di strano. E poi era troppo elegante per La Valle dei Sioux».

Rascel ride come un deficiente e Buenafuente sorridendo mi manda a quel paese, fingendo di spararmi la ragnatela come Spiderman.

Da qualche minuto siamo in tangenziale e di fronte a noi appare un'area di servizio; quindi, Rascel fa segno di fermarsi per fumare.

Noncurante della richiesta, l'autista prosegue dritto come da programma. Il fumatore deluso si allunga sul sedile e guardando il suo telefono mi informa: «Eddy, anche il video che hai fatto con le anziane sta andando bene. Prima di venire qui, l'ho visto con mia sorella e ci siamo ammazzati dal ridere».

«Sì, ho visto. Come sempre sulla rete l'alto livello culturale vince sempre. Adesso dovrò ripagare le nonne con il mio libro. E dovrò anche portarglielo».

Dopo mezz'ora di strada, usciamo dalla tangenziale in corso Unità d'Italia che la pioggia ha smesso di cadere, accolti dalle signorine che popolano i marciapiedi.

Mi giro verso il sedile posteriore e dico: «Rascel, una signorina mi ha detto che non vuole il tuo numero».

Lui non sente perché si è addormentato, Buenafuente sorride e io alzo il volume dello stereo per sentire il radiogiornale che parla in sottofondo.

«*Oggi la posa della prima pietra ha dato il via ai lavori per la costruzione del nuovo bioparco a Torino. La cerimonia si è svolta affiancata dalla manifestazione no zoo di circa trecento animalisti che sono contrari alla nascita di questo nuovo giardino zoologico. Sentiamo il servizio del nostro inviato*».

Io e Buenafuente ci guardiamo e sospiriamo.

Lui è vegano, così come sua figlia Bea e sua moglie Anna. Abbiamo iniziato a collaborare molti anni fa, proprio per la voglia di diffondere l'etica animalista con il nostro lavoro. Io come comico e lui come agente. Una specie di Batman e Robin del veganismo, anche se poi ci siamo accorti di essere più Stanlio e Ollio, con Ollio che parla con accento sudamericano.

«Esto bioparco è terrivile. Dopo trent'anni a Torino reaprono un posto per rinchiudere animali esotici».

Poi parte con la sua solita litania in spagnolo, come ogni volta che si arrabbia. Anche questa volta non capisco niente, ma le parolacce nella sua lingua acquisiscono il fascino di un incantesimo.

Sentendolo così, dico qualcosa per sdrammatizzare: «Certo che quando ti arrabbi serve il traduttore. Speriamo ti prendano a Netflix, almeno hanno i sottotitoli».

Riesco a farlo sorridere, mentre Rascel alle nostre spalle continua a russare come una motosega.

«Esta non è male, Eddy. Segnala che può tornare utile».

«Buenafuente, ti ho già detto che sono stanco di questa vita a dieci centimetri dalla felicità. Sono stufo e vorrei trovarmi un altro lavoro. Magari meno divertente, ma con qualche sicurezza in più».

«Bueno, como me dice sempre mia moglie: niente te dà la

sicurezza del futuro, tranne la macchina del tempo. Ma siccome no existe, resisti ancora e basta con esti discorsi».

Buenafuente è lapidario perché sa che la passione per quello che faccio è immensa. Anche se continuo a dirgli che voglio smettere, lui non vuole crederci e forse non ci credo neanche io.

Siamo arrivati sotto la sede dell'agenzia.

Vedo la mia auto accanto al catorcio di Rascel che non si decide a cambiarlo perché ci è troppo affezionato. Io invece la cambierei volentieri, la macchina, ma le spese sono troppo affezionate ai miei soldi.

Accarezzo il gigante buono sul viso: «Amore della mamma, sveglia che la colazione è pronta».

Lui apre gli occhi, si stira ed estrae subito una sigaretta.

Scendiamo dall'auto diretti alle nostre rispettive vetture, mentre Rascel sta già aspirando il catrame come ossigeno vitale.

«Buonanotte, niños, io me voy a dormire che sono stanco».

L'argentino suona il clacson e si allontana nella notte sabauda, diretto alla Crocetta, dove vive con la famiglia.

Noi ci avviamo verso le auto e Rascel, soffiando il fumo che si mescola alla foschia notturna, mi saluta scherzoso: «Eddy, attento al tatuato e all'uomo nero dietro l'angolo».

«Se ci sono ti chiamo, così aiuti il tatuato a menarmi e intanto l'elegante in nero filma tutto».

Lui fa un mezzo ghigno tutto assonnato, quindi lo congedo: «Stasera non hai sbagliato niente».

Salgo in auto e parto, ripensando alla figura dell'uomo in nero che mi lascia molto turbato, mentre Torino nella notte ci osserva silenziosa.

10

#occasioni

La suoneria del telefono non si placa, obbligandomi a svegliarmi. È incredibile come una musichetta che credevi melodiosa diventa una tragedia per le orecchie quando dormi.

Apro un occhio e vedo che Buenafuente mi sta chiamando, ma sono soltanto le otto del mattino.

Faccio scorrere il dito sullo schermo e rispondo con la voce che giunge in diretta dall'oltretomba.

«Che vuoi? Lo sai che a quest'ora reagisce soltanto la mia erezione».

«Eddy, sono Beatrice».

Cominciamo bene.

Bea, la figlia di Luis, ogni tanto mi chiama dall'ufficio con il telefono del padre.

«Scusami tanto, Bea, pensavo fosse quel cretino di tuo padre».

«Eddy, ti sente, sei in vivavoce».

Ancora meglio.

«Scusatemi tutti e due. Sveglia drammatica oggi, non poteva andare peggio».

«Sì, Eddy, qui c'è anche mia madre».

Inizio di giornata perfetto.

Chiariti solo in parte i motivi della chiamata urgente, mi stiracchio nel letto che mi trattiene con tutte le forze imprigionandomi nelle lenzuola.

Mi divincolo dal solito auricolare, osservando sul telefono che il video di Troisi è giunto pressoché alla fine. Chissà se un giorno riuscirò a terminare questo favoloso documentario senza addormentarmi.

Devo alzarmi e raggiungere l'ufficio, perché c'è una riunione importantissima. Buenafuente è rimasto misterioso sull'argomento e io, essendo in coma, non me la sentivo di fare la signora in giallo.

Vegano, salveresti un maiale o tuo figlio?

Questa domanda, che non mi ha abbandonato per tutta la notte, torna a farmi visita. Dentro di me conosco la risposta, ma oltre a darla devo anche far ridere, e la cosa è più complessa.

Nel silenzio assoluto di casa mia, si sente l'insopportabile *tic tac* della sveglia di mia nonna che martella inesorabilmente.

Mi alzo dal letto barcollando e rischio di fare danni come Rascel, quando a cena da me si è ubriacato e mi ha detto: «Complimenti, Eddy, non pensavo che avessi il bagno con le porte scorrevoli».

«Non ce l'ho, l'hai fatta in ascensore».

Entro in cucina, dove mia nonna Delia sta già armeggiando ai fornelli.

«Eduardo, ma che fai alzato così presto, a nonna?».

«Buongiorno, mi hanno chiamato dall'ufficio. Devo andare subito a una riunione».

«Prima mangia qualcosa, a nonna. Non puoi andare a stomaco vuoto. Lo vuoi un po' di latte caldo?».

«Nonna, ti prego, lo sai che sono vegano e il latte non lo bevo. Già combatto con la mucca per chi deve mangiare l'erba, almeno il latte lo lascio al vitellino».

«Sempre a pensare a questi animali».

«Nonna, è più forte di me. Da quando sono vegano mi è aumentata l'empatia».

«Lo sapevo che ti ammalavi. Te le sei fatte le analisi?».

Sorrido a mia nonna e le do un bacio sulla guancia, spiegando: «Nonna, l'empatia non è un virus, ma significa mettersi nei panni degli altri».

«Come facevo io in tempo di guerra che mi mettevo i panni smessi di mia sorella più grande. Poi mia sorella più piccola si metteva i panni smessi miei».

«E poi tuo fratello più piccolo ancora, avendo solo sorelle è diventato un travestito a nove anni. Nonnina, sono in coma, lasciamo perdere».

Vado in bagno dove allo specchio mi spavento. Guardo i santini di padre Pio sparsi per la casa e sembra che anche loro abbiano gli occhi chiusi per la paura. Doccia, barba, capelli, crema antirughe, ma il miracolo oggi fatica ad avvenire. Dopo la ristrutturazione mi vesto con le prime cose che trovo aprendo l'armadio, poi mi faccio un selfie e condivido su Instagram.

Stamattina per migliorare la faccia, servono gli effetti speciali. #buongiorno #svegliaall'alba #ilcomicovegano #aiuto

Poi do una scorsa a Facebook, ma non condivido niente perché non ne ho la forza.

Twitter lasciamo stare, perché a quest'ora più che un cinguettio verrebbe fuori un lamento. Un tweet, poi, ha 280 caratteri, ma io al risveglio ne ho solo uno, ed è pure pessimo.

«Eduardo, lo vuoi il caffè a nonna?».

La domanda mi appare come l'ultimo posto libero su una scialuppa del *Titanic*.

Quindi vado in cucina e prendo una bella tazza di caffè, preparato con tutto l'amore del mondo.

«Grazie, nonna, questo caffè è una favola. Me ne daresti ancora?».

Seconda tazzina in tre minuti, sperando che faccia effetto il prima possibile.

Abbraccio nonna e la saluto con un bacio.

«Ciao, nonna, ti voglio bene. Ci vediamo più tardi».

«Ciao, Eduardo, vai piano, a nonna. Fai attenzione. Mangia qualcosa, non farmi preoccupare. Telefona quando arrivi. Stai attento a quello che fai…».

Esco di casa diretto a Torino, lasciando mia nonna che continua nel suo elenco infinito di raccomandazioni.

Dopo aver fatto la prima rampa di scale, mi accorgo di aver dimenticato il telefono a casa. Alzarmi a quest'ora non fa proprio per me, ho la pressione azzerata e il bioritmo di un bradipo.

Risalgo aggrappandomi alla ringhiera come uno zombi ed entro in casa, dove sento mia nonna che continua in autonomia: «…e ricordati la cintura in macchina, a nonna. Attento al traffico. Non fare come fai sempre tu…».

Prendo il cellulare e sono fuori, certo che mia nonna continuerà a raccomandarsi anche quando ormai sarò arrivato in ufficio.

Giunto al portone del condominio, appare ilFenomeno a completare la tragedia mattutina con il suo italiano improbabile: «Buongiorno, Eddy, ma che minchia fai sveglio così presto? Mi devo preoccupare, mi sa che successe quaccosa. Riunione improvvisa colla setta dei vegani?».

«Sì, ci riuniamo per venerarti. Lo sai che amiamo i vegetali».

Esco mentre ilFenomeno ridacchia, anche se questa volta secondo me non ha capito la battuta. IlFenomeno è un bonaccione, ma in condominio su di lui circolano strane voci. Si narra di un suo passato losco, anche se a vederlo sono convinto che siano solo chiacchiere. L'unico crimine che commette di continuo è l'assassinio della lingua italiana.

Salgo in auto e parto, passando davanti all'edicola di Perozzi e al bar di Maurì, che sembrano molto indaffarati. A quest'ora il cielo ha una luce diversa da quella a cui sono abituato e mi appare tutto strano. Accendo la radio per cercare di uscire dallo stato di dormiveglia, poi decido di mettere un CD swing.

Cullato dalla musica, continuo a chiedermi cosa ci sia di tanto urgente per convocarmi alle otto del mattino. Sarà successo qualcosa di brutto dopo quello che ho combinato ieri sera? Fuori, una nebbiolina leggera sta cedendo il posto al sole.

Dopo una ventina di minuti sono sotto l'ufficio e, siccome non c'è mai parcheggio, avviso Buenafuente con un WhatsApp e lui con il telecomando mi apre il cancello del cortile.

Parcheggio, poi continuo a dormire in ascensore mentre salgo.

Alla porta d'ingresso mi accoglie Bea. Una ragazza intelligente, capelli neri con le punte bionde e fisico atletico. Per fortuna somiglia a sua madre, perché Luis non è proprio un uomo bellissimo. Con lei vado d'accordo, perché è una ragazza molto spiritosa.

«Ciao, Bea, scusami ancora per prima, ma ero appena sveglio e connettevo poco. Mi voglio scusare anche con tua madre».

«Ciao, Eddy non preoccuparti, accomodati. Mamma è già andata via».

«Tutto bene? Il corso di lindy hop al Music Club come va?».

«Bene, grazie. Al corso vado sempre e adesso inizia il bello, perché stiamo preparando il saggio. Sarà bellissimo e magari ti chiederò di presentarlo».

«Certo, molto volentieri».

«Comunque, papà è in sala riunioni che ti aspetta. Io prendo dell'acqua per tutti e arrivo».

Andando verso la sala riunioni, osservo i manifesti appesi alle pareti con gli spettacoli organizzati in questi anni.

Sono tutti incorniciati e messi a regola d'arte, coprendo quasi interamente le pareti color bordeaux dell'ufficio.

In un angolino ce n'è anche uno dei miei, con una foto in cui sorrido come un deficiente.

Buenafuente mi accoglie davanti alla porta della sala riunioni: «Ciao, Eddy, te aspetavamo. Bueno, entriamo pure e scusa se te ho buttato giù del letto, ma es importante. Me racomando».

«Ciao, Luis».

Dopo i saluti entriamo nella stanza e vedo qualcosa che non mi sarei mai aspettato.

Dallo stupore resto fermo per un attimo, poi avanzo spinto da Buenafuente che mi invita ad accomodarmi.

Nella sala riunioni, c'è una persona che mai avrei immaginato di trovare seduto a sorridermi. Guardo bene per assicurarmi che il sonno non mi scateni le visioni, poi mi rendo conto che invece è proprio lui: l'uomo in nero che al locale mi filmava e che ho visto almeno tre volte in questi giorni.

Abito scuro con giacca e cravatta, occhiali con la montatura invisibile e capelli grigi molto radi.

Lo guardo stupito e non riesco a trattenermi dal fare ironia: «Ma allora mi segui. Questa è la quarta volta che ti vedo in pochi giorni. Le rockstar hanno le groupie, io ho uno stalker anziano. Ognuno ha ciò che merita».

«Eddy, te prego, siedete e non hablare più del dovuto como fai siempre», mi placa Buenafuente, mentre prendiamo posto al tavolo con l'elegante sconosciuto. Bea entra dopo qualche secondo, mette le bottigliette d'acqua sul tavolo e si siede accanto a me.

Buenafuente riprende con calma: «Bueno, Eddy, como sai tra qualche mese ci sarà Sanremo».

«Sì, non vedo l'ora. Stavo proprio cercando un modo per suicidarmi, quindi lo guarderò aspettando la morte», dico.

«Eddy, esto signore è un autore de Sanremo».

Purtroppo, oggi sono condannato a fare brutte figure, la giornata va così. Ma l'uomo sorride, poi mi allunga la mano per presentarsi: «Molto piacere, io sono Mario Manfredi».

«Piacere, Eddy. Mi scusi, ma si fa per ridere».

L'uomo in nero continua: «Tranquillo, Eddy, non preoccuparti. Sono qui per una cosa molto importante».

Buenafuente riprende la parola, gonfio di orgoglio: «Esto signore è in contatto con me da qualche tempo. Infatti, lo hai visto perché io le davo gli appuntamenti por vederte all'opera».

Guardo scioccato Buenafuente: «Quindi tu sapevi chi era e non mi hai detto niente quando ti manifestavo le mie preoccupazioni?».

«Bueno, non volevo crearti aspettative inutili. Vi conosco voi comici, subito ve montate la testa. Ora tutto è a posto, quindi el signor Manfredi te dirà tutto».

Con grande attenzione osservo Manfredi e sono curiosissimo di sapere quello che ha da dirmi.

«Eddy, io sono un autore del Festival di Sanremo. Il nuovo direttore artistico del Festival ha una cosa in comune con te: è vegano. Lui segue il tuo lavoro sui social da tempo e ha avuto un'idea molto bella. Io sono venuto a vederti dal vivo, perché volevo verificare come funzionasse il tuo materiale con il pubblico. Ti ho anche filmato e ho inviato il tutto al direttore artistico che ora non ha più dubbi: vuole prenderti a lavorare con noi».

Resto in silenzio per pochi secondi che sembrano anni, guardandomi intorno spaesato.

Osservo Bea che accenna un sorriso, mentre Buenafuente si agita sulla sedia come se friggesse e sorride fissandomi fiero.

Prendo fiato, poi dico: «È una bella notizia. L'occasione sembra imperdibile, ma Buenafuente sa che io vorrei smettere di far parte di questo mondo, se mai ci sono entrato. E poi è da troppo tempo che non faccio più l'autore. Non saprei, davvero».

L'uomo mi guarda negli occhi, poi si sfila gli occhiali e inizia a pulirli con una pezzetta che ha estratto dal taschino interno della giacca. Inforca deciso le lenti e mi spiega meglio: «No, Eddy, non hai capito. Il direttore ti vuole come ospite comico al Festival. Vuole dare a uno sconosciuto l'opportunità di apparire nel più grande show televisivo italiano, perché vuole un vegano in questa trasmissione. E lui crede che tu sia la persona giusta. Mi sembra un'occasione da non perdere. Che ne dici?».

Seduto sulla sedia, attendo che qualcuno mi dica che è uno scherzo. Penso che la vita è strana: da piccolo mi hanno sempre detto di temere l'uomo nero, ma forse sarà proprio lui a colmare quei dieci centimetri che mi separano dalla felicità.

11

#laproposta

«No, Eddy, non hai capito. Il direttore ti vuole come ospite comico al Festival. Mi sembra un'occasione da non perdere. Che ne dici?».

Dopo questa domanda, seduto su quella sedia in cui mi trovavo ci sono rimasto dodici settimane. E non è stata una paresi.

Come direbbe qualcuno appena più in alto di me, fu sera e fu mattina una serie di volte: novantesimo giorno.

Sono rimasto su quella sedia per tre mesi a preparare con i miei collaboratori il monologo che farò in televisione.

Ogni mattina sono andato in ufficio a orari fantascientifici per un vampiro come me e giorno dopo giorno si è affievolita la voglia di abbandonare la comicità.

Scrivere, memorizzare, provare e riprovare nei locali, riscrivere, imparare ancora e oggi forse il monologo ha raggiunto la forma che stavamo cercando.

Seduto sulla stessa sedia, sorrido a Buenafuente e Rascel che mi invitano a bere l'ennesimo caffè.

Mi alzo, chiamo Bea e poi scatto un selfie di noi quattro che condividerò, perché tutti devono sapere che il pezzo è pronto.

Apro Instagram, posto la foto e scrivo:

Monologo finito, ma non fa ridere.

#ilbuonoilbruttoeilvegano #ilcomicovegano #vegan #sanremo

Faccio lo stesso su Facebook e Twitter taggando tutti i presenti. Poggio il telefono sul tavolo e, mentre gli altri due bevono, verso lo zucchero nel mio caffè.

Girando la paletta di plastica, nel bicchierino di plastica, che contiene un caffè che sa di plastica, riassaporo le emozioni di questo ultimo periodo, sperando che non siano di plastica.

Rivedo me che abbraccio mia nonna Delia e le comunico che sono stato scelto per andare al Festival di Sanremo.

«Ma come, a nonna, mo' non fai più il comico, canti?».

Questa è stata la sua prima risposta.

Dopo averle spiegato che ero stato scelto come ospite comico, ha iniziato con le sue immancabili raccomandazioni: «Mi raccomando, a nonna, in quegli ambienti attento alla droga».

«Tranquilla, non la perdo».

«Non scherzare, perché anche se tu non la usi, in quei locali quando ti giri, la droga te la mettono nel bicchiere».

«Ecco perché un succo costa trenta euro!».

Poi le ho sorriso e lei ha continuato ostinata con altri mille avvertimenti di ogni tipo, per terminare con: «Anche se mo' vai in televisione, ricordati di portare i libri alle mie amiche che ce gliel'hai promesso. Gli indirizzi e i nomi stanno nel foglio sul tavolino. E prima di partire, fatti le analisi, che sei pallido».

Ripenso ai Mi piace sulla pagina Facebook che sono aumentati a dismisura dopo la notizia dell'ospitata a Sanremo.

Per festeggiare l'evento abbiamo brindato al bar di Maurì, invitando amici e conoscenti. Io, Rascel e Buenafuente, con la gioia negli occhi, abbiamo sollevato i calici di spremuta d'arancia.

Io ho dato il via al brindisi: «Brindiamo a questa fantastica avventura, il nuovo inizio che sognavamo da troppi anni».

«Bueno, soy felice de brindare, por que sarà un successo».

Buenafuente ha alzato il bicchiere con il suo immancabile spagnolo mentre Rascel, meno loquace di un casello automatico dell'autostrada, si è limitato a un felice: «Cin».

È seguito un tintinnio di bicchieri male assortiti: Perozzi con il bicchiere di bianco in mano, ilFenomeno con un bicchierino di limoncello, Jerry il guardiano del museo con uno spritz tenendo tra le braccia la figlia Giada, che a sua volta solleva un bicchiere di Coca-Cola.

C'era anche Lory, la sorella di Rascel, con la collega occhialuta della libreria. La ragazza brindava lanciando sguardi inequivocabili al gigante buono che però non coglieva.

Infine, mia nonna Delia con il suo caffè quotidiano, insieme a tutte le supernonne al completo che sentenziavano: «Complimenti, ma è tutto merito del nostro video, adesso portaci a Hollywood».

E un bicchiere di aranciata lo ha sollevato soprattutto Alexandra Fei, detta Alex, di passaggio prima del servizio, sempre più irresistibile agli occhi di un certo comico. Dopo il brindisi, sono riuscito persino a farmi dare il suo numero di telefono.

Nemmeno il tempo di bere, che Maurì ha subito proposto la sua idea per capitalizzare: «Aò, qui ar bar organizzo l'evento: aperitivo co' Sanremo, insieme alla nonna del comico. Così te possiamo vedè tutti insieme in diretta».

Il trillo del cellulare di Buenafuente mi fa tornare alla realtà dell'ufficio, mentre giro il cucchiaino nel mio caffè di plastica.

Lui risponde parlando in spagnolo, quindi sarà in linea con qualcuno della famiglia, gli unici con cui si esprime in lingua madre. Chiude il telefono, poi controlla l'ora sul nuovo Rolex che indossa oggi e dirige i lavori: «Bueno, ora che el monologo è pronto lo devi studiare Eddy. Ma studiare muy bien, por que esta è "l'occasione"».

«Ma no, lo sai che io amo improvvisare. Al massimo all'ultimo minuto scendo in platea e sfotto i presenti».

Scherzo per stemperare l'ansia che ho all'idea di quello che dovrò fare.

Rascel come al solito di poche parole se ne esce con: «Ma vai a braccio».

«Sì, come fai sempre tu chiuso in bagno».

«Mi spiace, ma non faccio queste cose. Lo dice anche la religione che toccarsi rende ciechi».

«Io in realtà sulla Bibbia non sono mai riuscito a leggerlo», dico strofinandomi gli occhi.

Rascel non coglie al volo la battuta e si ferma a riflettere, mentre Buenafuente se la ride a crepapelle.

Mentre ci sfottiamo a vicenda, entra Bea che porta dei fogli da firmare, squadrandoci come la maestra guarda i suoi bimbi più discoli. Posati i fogli, torna nel suo ufficio.

Decido che adesso posso tornare a casa, anticipando l'ora del rientro quotidiano, almeno da tre mesi a questa parte.

Nel frattempo, mia nonna avrà già preparato un buffet per dodici. Anche se, continuando di questo passo, presto dovrà apparecchiare per quattro: io, lei, il colesterolo e il diabete. Sono certo che prima o poi un catering la denuncerà per concorrenza sleale.

Oggi però posso anticiparla e pregarla di fare solo poche cose, perché riesco a rientrare verso le quattordici. È comunque troppo tardi, perché lei si sarà alzata all'alba per organizzare una puntata speciale di MasterChef.

Mia nonna è l'unica persona al mondo che riesce a preparare una cena vegana che si digerisce a rate. Ad esempio, oggi ho digerito la sua cena di Natale. Del 1983.

Prendo il mio giubbotto per andarmene e mi congedo dagli amici: «Ragazzi, io vi saluto e vado a casa. Da domani mattina potrò ricominciare ad alzarmi tardi. Mi metto nella cassa e non mi sveglio prima di Dracula».

«Bueno, ma ricordate che domani pomeriggio sei qui per provare e la sera se va alla Valle dei Sioux a farlo in pubblico. Anche por que tra tre giorni se parte per il Festival».

«Tranquillo, Luis, domani puntuale. Rascel vieni con me o vai a casa da solo?».

«No grazie, passo da mia sorella Lory in libreria, poi torno a casa con lei».

«Da un po' ci vai spesso, sei diventato di colpo amante dei libri o vuoi dare a qualcuna il segnalibro?».

«Ma smettila».

E poi Rascel diventa bordeaux come i muri dell'ufficio, mimetizzandosi con la parete. Ho colto nel segno, perché gli piace moltissimo la collega occhialuta di sua sorella che lo guardava al brindisi. Allora lo sostengo: «Dai non arrossire, Rascel, ti prometto che un giorno vengo in libreria e ti spalleggio per farti fare la tua conquista».

«Non mi serve la balia», sentenzia, riprendendo il suo colore naturale.

Io continuo: «Quindi, cari, adesso vi saluto. Ci vediamo domani».

Loro rispondono con un cenno della mano e io esco dalla sala riunioni. Dirigendomi verso l'uscita, saluto Bea che è alla scrivania imprigionata da una ragnatela di fogli incollati ovunque, apro la porta dell'ufficio e mi teletrasporto in auto.

Non c'è molto traffico a quest'ora, quindi in poco tempo arriverò a casa.

Torino è lì che mi guarda, mentre io la attraverso con dolcezza.

La città è magica per antonomasia, infatti in certe zone se non stai attento ti sparisce tutto. Però è bellissima. Anche se io sono nato a Torino, la mia famiglia è del Sud. Non so se avete notato che quando sei di origini meridionali, al Nord resti terrone per sempre, mentre al Sud sei un polentone. Insomma, non sei a casa in nessun posto, oppure sei a casa ovunque.

Rientrando, passo davanti al parco Michelotti, perché sono curioso di vedere come procede il cantiere del bioparco.

Giunto lì, vedo nuovi e grandi capanni degli attrezzi immersi nel verde, uffici prefabbricati e materiale sparso ovunque. Mi domando come starà Walter Vanni, il signore dello zoo, immaginandolo mentre si strofina le mani pensando ai grandi affari che gli porterà il nuovo business.

Magari lo saluterò dal palco più ambito d'Italia tra tre giorni. Sempre se riesco a digerire la cena di mia nonna.

I rumori della città si affievoliscono alle mie spalle, perché sto entrando nella calma della collina.

La pace che circonda casa mia all'inizio è quasi inquietante, perché c'è un silenzio totale. Se non si è abituati a quella calma, può capitare di non riuscire a dormire per il troppo silenzio.

All'inizio anche io ho faticato ad abituarmi, ma poi mi sono assuefatto così tanto a quel silenzio che non potrei più vivere nel caos del centro città. Per fortuna i miei genitori prima di sparire, erano riusciti a estinguere il mutuo e almeno a me e a mia nonna hanno lasciato una casa in cui vivere.

Parcheggio sotto la palazzina con molta calma, assaporando l'idea del relax pomeridiano sul divano.

Sono le quattordici circa, quindi mia nonna sarà già al centro anziani. Tiro fuori il mazzo di chiavi per aprire il portone, ma dopo trent'anni mai che beccassi subito quella giusta.

Per la mia gioia in portineria non c'è ilFenomeno, quindi posso risparmiarmi le sue solite battute, anche se la cosa mi sembra anomala. Lui non si assenta quasi mai dalla portineria, se non per fare qualche commissione urgente per i condomini. Forse è in giro o pranza con la famiglia più tardi del solito.

L'ascensore è fermo all'ultimo piano, quindi preferisco salire a piedi facendo gli scalini mentre controllo le notifiche sul cellulare.

Giunto al piano, indovino la chiave della porta blindata al primo colpo. Facile, è la chiave più grande di tutte.

Giro la chiave ma la porta si apre subito, perché mia nonna evidentemente ha dimenticato di dare i soliti seicento giri con annessa prova se la porta è davvero chiusa. Strano, perché quella della porta è la sua raccomandazione più classica: «Mi raccomando chiudi bene la porta, attenzione a fare tutti i giri della chiave».

E sta parlando da sola.

Forse aveva fretta di correre al centro anziani per il campionato di trigliceridi; quindi, si dev'essere chiusa la porta alle spalle senza dare le sue consuete mandate.

Entro in casa, via le scarpe e mi tuffo sul divano con in mano lo scettro: il telecomando.

Parto subito con un po' di zapping compulsivo, anche se la televisione è diventata una tragedia. Mentre la guardo, mi diverto a immaginare i protagonisti delle trasmissioni che dicono cose diverse dalla realtà.

Allora metto un programma di approfondimento: «In America i terroristi minacciano di bloccare i treni. In Italia devi minacciare per farli partire».

Spengo la televisione e decido di guardare qualcosa sul telefono. Tiro un sospiro e mi stiracchio, avvolto dal silenzio totale del primo pomeriggio. Un silenzio quasi irreale se si pensa che poco distante la città è in fermento.

A causa dei doppi vetri, non sento nemmeno gli uccellini che cantano felici fuori dalla finestra.

L'unica cosa che rovina l'atmosfera di serenità è il ticchettio della sveglia di nonna, con il suo *tic*, *tac*, *tic*, *tac* che non mi abbandona mai.

Sto per aprire YouTube sul cellulare, quando sul tavolino del salotto noto un foglio messo alla rinfusa. Un vero sacrilegio per mia nonna, così precisa che quando pulisce non trovano tracce nemmeno quelli della Scientifica.

Guardo meglio per capire di che si tratta, ma da lontano non riesco a decifrare la scritta.

Allora mi sporgo dal divano con la mano sinistra, allungandomi fino al foglio mentre nella destra stringo ancora il cellulare. Per un paio di volte manco la presa, come la mano metallica nella macchinetta dei peluche al luna park.

Al terzo tentativo afferro il foglio, perdendo quasi l'equilibrio. Poggio il telefono sul bracciolo del divano e stendo per bene la carta, iniziando a leggere:

Caro comico vegano,
ho rapito tua nonna.
Adesso devi eseguire i miei ordini.
tu non andrai a Sanremo perché rifiuterai l'invito.
Essere vegani è sbagliato, gli animali sono sulla terra per servire l'uomo.
Anche nelle Scritture si afferma che gli animali sono creature inferiori all'uomo, quindi è ora di eliminare l'estremismo animalista.
Dichiara subito a tutti i giornali che rinuncerai a Sanremo.
Se non seguirai le mie istruzioni o chiamerai la polizia, lei morirà.
Preferisci salvare stupidi animali o la persona che ami?

Il Cacciatore di vegani

12

#sonouncomico

Mi alzo dal divano, stringendo tra le mani quel maledetto foglio che leggo e rileggo con grande attenzione.

Penso a uno scherzo, ma guardandomi intorno mi rendo conto che non può esserci nessuno lì.

Rileggo il biglietto e mi innervosisco, pensando che, se è vero, dovrò dimostrare a questo farabutto perché gli esseri viventi più forti del pianeta sono erbivori. Unica eccezione: Chuck Norris.

Forse devo escogitare un modo per mettermi in contatto con lui e trattare, ma poi mi rendo conto che è impossibile. Non c'è nessuna traccia che mi possa condurre a questo folle, solo questo dannato pezzo di carta scritto a macchina.

Cresce dentro di me l'ira, pensando alla mia povera nonna nelle mani di un criminale.

Resto immobile, con il messaggio tra le mani, e mi prende lo sconforto.

Vorrei che tutto si potesse risolvere con una battuta come faceva nonna con me da bambino, per non farmi pensare alla situazione drammatica che stavamo vivendo. Infatti, dopo la sparizione dei miei genitori e la morte di mio nonno, vivemmo un momento molto difficile. Ma bastava la sua dolcezza quando giocava con me per farmi dimenticare la situazione.

La vita sa essere bastarda, l'ho provato sulla mia pelle negli ultimi quarantacinque anni: prima la morte di mio nonno, poi i debiti, il successo mai raggiunto, gli autografi che non mi hanno mai chiesto, le risate mancate da parte del pubblico e tutti quei locali tristi dove mi hanno umiliato. E poi, i teatri mai riempiti, gli applausi negati, le porte chiuse in faccia, i soldi che mancavano, la solitudine, l'ansia per il telefono che non squillava mai, il cambiarsi veloce nei bagni dei locali, le trasmissioni che non ho mai fatto, la voglia di riscatto bruciante, alimentata dall'inutile corsa verso un futuro incerto. Anche se ogni mattina mi svegliavo sperando che quello fosse il giorno giusto per colmare quei maledetti dieci centimetri che mi separavano dalla felicità.

E adesso che finalmente qualcosa nella mia vita sta per cambiare, arriva questo biglietto a portarmi via mia nonna Delia e a distruggere gli ultimi brandelli di un sogno.

Come se già non bastasse aver perso i miei genitori in un giorno qualunque di tanti anni fa, quando si sono volatilizzati senza nessuna spiegazione.

Da quel momento è passato molto tempo e io quasi non li ricordo più. Ho in testa soltanto pochi episodi della mia infanzia, perché li racconto spesso negli spettacoli. Esorcizzo la sofferenza di una vita difficile, inventandomene un'altra che fa ridere.

Immagino che i miei genitori si siano ormai rifatti un'esistenza. Forse avrò fratelli da qualche parte, perché so che stavano provando a farmene uno.

Lo so bene perché entrando in camera li colsi sul fatto e mio padre vedendomi improvvisò: «Tranquillo, Eduardo, le sto facendo la puntura».

Pensate solo il mio shock il giorno dopo dal dentista.

Poi, da quando sono scomparsi, la persona che più mi è stata accanto è stata mia nonna Delia.

Dapprima c'erano lei e mio nonno, un uomo dalla battuta sempre pronta.

Mi diceva che amava i comici degli anni Sessanta, perché, pur in bianco e nero, riuscivano a comunicare emozioni piene di colori. Mentre oggi, con tutta la tecnologia a disposizione, alcuni artisti riescono a trasmettere solamente il grigio.

Quest'osservazione l'ho capita soltanto qualche anno dopo, quando ormai lui se n'era andato.

Una mattina, all'ora in cui si alzava di solito, non si svegliò.

Mi è sempre piaciuto pensare che non fosse morto, ma come si favoleggia ci sia scritto sull'epitaffio di Walter Chiari, che a lui piaceva tanto: «NON PREOCCUPATEVI AMICI, È SOLO SONNO ARRETRATO».

Da allora io e mia nonna siamo diventati una cosa sola, nonostante i nostri continui battibecchi. E adesso qualche delinquente ha pensato di lasciarmi questo biglietto scritto a macchina.

> Caro comico vegano,
> ho rapito tua nonna.

Non chiamarmi "caro", perché sono un comico tra i più economici. Ma forse questo è un mitomane che mi ha conosciuto per via di questa improvvisa notorietà da Festival di Sanremo e pensa chissà cosa.

Sarebbe stato meglio che mi uccidesse e basta, perché così lo sta facendo ma con maggiore crudeltà.

Mi uccide l'anima, privandomi della persona più importante per me. E uccide la mia arte, obbligandomi a rinunciare all'unica opportunità che ho avuto dopo tanti anni.

Adesso che avrei l'occasione di riscattarmi dalla mia fallimentare carriera di comico, dovrò rovinarmi con le mie stesse mani per liberare mia nonna.

Voglio salvarla con tutto me stesso, ma non posso gettare alle ortiche l'occasione artistica della mia vita.

In piedi nel mio salotto, stringo le minacce vergate nero su bianco e mi chiedo chi sia il Cacciatore di vegani.

Ma soprattutto mi chiedo che cosa dovrei fare. Io non sono un supereroe, sono un comico.

Sono. Un. Comico.

Tre parole che forse mi suggeriscono cosa potrei fare per salvare mia nonna e anche me stesso.

13

#resistere

Quando sono in scena, è come se avessi dei superpoteri.

Mentre recito non mi sfugge niente, ogni piccolo dettaglio è messo a fuoco. Nella vita le cose sono molto più complicate, ma ora è il momento di reagire.

In fondo io sono un comico, quindi mi basta immaginare che adesso la vita sia la mia scena. Attivo i miei sensi al massimo livello, perché devo risolvere questo maledetto enigma. Rimetto le scarpe con foga, al punto che si rompe un laccio. Ecco perché i supereroi usano sempre gli stivali.

Ho poco tempo a disposizione prima di Sanremo e devo sfruttarlo nel miglior modo possibile.

Da domani mancano soltanto tre giorni e poi dovremmo partire. Ma, se non troviamo mia nonna, non partirò e tutto sarà finito. In più, questo mitomane pazzo forse non la libererà nemmeno, anche se io farò come dice lui.

Devo stare molto attento, perché nessuno può sapere quello che sta succedendo a parte Rascel e Buenafuente di cui mi fido senza riserve. Fingerò che vada tutto bene e mi comporterò come sempre, mentre cerco di capire come risolvere questo problema.

Tanto sono un comico, quindi abituato a fingere allegria anche quando le cose sono drammatiche.

Inspiro come per andare in scena e parto per iniziare lo spettacolo più importante della mia vita: salvare mia nonna.

Mi chiudo la porta alle spalle, ma senza girare la chiave come si raccomanda sempre nonna Delia perché non ho tempo.

Scendo gli scalini a tre a tre, rischiando di cadere almeno un paio di volte.

Intanto con il telefono invio un messaggio WhatsApp a Rascel e Buenafuente nel nostro gruppo.

Ciao, ci vediamo tra un'ora in ufficio. È molto urgente.

Giunto nell'androne, mi dirigo verso la portineria per chiedere al Fenomeno se oggi ha visto qualcosa di strano.

Alla guardiola non c'è nessuno, allora busso con insistenza sul tavolino. Dopo qualche secondo, batto ancora e non vedendolo arrivare, chiamo: «Fenomeno, sono Eddy. Ci sei? Fenomeno!».

L'ingresso della portineria si apre, ma, invece di apparirmi ilFenomeno con la classica giacca ricoperta di capelli, esce sua figlia. È una ragazza alta, con una chioma scura e un piercing sul sopracciglio. Quanto a bellezza appare chiaro che non ha preso dal Fenomeno, cosa che si evince anche quando parla in italiano corretto.

«Ciao. Ecco il comico vegano, ma che fortuna abitare nello stesso palazzo di un personaggio così famoso».

«Sì, ormai sono famosissimo. Pensa che l'altra sera davanti a un locale ho detto: "Ciao, sono qui per lo spettacolo, posso entrare? Sì, entra, ma il comico non c'è ancora"».

La ragazza sorride.

«Eddy, sei troppo simpatico, chissà quante persone ti chiamano dopo la storia di Sanremo».

«Sì, anche oggi mi ha chiamato il direttore della Rai».

«E cosa ti ha detto?».

«"Scusi, cercavo l'idraulico"».

La ragazza se la ride allegramente, ma io ho fretta di sapere.

«Scusa, ma io vorrei parlare con tuo padre. Come mai sei uscita tu?».

«Papà ha la febbre, e sta dormendo. Mi ha chiesto di non

disturbarlo e di tenere chiusa la portineria. Ma ho sentito che eri tu, quindi sono uscita lo stesso. Posso aiutarti io?».

«Vorrei parlare con lui, ma va bene lo stesso. Oggi hai visto qualcosa di strano qui nel palazzo?».

«A parte mio padre, direi di no».

Sorrido, poi insisto: «Non so, movimenti strani. Persone che non avevi mai visto, qualcosa di anomalo che ha attirato la tua attenzione».

«Ho capito, Eddy. Temi che qualche paparazzo abbia scoperto dove vivi e ti segua. Sono i problemi del successo».

La ragazza inizia a dimostrarsi meno arguta di quanto sembrasse.

Cerco un modo per andarmene, quando sorridendomi complice mi chiede: «Eddy, prima di andare, almeno una foto con te la voglio. Dopo la televisione sarai famosissimo, quindi ne approfitto adesso».

Se solo sapesse quello che sta accadendo penso che cambierebbe idea sulla mia futura popolarità.

Comunque, per non destare sospetti, faccio una foto con lei, come se fosse tutto normale. Anche se scalpito dalla voglia di uscire per chiedere in giro se hanno visto mia nonna.

La ragazza esce dalla guardiola della portineria e mi si avvicina. Allunga il braccio destro per fare un selfie e sorridente esclama: «*Cheese*».

Io sorrido e con la mano sinistra faccio la V di "vegan", così anche lei mi imita e porta la sinistra sul cuore facendo la V.

Due deficienti.

Subito carica la foto su Instagram e su Facebook.

#incontri #ilcomicovegano #picoftheday #foto #vip #vegan

E continua a inserire parole chiave all'infinito, con una velocità incredibile.

«Adesso ti taggo, così la foto l'avrai anche sulla tua pagina».

«Sì, grazie mille. Intanto io ti saluto».

«Grazie a te e peccato che non potrò vederti in TV, perché

parto. Mio padre mi ha regalato una vacanza per la mia laurea».

«Dove vai?».

«Fuggo da Torino per fare il viaggio dei miei sogni: vado in Australia, non vedo l'ora».

«Bella l'Australia. E vedrai anche i poveri canguri che rischiano l'estinzione perché faticano ad accoppiarsi».

«Davvero? E come mai?».

«Prova tu a trombare a saltelli».

Lei ride in modo molto rumoroso, quindi ne approfitto per congedarmi e uscire in strada.

Mi guardo intorno e tutto sembra tranquillo, come sempre.

A piedi arrivo all'edicola, dove Perozzi sta servendo un signore che acquista dei giornaletti vietati ai minori. Infatti se ne sta tutto chiuso nel bavero del cappotto, continuando ad alzarsi la sciarpa, manco stesse facendo una rapina.

Stupito mi chiedo perché con la tecnologia moderna qualcuno compri ancora riviste porno.

Perozzi mi vede e mi fa uno sguardo complice e un cenno, per ammiccare alla rivista acquistata dallo strano personaggio.

«Ciao, Perozzi».

Lui mi sorride e parlando al cliente dice: «Oh, guardi chi c'è. Il comico vegano che andrà a Sanremo neh».

Il tizio timidamente mi saluta: «Buongiorno, comunque ora io vado. Arrivederci e complimenti».

«Grazie mille, e complimenti a lei per la scelta editoriale», dico.

Perozzi scoppia a ridere, io sorrido e il signore si allontana a passo svelto.

«Eddy, stai pronto neh. *Nessuno mi rispetta: ho detto a mia moglie che mi piace se mi parla durante il sesso. Ieri mi ha chiamato da un motel*».

Fingo di tentennare prima di rispondere al solito gioco che facciamo, poi dico il nome del comico: «Rodney Dangerfield, comico americano divenuto famoso con il suo tormentone: *No respect*. Comunque oggi non ho molto tempo e ho già fatto colazione».

Perozzi fa un sorriso e apre il giornale, su cui ha sottolineato come al solito le notizie che vuole sottopormi, ma ho troppa fretta.

«Eddy, è strano vederti qui a quest'ora neh, saranno tre mesi che non ti fai vivo nel pomeriggio bòja fàuss. Ma sono davvero contento per te neh. Allora visto che sei qui, ne voglio approfittare. Alura, in questi giorni ho raccolto tante notizie».

«Perozzi, scusa, ma ho molta fretta e devo chiederti una cosa: oggi hai visto mia nonna?».

«Mi sembra di averla vista passare come al solito mentre andava al bar da Maurì, però sai che io da lontano sono bornio e vedo poco».

«Capisco. Ma era la solita ora?».

«Non ricordo, mi dispiace. Ma va tutto bene?».

«Sì, soltanto che non sono ancora rientrato a casa, quindi volevo sapere se è già passata per andare al centro anziani. Magari ci faccio un salto subito».

«Ho capito. Va bin con i lavori?».

«Benissimo, oggi abbiamo terminato il pezzo».

«Le notizie più curiose vuoi sentirle? Mi sembri agitato, quindi se hai fretta non fa niente neh».

Vorrei tanto andarmene, ma devo fingere che sia una giornata qualunque, perché tutti potrebbero essere il Cacciatore di vegani e non mi fido di nessuno. Invito Perozzi a leggere come sempre le sue notizie e lui attacca: «Il Touring Club dichiara: nonostante la crisi, gli italiani continuano a viaggiare».

Perozzi attende, ma la mia battuta non arriva.

Sono distratto dal pensiero fisso di quel biglietto e dal capire dove sia mia nonna, chi l'ha rapita e come salvarla.

«Eddy, ma che succede? Oggi sei strano».

«No, Perozzi, stavo pensando qualcosa di originale da dire, sono un po' stressato dal lavoro. Dai, ripeti per favore».

«Il Touring Club dichiara: nonostante la crisi, gli italiani continuano a viaggiare».

«Infatti vanno a Medjugorje».

Perozzi se la ride contento e poi continua con le notizie, mentre io tamburello con il piede sul marciapiede.

«La prossima notizia riguarda proprio il tuo campo: in Brasile, alcuni narcotrafficanti nascondevano la cocaina nei pesci».

«Be', un fritto misto ventimila euro».

«Bravo Eddy, questa è bellissima neh».

«Il fritto misto a ventimila euro, forse sarebbe l'unico modo per scoraggiare le persone a mangiare pesci che sono comunque esseri viventi».

«A proposito di animali, qui c'è una notizia che non ti piacerà. Walter Vanni ha dichiarato che gli animalisti sono anacronistici e bloccano lo sviluppo».

«No, è colpa sua se lui non si è sviluppato».

«Buona questa, bòja fàuss».

«Quest'uomo avido di denaro non solo lucra sugli animali, ma adesso insulta gli animalisti perché gli intaccano il fatturato. Vabbè, lasciamo perdere, altrimenti mi innervosisco troppo».

«Ti capisco, Eddy, ma non te la prendere».

Mentre Perozzi mi rincuora, noto che sul suo chiosco c'è una telecamera di sorveglianza. Molto utile magari a scoprire qualcosa che i suoi occhi da talpa non hanno colto.

«Perozzi, ma quella telecamera registra sempre? Il filmato si può vedere?».

«No, Eddy, mi dispiace, quella è finta. L'ho messa solo per scoraggiare qualche furbetto che ogni tanto ciula qualcosa».

Speranza distrutta in pochi secondi.

«Ok, grazie comunque. Adesso però scappo che ho fretta».

«Ciao Eddy, a presto e in bocca al lupo per tutto neh».

«Viva il lupo».

Saluto e mi dirigo al bar, pensando che anche i modi di dire sono incredibili. Quando ti dicono «In bocca al lupo», bisognerebbe rispondere «Crepi». Come se fosse colpa del lupo se qualcuno ti augura buona fortuna.

Penso che dovrei scrivere un pezzo al riguardo, mentre camminando giungo al bar di Maurì.

Entro e vado al bancone, dove il barista sta sistemando le tazzine sulla macchina del caffè.

«Ciao, Maurì».

«Oh, ciao, Eddy come stai? È da un bel po' che nun te vedevo a quest'ora. Stavi a lavorà?».

«Sì, ero sempre in ufficio a preparare il materiale, ma adesso ho finito».

«Bene, so' contento. Voi er caffè?».

«No, grazie. A proposito di caffè, mia nonna oggi è passata a prendere il suo solito ristretto?».

«No, Eddy, oggi nun l'ho vista proprio».

Quindi mia nonna oggi potrebbe essere passata a piedi davanti all'edicola, ma ha saltato il suo caffè quotidiano. Devo andare al centro anziani, per verificare se qualche sua amica riesce a dirmi qualcosa.

«Allora, Eddy come va 'sto lavoro? Sei pronto pe' Sanremo? Te sei preparato?».

«Mi sono preparato molto, spero di essere pronto quando sarà il momento. Comunque, sono un po' di fretta, scusa ma devo proprio andare».

«Tranquillo, te capisco. Immagino er casino de cose che c'hai da fa'. Menomale che io sto tranquillo ar bar e te vedo in televisione».

E poi sorride, allora gli chiedo: «Ma per caso mia nonna l'hai vista passare qui fuori a piedi?».

«No, Eddy, nun l'ho vista. Però se ti interessa prima è passata l'amica tua poliziotta e m'ha chiesto de te. Se vede che te vo arresta'».

«Forse attende che la chiami, perché in questi giorni preso dal lavoro non l'ho ancora fatto».

«Allora alla fine t'ha dato er numero, e bravo Eddy. Vegano, vegano, ma a' carne te piace».

«Sì, ma in quel caso non la mangio».

«Se se, o' so io o' so come nun la magni. Dai che magari te sposi che è arivata l'ora».

«Non direi, lo sai come la penso sul matrimonio. Credo che si possa riassumere con il cerchio della sfiga che è più o meno così: c'è lui, c'è lei. Lei vede lui e pensa: "Che stronzo". Se pensa "Che stronzo" si fidanzeranno e lui sarà "l'amore mio". Poi si sposano e lui diventa "l'uomo della mia vita". Alla fine, divorziano, lui la mantiene, le passa gli alimenti e comunque torna a essere "lo stronzo di prima"».

«Ma nun esse così pessimista per favore».

Poi Maurì scoppia a ridere e riprende a sistemare le tazzine, forse pensando al suo, di matrimonio, più felice della mia descrizione.

«Maurì grazie mille, ora scappo».

«Ciao, Eddy, quanno voi sto qua».

Esco dal bar diretto al centro anziani, pensando che forse dovrei chiamare Alexandra. In questo mese ci siamo scambiati molti messaggi, ma ogni volta che la invitavo a uscire non riuscivamo a organizzare. Chissà se il Cacciatore di vegani vedrebbe l'appuntamento con lei come se avessi chiamato la polizia. Però potrebbe essere utile una poliziotta in questa situazione, ma temo che invitarla e coinvolgerla in tutto questo non sia il massimo per un primo appuntamento.

Comunque le mando un messaggino per sapere come sta.

Ciao, come stai? Io tutto bene, sono in giro. Sto pensando a un giorno in cui potremo vederci, ma con questa cosa della tv è tutto un casino. Magari più tardi ti telefono. Baci, baci.

Seguito da faccine che sorridono e mandano bacetti.

Anche se vorrei scriverle tutt'altro e chiederle aiuto, ma forse metterei a rischio la vita di mia nonna.

Arrivo davanti al centro anziani, ma da come appare mi

sembra chiuso. Mi avvicino alla porta e leggo il cartello con gli orari, scoprendo che è il giorno di chiusura settimanale.

Ripenso all'accigliato gestore antipatico che ha proprio la faccia da pazzo criminale, ma l'idea che sia il colpevole mi fa ridere.

Chissà le supernonne cosa fanno quando il centro anziani è chiuso, ma soprattutto chissà cosa starà facendo la mia povera nonna. Devo correre in ufficio e dire tutto ai ragazzi, sperando che almeno loro mi possano aiutare.

Torno a casa a prendere l'auto per dirigermi in ufficio il prima possibile. Giusto il tempo di salire e il mio telefono mi avvisa che è arrivato un messaggio WhatsApp, proprio mentre sto partendo.

Distratto dal telefono, facendo marcia indietro sbatto contro il muretto che costeggia i parcheggi sotto casa mia. Come supereroe sono una frana, è come se Batman attirato dal Batsegnale, uscendo dalla Batcaverna rigasse la fiancata alla Batmobile. Lo immagino sgridato dal maggiordomo: «Insomma, signore, ma che ha combinato?».

«Ho distrutto la Batmobile, ma non è colpa mia».

«Infatti è colpa della Batcaverna che le è venuta addosso».

Prendo in mano il cellulare e provo quel brivido nell'attesa di sapere di chi è, guardo i numeri rossi sul logo verde dell'applicazione e spero in un messaggio sdolcinato della poliziotta. È Rascel che come sempre si perde in giri di parole e frasi arzigogolate: *Ok.*

Odio quando mando un messaggio, magari anche molto complesso, scritto con grande attenzione per dieci minuti e l'interlocutore risponde "Ok".

Fai un dannato sforzo per scrivere qualche parola che sia in tono con tutta la pappardella che ti ho mandato. Fingi entusiasmo, copia la *Prima lettera ai Corinzi* piuttosto, ma non scrivere uno scarno, insopportabile e inutile "Ok".

Rascel è il campione di WhatsApp. Non importa quanto sia

importante il messaggio, lui risponderà sempre con un pollice in su. Potrei dirgli: «Ho vinto alla lotteria!», e lui risponderebbe sempre con un pollice in su. Solo una volta gli ho scritto: *Mi presti mille euro?*, mi ha risposto con un altro dito.

Sotto il messaggio di Rascel, c'è anche il messaggio di Buenafuente che scrive: *Bueno, menomale che me hai scritto. Te avrei chiamato io tra poco. Ci doviamo assolutamente vedere in ufficio prima del previsto, por que devo dirte una cosa incredibile che non ce crederai mai.*

Caro Buenafuente, sei tu che non crederai mai a quello che ti dirò io. Speriamo che almeno la tua sia una buona notizia, perché la mia non ti piacerà.

Parto a tutto gas, guardando il cielo di Torino come se cercassi il Batsegnale, mentre la nebbia scende sulla città.

14

#rivelazione

Nell'ufficio, mi guardano tutti increduli.

Seduti nella sala riunioni siamo io, Rascel, Buenafuente e sua figlia Bea. Avvolti in un silenzio surreale, ci guardiamo in faccia senza proferire parola.

Buenafuente mi prende il biglietto del Cacciatore di vegani dalle mani e si alza. Lo guarda stringendo gli occhi per mettere meglio a fuoco e lo legge tra sé con il suo accento spagnolo che lo rende un messaggio multilingue: «Caro comico vegano, ho rapito tu abuela...».

E snocciola il suo classico rosario di parole spagnole che elenca quando si arrabbia, ma questa volta con un'intensità che non avevo mai sentito.

Rascel stringe un pugno e inspirando come un mantice sussurra a denti stretti: «Il biglietto glielo faccio ingoiare».

Meglio che questo Cacciatore giri armato, perché affrontare un Rascel è come combattere un orso a mani nude.

Bea invece resta attonita e si guarda intorno, come a cercare una soluzione che non esiste.

Rascel, ripresosi dal soliloquio in spagnolo di Buenafuente, commenta il messaggio: «Poi cosa significa "È ora di eliminare l'estremismo animalista"?».

«Certo, Rascel, noi che vogliamo la vita di tutti gli animali siamo estremisti della setta dei vegani. Avanti facciamo il segno della croce: nel nome del kamut, del miglio e dello spirito farro. Aven. E adesso preghiamo per san Tofu martire».

Cerco di sdrammatizzare, perché è la mia unica arma di difesa nelle situazioni drammatiche.

Buenafuente continua, mentre gli risale l'ira: «Fai el simpatico, Eddy, ma esto cabrón te supera: "Anche nelle Scritture se aferma che gli animali sono creature inferiori all'uomo". Il Cacciatore rapisce persone indifese, poi fa el religioso».

«Sarà un religioso pacifista per sé e la sua famiglia, gli altri si fottano», dico.

Bea, Rascel e Buenafuente annuiscono, quindi decido di metterli al corrente su cosa ho intenzione di fare: «Io ho pensato questo. Se obbedisco al Cacciatore di vegani, mia nonna forse si salva, ma la mia carriera finisce ancora prima di iniziare. Se non gli obbedisco, la mia carriera forse decolla ma perdo la persona più importante della mia vita. Quindi credo che l'unica cosa da fare sia cercare di capire chi è questo folle e salvare noi mia nonna, provando a salvare anche la mia ospitata. Dobbiamo indagare in segreto. E ricordatevi che abbiamo solo tre giorni».

«Bueno ma tu non sei el ispettore Derrick, como indaghi? No se puede fare una cosa de questo tipo».

Buenafuente solleva subito le sue perplessità, mentre Rascel ci illumina con il suo punto di vista in sole tre parole: «Io ci sono».

A questo punto interviene Bea: «Noi abbiamo un ufficio e possiamo usarlo come base dove incontrarci e parlare senza problemi. Io da qui posso fare anche ricerche al computer».

Buenafuente perentorio redarguisce la figlia: «Esta cosa dei computer no me piace, lo sai che non voglio farti arrestare porque fai l'hacker».

«Ma papà dobbiamo aiutare Eddy».

«Grazie Bea, anche perché io non sono molto esperto con i computer. L'ultima volta, l'ho portato in assistenza perché ho visto che la mela era morsicata».

Buenafuente interviene: «Bueno ma…».

Poi si interrompe, guarda il Rolex e inizia a tamburellare con le dita sul tavolo. Quando fa così, sta programmando per poi dare le direttive a tutti. Ma diversamente dal solito, prendo io l'iniziativa: «Luis, Rascel e Bea, voi siete gli unici di cui mi fido. Io ho iniziato a chiedere in giro, ma nessuno ha visto niente. Solo l'edicolante ha visto mia nonna passare ma non ne è sicuro. Dobbiamo continuare la nostra vita come prima, ma intanto cercare di capirci qualcosa. E fingiamo che sia tutto normale, perché temo che questo criminale ci possa spiare».

«Bueno, è quello che stavo per dire io. Ma qui yo soy el manager, quindi non me rubare el lavoro organizzativo».

Il cellulare mi avvisa con una notifica che qualcuno mi scrive su WhatsApp. Lo estraggo dalla tasca e, facendo cenno di aspettare ai presenti, leggo.

Ciao Eddy, dai cerchiamo di organizzare una sera tra amici. Non ti dico a cena, perché da vegano chissà cosa mangi. Scherzo, fatti sentire, almeno posso dire di avere un amico celebre. Magari vengo a vederti da qualche parte.

È Alex che risponde al mio messaggio di prima, cercando di friendzonarmi in quattro righe.

Le rispondo con faccine sorridenti, ma dovrei mandargliene una che piange, perché la situazione è altamente drammatica.

«Scusate, era Alex, la poliziotta».

Buenafuente: «Potremmo chiedere se può aiudarci».

Anche Rascel, esclama: «Sì, dille di aiutarci».

Quindi spiego il mio parere al riguardo: «Ho pensato di chiamarla, ma secondo me è troppo rischioso».

Rascel si fa ancora più serio: «Ma secondo te chi è questo Cacciatore, ti sei fatto un'idea?».

Lo guardo perplesso, perché non immagino chi voglia farmi del male e lo illumino: «Non lo so. Potrebbe essere chiunque».

«Bueno, facciamo una lista de sospettati. Bea escrivi sulla lavagna por favor».

Bea prende un pennarello nero dal portapenne sulla scrivania e si dirige verso un cavalletto su cui è fissato un bloc-notes gigante. Gira la pagina, poi ci guarda in attesa di nomi.

Parte subito Rascel: «Io dico il tatuato con i baffi della Valle dei Sioux».

Buenafuente: «E como faceva a sapere dove abita Eddy?».

Intanto Bea scrive sulla lavagna, mentre io come al solito me ne esco con: «Escludiamo dalla lista Rascel perché mi vuole troppo bene. E anche Buenafuente perché ha tutto l'interesse a far decollare la mia carriera, visto che prende il 20 per cento».

«Bueno!».

Rascel spazientito interviene: «Un altro, secondo me, è Walter Vanni, che ne dite?».

Buenafuente a questo nome si illumina e si batte la mano sulla testa: «A proposito, Eddy, con esta storia molto grave me dimenticavo de dirte una cosa. Te l'ho escrito anche nel messaggio che te dovevò informare. Ecco, non è importante come el problema de tua abuela ma devo farte vedere».

Ed estrae il telefono dalla tasca, mostrandomi un WhatsApp.

«Vedi, me è arrivato un messaggio da parte del Vanni en persona che te vorrebbe vedere».

«Ma io non voglio vedere lui. E come ha il tuo numero?».

«Bueno, el numero está sul sito dell'agenzia. Comunque io gli ho telefonato per capire. Me dice che vuole vederti, perché pensa che te deve spiegare el suo punto de vista. Insomma yo creo che tiene miedo. Ha paura che sputtani el suo zoo en televisione».

«Ma non mi interessa incontrarlo e poi sarebbe il minimo deridere il fatto che riaprono uno zoo chiuso da trent'anni».

Tutti mi guardano annuendo, tranne Buenafuente che insiste: «Eddy, lo sai quanto sono animalista e quanto non me piace esto bioparco de Torino. Ma Walter Vanni è una persona molto potente e influente quindi, se te vuole vedere, io dico che doviamo incontrarlo. Già ha bloccato la manifestasione, potrebbe pensare de mueverse anche per impedirte de lavorare. Doviamo fare uno sforzo».

«Ma perché?».

«Porque esto vuol dire che la tua ospitata sta già smuovendo le cose. Quindi sentiamolo, non ci costa niente».

«Dimmi la verità, hai già organizzato tutto come al solito?».

«Sì, gli ho detto che va bene».

Stressato dalla situazione di mia nonna e del maledetto Cacciatore di vegani, perdo la pazienza alzando la voce: «Però dovevi dirmelo prima e chiedere il mio parere! Non puoi fare sempre di testa tua. E adesso con questa storia di mia nonna rapita, il Cacciatore, io non me la sento e basta».

Buenafuente sospira, poi con la sua voce calda e pacata dice: «Bueno, ma io non sapevo de esta storia del Cacciatore e che tu oggi saresti venuto qui così presto. Lo siento, me dispiace. Oggi volevo parlare con lui prima io per capire, poi te dicevo se incontrarlo».

«Quindi gli hai fissato un appuntamento. Va bene, vacci a parlare tu. Io ci devo pensare, anche perché adesso dobbiamo agire, fare qualcosa per cercare mia nonna».

«Bueno, hai ragione Eddy. Come dice sempre mia moglie: decidi tranquillo, poi facciamo come voglio. Eddy hai mezz'ora per pensarci».

«Perché?».

«Porque tra trenta minuti devo andare da lui. O se decidi, ci posiamo andare insieme».

Mi alzo in piedi guardando di traverso Buenafuente, poi Rascel e Bea, infine guardo me stesso riflesso nel vetro degli infissi nella sala riunioni, ma al posto del mio viso vedo quello di mia nonna e spero che stia bene.

Intanto il silenzio è tornato ad avvolgerci tutti, mentre Torino ci spia dalla finestra.

15

#l'appuntamento

Uscendo tutti insieme con l'auto di Buenafuente, ripenso alla mia povera nonna. Spero che non le facciano del male, ma soprattutto desidero che questo incubo finisca presto.

Mi preoccupo per la sua salute, perché è molto anziana e necessita delle sue medicine, senza contare tutti gli acciacchi di cui soffre.

L'ultima volta la portai dal medico perché a causa dello stress digrignava i denti. Il medico mi tranquillizzò: «Se la nonna durante la notte digrigna i denti è normale».

«Sì, ma i suoi sono nel bicchiere».

Amo mia nonna e per salvarla sarei disposto a tutto, anche a incontrare un uomo che non stimo per niente: Walter Vanni.

Ho deciso di andare da lui, perché voglio guardarlo negli occhi e dirgliene quattro con ironia. Ma soprattutto parlandogli voglio cercare di capire se per caso è invischiato in questa brutta storia. Mi auguro che non lo sia, perché altrimenti le manifestazioni no-zoo sarebbero il suo ultimo problema.

Come sempre Rascel è seduto dietro, occupando con la sua mole l'intero sedile posteriore, mentre io sono davanti nel sedile del passeggero e Buenafuente guida.

Attraversiamo Torino partendo da zona Santa Rita in cui si trova l'ufficio, per arrivare in centro.

La società ZooShow di Walter Vanni ha sede in un attico di piazza Castello. Sfruttare gli animali rende parecchio.

Buenafuente guarda il suo Rolex e poi sentenzia: «Siamo in orario perfetto. Me racomando una volta dentro de non fare il tuo solito casino, Eddy».

«Tranquillo, ho già in mente la nostra strategia: poliziotto buono e poliziotto cattivo. Io lo tartasso e tu lo rassicuri».

«Ma doviamo fare una chiacchierata, non è un interrogatorio. Estai calmo por favor, porque non voglio creare incidenti, esto es un uomo molto più potente de quanto pensi».

«Luis, sono calmissimo, voglio soltanto capire se per caso lui c'entra con il Cacciatore di vegani. Perché se è così…».

Interviene Rascel da dietro: «Se è così, peggio per lui».

Buenafuente calma i nostri istinti bellicosi: «State calmi e ascoltate molto prima de parlare. Lasciatemi lavorare e andrà todo bien. Como dice sempre mia moglie: quando devi ascoltare, ascolta; quando è il tuo turno, parli. Io, con lei, aspetto el mio turno da trent'anni».

Poi per tranquillizzare gli animi, accende la radio sulla sua stazione preferita jazz&notizie, su cui sta terminando un radiogiornale: «*In arrivo nuove leggi per tutelare gli squali*».

«Ottime notizie per Walter Vanni». Sparo io, sorridendo insieme agli altri e dando una pacca sulla spalla a Buenafuente per rasserenarlo.

Mentre parte un trombettista che fa un assolo, Torino scorre come su uno schermo sui finestrini: corso Vittorio, poi la stazione di Porta Nuova, che non ha una sala d'attesa perché con il solito ritardo dei treni servirebbe più la rianimazione.

Ci vuole un bel coraggio per chiamare i treni italiani "freccia". La freccia è una cosa che viene scoccata, parte e arriva in pochi secondi. Il treno una volta è in ritardo, una volta è rotto, una volta non parte. Forse chiamandolo freccia intendono quella della macchina: c'è, non c'è, c'è, non c'è, c'è, non c'è.

Ma a Torino, se il treno ritarda, puoi sempre fare un giro per negozi intorno alla stazione. Hanno di tutto: hashish, coca, marijuana. Il mercato in città è molto florido e c'è così tanta gente che sniffa che stanno sparendo anche le strisce pedonali. Credo che abbiano creato i parcheggi con le strisce blu per evitare fraintendimenti. Comunque, Torino resta sempre una magnifica città che negli ultimi anni si è evoluta. Da semplice capitale dell'automobile, si è trasformata in meta turistica molto ambita. Una città che ha il suo perché. Infatti, quando vedi certe cose, ti chiedi: Perché?

Quasi giunti a destinazione, scendiamo nel parcheggio sotterraneo e lasciamo l'auto per proseguire a piedi su via Roma. Camminando, Rascel ci informa: «Qui vicino c'è la libreria di mia sorella».

Dal tono, leggo tra le righe che vorrebbe passare a salutarla. Lo capisce anche Buenafuente, perché guardando il Rolex afferma: «Bueno, dopo forse ci passiamo, ma ora non c'è tempo».

Intanto siamo arrivati davanti al cancello della palazzina che ospita l'ufficio dello Squalo, suoniamo ed entriamo.

Ci accoglie un atrio molto grande, con le pareti bianche striate di arancione, neon a illuminarlo e piante ornamentali dappertutto. Su una parete c'è una gigantografia con il logo colorato «ZOOSHOW» e sotto una grandissima reception con una ragazza in tailleur.

«Buonasera e benvenuti», dice la ragazza come un automa, continuando a guardare il computer senza sorridere.

«Buonasera, soy Luis Buenafuente. Lui è Eddy el comico vegano. Abbiamo appuntamento con il signor Walter Vanni».

La ragazza scorre l'agenda degli appuntamenti con attenzione, servendosi di una matita. Giunta sulla riga giusta, si ferma ed esclama: «Il dottor Vanni vi attende. Vi prego di firmare il registro prima di salire. Grazie mille».

Subito le dico con sarcasmo: «Non firmo mai niente quando sono in giro, pensi che agli amici mando cartoline anonime».

Lei abbozza un sorriso da cui appare chiaro che da piccola ha portato l'apparecchio, ma non ha funzionato. Allora per stemperare la tensione, le chiedo: «Scusi, ma lei da piccola portava l'apparecchio?».

E lei un po' scocciata: «Sì, ma non ha funzionato».

«Allora siamo in due», aggiungo sorridendo.

Adesso ride e aprendosi mi chiede: «Ma lei è il comico vegano?».

«Sì, purtroppo sono io».

«Ma lei è davvero vegano?».

«Certo».

«Ma si sta bene in salute da vegani?».

«Sì, io mi sento benissimo», dico tossendo e facendo un sorriso mentre firmo il registro. Poi firmano anche Rascel e Buenafuente guardandomi stupiti di tanta sicurezza, manco dovessimo entrare al Pentagono.

La ragazza ci accompagna all'ascensore e guardandola ripenso a quando da bambino ho portato l'apparecchio.

Misi l'apparecchio perché i denti mi sporgevano, essendo molto grandi. Ricordo che quando persi il primo dentino, per metterlo sotto il bicchiere e ricevere i soldini mi servì un boccale da mezzo litro. La mattina seguente, il topino dei denti mi lasciò un assegno in bianco.

Dal giorno in cui misi l'apparecchio cambiò anche il mio rapporto con le ragazze. Prima mi ignoravano ma ora lo facevano persino nelle mie fantasie erotiche.

La mia mente vaga tra i ricordi e li distorce in automatico attraverso la lente grottesca dell'ironia. È il mio solito modo di crearmi una realtà alternativa, visto che quella vera non mi è mai piaciuta.

Il campanello ci avvisa dell'arrivo al piano e mi fa tornare con il pensiero all'uomo che stiamo per incontrare.

Davanti alla porta del suo ufficio, ci attendono due uomini corpulenti che ci squadrano dalla testa ai piedi. Sembrano gemelli: entrambi pelati e con i baffi scuri. Sono vestiti con un completo elegante, ma le giacche degli abiti tirano molto, riempite da pettorali e bicipiti belli grossi. Sotto le giacche si scorgono appena le fondine ascellari che contengono delle pistole. L'unica cosa che li distingue l'uno dall'altro è che uno porta gli occhiali scuri, mentre l'altro ha una cicatrice sul sopracciglio. Mentre li osservo, loro dischiudono la porta come se aprissero una cassaforte e ci fanno accomodare nell'ufficio seguendoci da vicino.

A guardarli, incutono un certo timore, anche se tutti e due insieme non fanno un Rascel.

L'ufficio è grandissimo, con ampie vetrate che mostrano i tetti della città e il castello dell'omonima piazza torinese.

Al centro della stanza, domina una scrivania enorme in legno scuro, dietro la quale è seduto in tutta la sua magnificenza Walter Vanni.

Il manager si alza per accoglierci con un sorriso a trentasei denti e io sento chiaramente la musica del film *Lo squalo* in sottofondo. Ci stringe la mano e poi: «Buonasera e benvenuti, ma che piacere. Pensavo di vedere solo il signor Buenafuente, ma vedo che c'è anche il famosissimo comico vegano con tanto di accompagnatore. Prego accomodatevi».

E ci indica le poltrone davanti alla scrivania, immagino in pelle di vegano ucciso dai due corpulenti bodyguard.

«Buonasera a lei, Vanni. Esta è una bella combinazione, perché Eddy estaba in ufficio e me ha detto: vai dal dottor Vanni? Allora vengo anch'io».

Il manager dallo sguardo scaltro esclama ironico: «Lo immagino».

Ci accomodiamo, squadrando i due uomini corpulenti che sono immobili davanti a noi. Walter Vanni sorride e ci rassicura: «Tranquilli, signori, loro sono i miei angeli custodi. Non fateci caso».

«Lui invece è il mio Rascel e purtroppo ci fanno caso tutti», dico sarcastico.

Walter Vanni sorride alla battuta, anche se l'ho detta quasi in tono di minaccia, poi indicando Rascel osserva: «Devo dire che il ragazzo è molto in forma, deve allenarsi molto».

«No, sono nato così». Risponde serio Rascel, mentre Buenafuente cambia colore dall'impazienza.

Allora stempero la tensione: «Sì, alla nascita era così grosso che quando il dottore gli ha dato lo schiaffo, l'hanno dovuto aiutare in tre».

Ridiamo tutti: io, Buenafuente, Rascel e Vanni che intanto fa un cenno con la testa ai due uomini. Gli angeli custodi si girano e tornano a piantonare la porta dell'ufficio dall'interno.

Vanni continua: «E mi dica, Eddy, lei ha una famiglia, è sposato o vive da solo?».

Penso che se il bastardo fa questa domanda potrebbe avere a che fare con la sparizione di mia nonna. Ma devo continuare il colloquio fingendo serenità, magari scopro qualcosa di utile.

«No, io non sono sposato. Vivo con mia nonna, il che a quarantacinque anni fa ridere, ma mi torna utile al repertorio», dico sarcastico.

Luis Buenafuente, vecchia volpe dello showbiz, rompe gli indugi: «Bueno, señor Walter Vanni, siamo curiosi de sapere il motivo del suo invito. Esto lusinga molto a me, ma anche a Eddy».

Il manager si fa serio: «Molte grazie per essere venuti, mi fa piacere incontrare il comico vegano. L'ho vista e ho sentito qualcosa alla manifestazione e mi ha fatto anche sorridere, complimenti. Lei è bravo e l'invito che ha ricevuto in televisione lo conferma».

Mi sta adulando, sono i classici preliminari per convincermi a fare sesso. Ma io non ci sto.

Io insisto con il mio tono tagliente: «Grazie mille dottor Vanni, ma non credo che il mio monologo le sia piaciuto molto».

«Si sbaglia. Caro Eddy, io sono per la democrazia e la totale libertà».

«Certo non per quella animale», aggiungo sorridendo a denti stretti, mentre Vanni accusa il colpo. Buenafuente interviene rapido a fare il poliziotto buono: «Eddy scherza sempre, non resiste senza fare battute, ma no se offenda Vanni».

«Signor Buenafuente, non si preoccupi, io lo trovo satirico al punto giusto. Ma permettetemi di non tergiversare e di arrivare al punto, perché dopo ho un altro appuntamento».

Siamo tutti con gli occhi puntati su di lui, nell'attesa che ci dica qualcosa. Lui, fissandomi negli occhi, parla in modo persuasivo: «Eddy, mi lasci dire che io e lei abbiamo qualcosa in comune: amiamo gli animali».

Queste parole mi sembrano un'eresia ma, per compiacere Buenafuente che mi guarda severo, taccio e ascolto lo Squalo che continua: «In tutti i bioparchi che noi abbiamo sparsi per il mondo, rispettiamo molto i nostri animali e li facciamo vivere in un habitat idoneo alle varie specie».

«Insomma, direi che la nebbia torinese non è il massimo per un cammello. Lo trovo fuori luogo come me in una macelleria».

Vanni sorride, da genio del marketing, e continua: «Lei è arguto, ma mi lasci terminare e vedrà che non siamo molto diversi, perché ci teniamo al nostro lavoro che è una passione. Lei è molto intelligente, quindi non finga di ignorare che nei bioparchi salviamo molti animali che sono in via di estinzione. Si stima che circa 6000 specie animali siano in pericolo di estinzione e noi facciamo del nostro meglio per aiutarli».

Guardo Walter Vanni negli occhi e divento molto serio dicendo: «Eppure, solo poche di esse sono incluse in programmi di riproduzione in cattività. Tra l'altro, provi lei ad accoppiarsi in carcere, non credo le piacerebbe. E poi solo il 5-10 per cento dello spazio espositivo negli zoo è dedicato alle specie in estinzione. E comunque solo una ventina di specie sono state reintrodotte in natura con successo».

Snocciolo i numeri con sicurezza, mentre Vanni mi osserva colpito e ribatte: «I miei dati dicono altre cose: noi dedichiamo almeno il 30 per cento dello spazio agli animali in pericolo e siamo riusciti a reinserire in natura molti animali, ma non ci fossilizziamo sui numeri e sulle diatribe. Il punto è questo: lei in me può trovare un amico. Io sono molto influente e posso aiutarla nella sua carriera, più di quanto immagina. Si faccia aiutare e dopo Sanremo lei diventerà il numero uno in Italia, glielo garantisco. Io voglio aiutarla con la mia società che si chiama ZooShow, ci occupiamo di animali ma anche di show: rifletta su questo. Io potrei farle guadagnare più soldi di quelli che lei immagina».

Alla parola "soldi", Buenafuente interviene: «Bueno, ma in cambio che cosa vorrebbe da noi?».

A questo punto vedo Walter Vanni trasformarsi in don Vito Corleone, con la musica in sottofondo del *Padrino* che ci sussurra: «Vi farò un'offerta che non potrete rifiutare».

Ma non siamo a Little Italy e quello che abbiamo davanti non è Marlon Brando con il cotone nelle guance.

Questo il cotone se lo mette nelle mutande, per far credere che lui ce l'ha più grosso di noi.

Sorrido dentro, mentre Vanni dopo aver pensato spiega: «Per cominciare direi una partnership segreta, insomma un accordo. Voi non mi attaccate e io in cambio posso aiutarvi. Sarebbe molto bello se a Sanremo, ad esempio, il signor Eddy non parlasse male del nostro bioparco. Anzi, potrebbe dire che gli zoo non sono proprio tutti uguali, ma che alcune realtà hanno in comune con lui il vero amore per gli animali».

E qui fa una pausa a effetto, da vero uomo marketing. Non per niente è presidente di una società che fattura milioni. Quindi mostrando i denti come un caimano aggiunge: «Per questo vi sarei davvero molto grato».

Io lo guardo e mi metto a ridere, Buenafuente sorride e Rascel mi fa cenno di andarcene.

«Cari signori, voi sorridete, ma non vi ho detto il meglio. Per iniziare, la mia gratitudine vale cinquantamila euro. Cinquantamila diluiti durante l'anno, sotto forma di lavori per il comico».

In quel momento preciso, squilla il telefono dell'ufficio e Vanni risponde. Sembra quasi che la segretaria stesse ascoltando, per chiamare proprio in quell'istante.

Il manager dopo poche parole chiude la chiamata, quindi si alza dalla sua poltrona in tutta la sua mefistofelica eleganza e ci congeda: «Scusatemi tantissimo. Ma ora devo proprio lasciarvi, perché ho un appuntamento con il sindaco. Voi pensateci con calma e intanto cerchiamo di non farci una guerra inutile. Conviene a me, ma soprattutto a voi. Grazie mille della visita e arrivederci».

Ci stringe deciso la mano e poi usciamo attoniti dall'ufficio, accompagnati dai due uomini corpulenti che ci scortano all'ascensore. Quello con la cicatrice sul sopracciglio, fa un cenno come di saluto con la testa.

Saliamo in ascensore e io, Rascel e l'argentino ci guardiamo increduli scuotendo la testa. Buenafuente guarda il Rolex e sussurra: «Eddy, esto no es el Cacciatore. Fidate de me, perché esto non lo farebbe mai. Como hai visto non se sporcherebbe le mani cadendo così in basso. Voleva solo dimostrarci la sua forza e che può comprarci como vuole».

«Sì, ma io non sono in vendita e nemmeno il tuo 20 per cento».

Rascel con i suoi soliti lunghi discorsi, se ne esce con: «Lui non lo farebbe, ma può ordinarlo a qualcuno».

Allora restiamo in silenzio, mentre io rifletto sull'offerta che un manager senza scrupoli ha avuto il coraggio di farmi.

Forse voleva soltanto prenderci in giro e sondare la mia reazione, capire se la mia etica fosse solo di facciata o magari era un modo creativo per minacciarci.

Intanto estraggo il telefono dalla tasca e gli riattivo la suoneria, trovando una miriade di notifiche.

In automatico do uno sguardo ai social, notando che la foto con la figlia del Fenomeno ha raccolto 350 Mi piace.

Sicuramente merito della bella ragazza con il piercing sul sopracciglio, non certo del mio fascino da comico che raccoglie molti meno Mi piace. Guardando quella foto per l'ennesima volta, noto un particolare che mi fa scattare uno strano pensiero. La foto l'avrò vista cinquanta volte da quando è stata pubblicata, ma solo ora noto qualcosa che attira la mia attenzione e mi induce a riflettere.

Usciamo dall'ascensore, salutiamo la receptionist che ci apre il portone e siamo fuori da ZooShow. Guardo i miei due amici e con aria da investigatore dico: «Luis, Rascel, dobbiamo andare a casa mia a fare due chiacchiere con ilFenomeno».

16

#indizi

«Dai, Eddy, dimmene un'altra», insiste Rascel come un bambino, allora continuo: «Molti anni dopo, di fronte al plotone di esecuzione, il colonnello Aureliano Buendía si sarebbe ricordato di quel remoto pomeriggio in cui suo padre lo aveva condotto a conoscere il tofu. Gabriel García Márquez: *Cent'anni di Soiatudine*».

Rascel ride, mentre entriamo nella libreria a salutare per qualche minuto sua sorella Lory. Ci passiamo perché è vicinissima al nostro parcheggio sotterraneo, ma soprattutto perché prima di andare dal Fenomeno voglio spiegare a Rascel e Buenafuente ciò che ho visto nella foto. Devo confrontarmi con loro sul particolare che mi ha colpito, suggerendomi che qualcosa non quadra. Se anche loro riterranno che io abbia ragione, allora partiremo spediti a chiedere spiegazioni al Fenomeno. Altrimenti lasceremo perdere la mia idea improvvisa.

«Un'altra», dice Rascel.

«Sì, ma che sia l'ultima, perché abbiamo qualcosa di importante da fare. Nel mezzo del cammin di nostra vita, mi ritrovai per una selva oscura ed essendo io un vegano, mangiai la selva senza più paura. Dante: *La Vegana Commedia*».

Mentre io veganizzo i libri che mi vengono in mente, la sorella di Rascel ci vede entrare e viene ad accoglierci: «Ciao Eddy, buonasera Buenafuente e ciao al mio fratellino».

Lory sorride e ci dà il benvenuto in libreria, alzandosi sulle punte per baciare Rascel sulla guancia.

È una donna sui cinquant'anni, un metro e sessanta e con lunghi capelli biondi. Dalla corporatura esile non diresti mai che è la sorella dell'Everest umano, anche se guardando bene gli occhi sono gli stessi di Rascel.

«Bueno, Lory, como estai? Tutto bene?», chiede Buenafuente, stringendo la mano alla donna.

«Sì, grazie mille e voi? È un piacere vedervi, come mai da queste parti?».

A questa domanda rispondo io: «Perché quel tenerone di tuo fratello ci teneva a salutarti, anche se in realtà penso voglia salutare soprattutto la tua collega».

Rascel mi dà una leggera pacca sulla spalla che mi sposta di un metro, scaraventandomi su una pila di libri che cadono sparpagliati sul pavimento. Poi aggiunge secco: «Sono qui per te».

Lo dice diventando rosso in viso, mentre io raccolgo i libri e Lory ride insieme a Buenafuente.

Allora insisto: «Mi hai slogato la spalla e devo anche raccogliere i libri. Comunque, se la collega di tua sorella ti piace, non c'è niente di male. È carina, basta che la inviti a uscire. Ma mi raccomando, a lei niente pacche sulle spalle, altrimenti resti vedovo prima del tempo».

Cerco di scherzare come se tutto fosse normale, ma in realtà ho un'angoscia tremenda per mia nonna.

Lory mi guarda e sorridendo dice: «Non so quando capiterà di riavere in libreria il futuro ospite di Sanremo, quindi direi che se vuoi possiamo farci una foto».

Guardo Rascel e Buenafuente, spiegando con gli occhi che non posso esimermi. Quindi sorridendo dico: «Va bene, chiama anche la tua collega».

Lory fa un cenno con la mano alla sua collega che piace a Rascel, la quale si avvicina. Sarà alta un metro e settanta circa, magra, con capelli neri ricci e dei grandi occhiali in celluloide chiari. Appena ci raggiunge, saluta: «Ciao a tutti, sono Deborah».

Io e Buenafuente le sorridiamo facendo un saluto con la mano, mentre Rascel la guarda e non proferisce parola. Il gigante buono resta in silenzio ma, a giudicare da come la guarda, in testa gli sarà partita la colonna sonora di *Ghost*. Anche lei lo osserva con interesse e gli sorride, ma lui si limita a sudare e arrossire. Dopo qualche minuto di trepidante attesa, anche Rascel fa uno dei suoi lunghissimi saluti: «Ciao».

Prendo il mio telefono dalla tasca e invito Rascel a scattare; quindi, mi metto tra le due fanciulle e sorrido come un ebete.

In pochi secondi abbiamo un servizio fotografico completo, quindi lo carico sui social a tutta velocità.

Un comico in libreria, ma solo perché la padrona è la sorella del suo amico.

#ilcomicovegano #Eddy #libreriaincentro #deborah #lory #sorrisi #leggere #libreriailvolo

«Bene, ragazze, ho taggato la libreria e anche te, Lory, così ti appare sul diario di Facebook. Condividete la foto il più possibile e speriamo vi porti fortuna».

Terminate le foto, invito Rascel e Buenafuente a spostarci nella zona caffetteria: «Giovanotti, lasciamo lavorare Lory e Deborah. Noi andiamo a prendere un caffè così parliamo. Rascel, la prossima volta che torniamo, promettimi che inviterai Deborah a bere qualcosa».

Deborah scoppia a ridere, invece il gigante buono mi dà un'altra affettuosa pacca sulla spalla. Lo spostamento mi sbatte nuovamente contro la stessa pila di libri che avevo appena sistemato, facendola ricadere sul pavimento.

Ridendo mi chino a raccogliere i volumi ed esclamo: «Rascel, è colpa tua se il mercato dei libri crolla».

Sistemati alla meglio i volumi, Lory ci fa strada verso la zona bar. Dopo averci fatti accomodare in un tavolino, dice alla barista di offrirci tre caffè e torna al bancone.

Nemmeno il tempo di sederci che l'argentino incalza: «Bueno, Eddy, spiega esta cosa della foto. Soy curioso».

Dunque, cerco di spiegare: «Una domanda, Luis, quanto guadagna un portiere di condominio?».

«Creo mille e tre, mille e cinque».

Prendo il telefono dalla tasca, apro i social e cerco la foto di cui stiamo parlando. Scorro la pagina e quando la trovo, sporgo il telefono a Buenafuente e a Rascel. Mentre loro osservano l'immagine, continuo: «Nella foto che abbiamo fatto io e la figlia del Fenomeno, ho notato che la ragazza indossa un orologio che dovrebbe dirti qualcosa, Luis: è un Daytona».

Buenafuente alla parola orologio si illumina: «Esto che veo es un Rolex Cosmograph Daytona, dai trenta ai trentacinquemila euro. Ce l'ho. Come dice sempre mia moglie: questo orologio non significa che sei ricco, solo che sei matto».

A questo punto spiego la mia idea: «Ecco il mio dubbio: un portiere può permettersi di comprare un orologio così alla figlia che studia? Soprattutto può comprare quel tipo di orologio e in più regalarle una vacanza in Australia?».

Rascel e Buenafuente mi guardano, poi il sudamericano dice la sua: «Magari è un regalo del fidanzato, el viaggio anche lo paga el fidanzato che è benestante. Oppure magari ha soldi da parte, ha vinto alla lotteria. Insomma, ce sono molte di espiegasioni, che ne sappiamo noi?».

«Per ora non ne sappiamo niente, ma questo orologio, unito al viaggio in Australia, unito al fatto che quando mia nonna è scomparsa ilFenomeno non era in portineria, mi ha fatto venire qualche dubbio. Potrebbe essere un caso, ma io voglio vederci chiaro».

«Bueno, chiedere non costa nada».

Facendo lo sguardo da duro, Rascel si limita a bofonchiare: «Se quello c'entra, me lo faccio dire».

Mi alzo di scatto e loro capiscono che è ora di andare, mentre la barista sta arrivando con il vassoio e i nostri tre caffè. Tracanniamo dalle tazzine, poi ci dirigiamo subito verso l'uscita. La sorella di Rascel è impegnata con un cliente anzianotto con gli occhiali molto spessi da uomo talpa, per cui le facciamo un cenno di saluto da lontano, mimandole che abbiamo urgenza di andare via. Lory dice qualcosa al cliente e lasciandolo in attesa si avvicina per i saluti: «Scappate già via? Avrei preso il caffè con voi, ma ogni volta quel signore mi blocca due ore e poi non compra mai niente. È il massimo: un ottantenne che mi fa la corte. E viene ogni giorno, reclamando di essere servito solo da me. Aiuto. Comunque voi almeno avete preso il caffè?».

Rascel spiega: «Sì, ma dobbiamo andare via subito».

«Ci escusi, Lory, ma el dovere ci chiama. Adiós señorita».

Buenafuente saluta in modo sempre molto galante e io sorrido alla sorella di Rascel dicendole: «Lory prima di andare, devo chiederti se puoi ordinarmi un famoso libro vegano. La storia narra di un vecchio che pescava da solo su una barca a vela nella corrente del Golfo ed erano ottantaquattro giorni ormai che non prendeva un pesce. Allora diventò vegano e iniziò a mangiare pannocchie. *Il vecchio e il mais*».

Ridiamo insieme della mia sciocchezza, poi congedandoci ci avviamo verso l'uscita, mentre Lory torna dal suo spasimante Uomo Talpa.

In pochi minuti siamo di nuovo in auto e viaggiamo verso casa mia. Attraversiamo Torino che ci fa compagnia, con l'alta guglia della Mole Antonelliana bella più che mai. Il simbolo della città si staglia sul cielo nuvoloso, dominando il paesaggio con il suo fascino. Centosessantasette metri e mezzo di meraviglia architettonica, dai quali è possibile ammirare la città in tutto il suo splendore. All'interno della Mole è ospitato il Museo del Cinema, dove il mio fan Jerry fa il custode notturno. Gli ho promesso di andarlo a trovare una notte dopo lo spettacolo, ma le cose da quel momento si sono un tantino complicate. Però avrei voglia di visitare di nuovo quel museo che racconta la storia del cinema dagli albori all'innovazione del 3D. Una vera meraviglia per gli occhi, il cinema 3D, anche se per i miei gusti costa troppo. L'ultima volta la cassiera mi ha detto: «Il biglietto è caro, ma ti diamo anche gli occhialini».

«No, a quella cifra mi fai l'operazione laser».

Mentre viaggiamo mi rendo conto che forse sto diventando paranoico, perché mi sembra che ogni auto ci stia seguendo.

Ogni guidatore mi dà l'impressione che ci stia spiando e controllando i nostri movimenti. Faccio presente la mia inquietudine a Buenafuente: «Luis, a me sembra che qualcuno ci stia seguendo».

«No ci segue nadie, nessuno, Eddy. Ora non fare el paranoico. Resta lucido por favor. Non è facile, ma devi calmarte».

Giungiamo a destinazione e Buenafuente parcheggia proprio davanti al mio condominio, nel posto da cui stava uscendo un camioncino.

Scendendo vedo dai vetri del portone che ilFenomeno non è al suo posto, ma come qualche ora fa c'è ancora sua figlia che sta leggendo un libro.

Io mi concentro come se dovessi andare in scena, inspirando a pieni polmoni e poi entriamo tutti e tre sorridenti.

La ragazza con il piercing sul sopracciglio, appena mi vede si illumina: «Ciao Eddy. Ma che fortuna, oggi ci rincontriamo».

«Ciao, è un piacere. Anche se io non credo molto nella fortuna».

La ragazza sorride e poi spiega: «Eppure qualcuno ci crede molto. Mia madre, ad esempio, va sempre a farsi leggere le carte dal mago che fa fatture e magie».

«Sì, io dal dentista che fa magie per non fatturare».

A questo punto lei scoppia a ridere battendo le mani, mossa che mette in evidenza il lussuoso orologio.

Buenafuente osserva il Rolex come se fosse il Sacro Gral, poi fa la sua mossa: «Hola, io sono Luis, el manager de questo buffone. Complimenti per l'orologio: Rolex Daytona como el mío. Oggi ne ho un altro modello, ma a casa tengo lo stesso tuo. Ma anche esto che ho oggi non è niente male, vedi?».

«Anche il tuo è molto bello. Questo invece me lo ha regalato papà».

Buenafuente si sfila il Rolex e lo porge alla ragazza: «Tieni, guardalo da vicino porque del Rolex se guardano i dettagli. Osservalo bene».

La ragazza lo prende e d'istinto sfila il suo orologio per darlo a Buenafuente che lo analizza nel dettaglio. È chiaro che lui stia meditando qualcosa, ma non capisco ancora quello che vuole fare.

Dopo aver esaminato con attenzione l'orologio, lo porge alla ragazza: «Tieni e complimenti, è bellissimo. Un Rolex Daytona autentico in ogni sua parte».

Buenafuente sorride, mentre io chiedo alla ragazza di chiamare suo padre. Lei però mi dà la stessa risposta di qualche ora fa: «Eddy, papà è in casa. Ma come ti ho detto ha la febbre, quindi non vorrebbe essere disturbato».

«Lo so», dico io. «Però se puoi chiamarlo mi fai davvero un favore, perché devo parlargli di una cosa davvero urgente».

La ragazza tentenna, ma io la guardo con gli occhi da gatto con gli stivali e sussurro: «Fammi questo favore, in onore alla nostra foto di prima che ha raggiunto quasi quattrocento Mi piace».

Lei sorride, poi si dirige verso la porta congedandosi da noi: «Va bene, allora vi saluto e chiamo papà. Ciao Eddy, ciao a tutti».

Io e Buenafuente la salutiamo in coro, Rascel invece si limita ad alzare la mano. O meglio la pala.

Passano circa tre minuti e ilFenomeno appare con aria affaticata, ma appena mi vede non rinuncia alle sue solite battute che non fanno ridere: «Il comico vecano. Ora che vai in televisione tu, io chiedo indietro i soldi del canone».

«Bravo, poi investili per un corso di italiano».

Lui sorride con meno energia del solito, asciugandosi la fronte con un fazzoletto.

IlFenomeno si accomoda sulla sedia dietro la guardiola, mentre io sono in piedi davanti al tavolo accanto a Buenafuente con Rascel che sta un passo dietro di noi.

«Complimenti per tua figlia, una brava ragazza», dico.

«Eh, lo so, è 'na bellissima ragazza. Menomale che assomiglia a sua madre. Comunque mi ha detto che mi devi parlare urgentemente. Successe qualcosa?».

Allora inizio la mia indagine, travestita da chiacchierata: «No, tranquillo. Volevo soltanto parlarti di una cosa: stiamo facendo una raccolta fondi per un'associazione. Vorresti fare un'offerta?».

«Eddy, lo farei volentieri, ma c'ho già un sacco di spese. Qui i soldi non bastano mai, le offerte me le dovete fare voi a me».

«Ti capisco. C'è sempre crisi, però mi sembra che te la passi bene. Tua figlia mi ha raccontato che le hai regalato un bel viaggio in Australia e anche un orologio niente male».

IlFenomeno accusa il colpo abbassando lo sguardo e sorridendo minimizza: «Ma sì, sono i viaggi low, los, come si dice, insomma quelli che costano poco».

A questo punto interviene Buenafuente: «Sì, ma el Daytona non è low cost. Quello vale almeno trentamila euro. Lo so muy bien perché ce l'ho uguale a quello de sua figlia. Molto bello, complimenti».

IlFenomeno cambia, reagendo subito male alle parole di Buenafuente: «Eddy ma sto spagnolo che vuole? Mi fa i conti in tasca ammia? Comunque, spagnolo, l'orologio è falso. L'ho preso a Porta Palazzo da un amico mio».

Buenafuente continua: «Me spiace, ma l'ho guardato molto bene. El Rolex è autentico. E io soy argentino».

IlFenomeno risponde all'obiezione alzando il tono della voce: «Ma questo ancora parla. Mi scusi, tanto argentino, ma io conosco Eddy e parlo con lui. Lei chi è?».

Sorridendo cerco di tranquillizzare ilFenomeno: «Stai sereno, è soltanto quella sanguisuga del mio agente. Però è appassionato di Rolex, quindi ci tiene ai dettagli. Comunque, se dice che l'orologio è autentico, fidati che ha ragione».

Buenafuente insiste con decisione, ma molto pacato: «Quel Rolex è originale, quindi se arriva de Porta Palazzo rischi che qualcuno te denunci. Poi la polizia vorrà sapere da dove viene, perché può essere rubato».

IlFenomeno inizia a toccarsi la giacca in modo insistente, poi a un tratto si fa molto serio, come non lo ho mai visto: «Senti, Eddy, parliamoci chiaro. Ma che minchia volete oggi? Che vi interessa avvoi dell'orologio di mia figlia, di dove l'ho preso e di tutte 'ste cose? Comunque, se è vero o non è vero sono fatti miei. E scusate ma ho la febbre quindi devo andare a letto».

Adesso divento serio io, come lui non mi ha mai visto: «Fenomeno, qui è successa una cosa molto grave che non posso spiegarti. L'orologio è l'unica cosa strana che sono riuscito a notare finora, insieme al fatto che tua figlia parta per l'Australia. Inoltre, quando il fatto è successo, forse tu non eri qui al tuo posto. Quindi penso che qualcosa non quadri, ti conviene dirmi la verità».

IlFenomeno s'innervosisce e alzandosi dalla sedia mi dice: «Senti Eddy, io non so niente e non ho visto niente».

Io mi avvicino e gli sussurro: «Senti non fare ilFenomeno e se sai qualcosa dilla».

«Ma che fai ora, da comico vuoi fare il duro?».

E, dicendo questa frase, mi spinge mettendomi una mano sul torace. Io faccio un passo indietro e indicando Rascel dico: «Io non faccio il duro, ma lui sì».

Rascel avanza impassibile e ilFenomeno, vedendolo in tutta la sua stazza, cerca di placare gli animi: «Tranquilli, signori. Allora, Eddy, ti spiego. Lo sai che sono un giocatore: Lotto, SuperEnalotto, gratta e vinci. Ecco, ho vinto un gruzzoletto e ho regalato a mia figlia l'orologio e il viaggio. Non l'ho detto a nessuno, perché sai come è la gente appena sa che vinci: prestami i soldi, fammi un regalo, le solite cose insomma. Ti basta come spiegazione?».

Questa notizia mi intristisce, perché significa che la mia intuizione era sbagliata. Mi sento come quando dico una battuta e il pubblico non ride. Ma, se in scena rischio uno spettacolo, qui invece in gioco c'è la vita di mia nonna.

Abbasso la testa e mi guardo le scarpe, come se nei piedi ci fosse la soluzione a tutti i problemi. Ripenso a mia nonna, alla sua voce e ai suoi caldi abbracci che spero di riavere al più presto. La situazione è più complicata di quanto potessi immaginare, quindi forse devo arrendermi subito e dichiarare a tutti i giornali che non andrò a Sanremo.

Alzo lo sguardo e vedo Buenafuente che mi guarda sorridendo come se avesse vinto lui alla lotteria. Poi guardando ilFenomeno negli occhi, gli dice sicuro: «Bueno, ahora te do tre notizie. La prima: dal numero seriale che ho letto sul Rolex, l'orologio non è nuovo ma penso che ha un po' de anni. Magari lo hai comprato usato e questo può essere. La seconda: se chiamo un amico orologiaio me controlla i numeri seriali che ho memorizzato all'istante e vediamo se è nella lista dei Rolex rubati. Se lo è potrebbe scoprirlo la polizia, porque la chiamo io. La terza: se l'orologio invece è originale e lo hai comprato nuovo, mostrame la scatola con la garanzia che el rivenditore ufficiale può intestare solo a chi compra el Rolex ed è legata al numero seriale dell'orologio».

Guardo stupito Buenafuente, mentre ilFenomeno ha un'altra reazione irritata delle sue: «Questo spagnolo mi dà proprio sui nervi. Io non ti mostro proprio niente, chi siete, agenti segreti?».

Rascel senza nessun preavviso agguanta ilFenomeno. Prendendolo per il bavero della giacca, lo solleva di un metro senza il minimo sforzo. Quando se lo ritrova con gli occhi di fronte ai suoi, lo fissa e sussurra: «Io ho fame. Quindi prendi la garanzia che dobbiamo andare a mangiare».

IlFenomeno è pietrificato, quindi mi fa cenno di voler parlare. Sembra il dottor Frankenstein aggredito dal mostro nel film di Mel Brooks *Frankenstein Junior*. Pensando alla scena del capolavoro comico mi viene quasi da ridere, immaginando di dover suonare il violino per attirare Rascel e liberare ilFenomeno. Faccio un cenno al gigante che pare non voglia mollare la presa. IlFenomeno mi guarda ancora facendomi cenno con la testa, quindi dico a Rascel: «Mettilo giù che poi ti preparo la pappa».

Rascel lo rimette a terra, mentre ilFenomeno cerca di risistemarsi la giacca e la camicia.

Estrae il fazzoletto dalla tasca e asciugandosi la fronte, mi dice: «Eddy, ma 'sto armadio chi è ora? Comunque, Eddy, potevi dirlo che era così importante sapere 'ste cose. Ma è successo qualcosa di grave?».

Rascel: «No, ma se non parli chiaro succederà».

IlFenomeno si siede, poi sospira e si asciuga il sudore sulla fronte, guardandosi intorno come se temesse di essere spiato.

Quindi per tranquillizzarlo cerco di dirgli quello che posso: «Fenomeno, se è successo qualcosa di strano ti prego di dirmelo. Potrebbe essere legato a un fatto grave di cui non posso parlarti adesso, ma se le cose sono collegate potresti aiutarmi. Fidati di me».

Lui si guarda intorno, poi mi fa segno di avvicinarmi e a voce bassa sussurra: «Senti, Eddy, io ho paura. Per questo che non dissi niente. Ma se posso aiutare, lo sai: a disposizione».

IlFenomeno si asciuga ancora il sudore sulla fronte con il fazzoletto, poi continua a parlare sottovoce: «L'altra settimana successe così: mi è arrivata a casa una scatola a mio nome. Ero solo a casa e ho pensato che era qualcosa per il condominio. Invece apro e dentro che c'era?».

«L'orologio», dico.

«E non solo il Rolex. Orologio più soldi in contanti e una lettera. Caro portinaio, adesso devi eseguire i miei ordini. Il giorno tal dei tali chiuditi in casa e fai finta di niente. Se lo fai, orologio e soldi sono tuoi. Se non lo fai, tornerò a prendermi l'orologio, i soldi e anche tua figlia. Che avresti fatto tu? Io ho avuto paura e ho eseguito. Adesso spedisco mia figlia lontano, solo perché sono preoccupato per lei. Io avevo paura, Eddy, mi devi capire. Non c'era né una scatola né la garanzia. Ecco tutto».

Se il portiere non avesse accettato, forse avrebbe visto qualcosa, ma posso comprendere la sua paura.

Mi chiedo ancora chi mai possa aver fatto tutto questo, ma non ho risposte da darmi.

Il mio intuito mi ha aiutato, anche se adesso non so più che cosa fare.

Guardo Rascel e Buenafuente sconsolati, mentre realizzo che siamo ancora in un vicolo cieco. Inizio a immaginare le parole che userò per informare tutti che rinuncio a Sanremo, mentre Torino inizia ad avvolgerci nel buio della sera.

17

#ilpiano

Un argentino, un vegano e un armadio sono a tavola.

Sembra l'inizio di una barzelletta, ma è la continuazione della nostra storia.

Dopo aver scoperto che il Cacciatore ha ricattato ilFenomeno, siamo saliti in casa per fare il punto della situazione e mettere qualcosa sotto i denti.

Nonostante sia un momento drammatico, devo sforzarmi di tenere alto il morale di Buenafuente, ma soprattutto di Rascel che è davvero amareggiato. Lui è sempre molto pacifico, però questi ultimi accadimenti lo hanno davvero colpito e ora ha lo sguardo di chi ha appena perso l'innocenza.

Siamo seduti a tavola nel pesante silenzio di casa mia, dove non si sente più nemmeno il ticchettio della sveglia. Forse oggi mia nonna non ha dato la carica alla vecchia segnatempo, come in genere fa ogni giorno. Alle dodici in punto carica la sveglia e poi mangia qualcosa prima di uscire per andare al centro anziani.

Questo pensiero mi suggerisce che quindi mia nonna Delia è uscita per qualche motivo prima del consueto rituale. Infatti, quel *tic tac* tanto odiato adesso mi manca, così come la presenza di mia nonna.

Sento la sua mancanza ancora di più mentre siamo in cucina, mangiando un veloce piatto di pasta che ho preparato per tutti.

Ho cucinato spaghetti al pomodoro, che sono perfetti anche per un vegano come me, ma nonostante tutto le persone continuano a chiedermi cosa diavolo io mangi.

Rascel si alza e si dirige verso il bagno, dove senza imbarazzo si mette all'opera senza chiudere la porta. Lo guardo da lontano, rimproverandolo come se fosse un bambino: «Rascel, chiudi quella porta per favore».

«Io non mi vergogno come te», dice.

«Forse io avrò l'urofobia, cioè la paura di urinare davanti agli altri. Ma mi sembra una cosa normale. Trovo strano il contrario. "Tu hai l'urofobia?". "No, io la faccio a tavola davanti a tutti"».

Buenafuente accenna un sorriso, mentre Rascel, incurante della battuta, continua con la porta spalancata.

Buenafuente mi guarda serio e arrotolando gli spaghetti mi dice: «Bueno, Eddy, doviamo stare calmi e fare el punto. Es importante capire come muoverse. Come dice mia moglie: non rimandare a domani quello che puoi fare oggi. Infatti, lei non rimanda mai el tormento. Mia moglie parla così tanto che a casa anche Alexa ha detto: Basta!».

«Luis, hai ragione, sono molto preoccupato per mia nonna. Il Cacciatore è un pazzo furioso che pur di rovinarmi sembra disposto proprio a tutto. Ha anche minacciato ilFenomeno».

Mentre parliamo, Rascel esce dal bagno a muso duro: «Dobbiamo chiamare la polizia».

Sto per intervenire, ma Buenafuente lo capisce al volo e prende subito la parola: «Bueno, Rascel. El biglietto es claro. Dichiara che non fai Sanremo. E soprattutto non chiamare la polizia, altrimenti la vittima muore. Noi vogliamo che non muore nadie, nessuno. Quindi no se può chiamare la polizia, anche se lo farei pure io. Io direi de prendere ancora tempo e muoverci con attenzione».

Rascel sbuffando va alla finestra e guardando fuori si strofina le mani. Poi si gira verso di noi con voce seria: «Se scopriamo chi è però, lo lasciate cinque minuti solo con me».

A questo punto parlo: «Rascel, stai tranquillo, che se riusciamo a trovarlo, sarà mia premura organizzarti un appuntamento. Adesso però finisci gli spaghetti che facciamo il punto. Dobbiamo muoverci perché mancano solo due giorni, poi…».

Lascio la frase in sospeso perché quello che dovrei dire non mi piace affatto. Mancano due giorni e poi, se non troviamo una soluzione, dovrò annunciare a tutti che rinuncerò alla mia partecipazione televisiva.

Nessuno parla e tutto resta sospeso mentre consumiamo la cena ognuno perso nei suoi pensieri.

Rascel mangia con calma, come se volesse far durare di più il piacere del piatto di pasta.

Buenafuente arrotola gli ultimi spaghetti nel piatto, gustandosi il boccone. Poi con attenzione si versa l'acqua nel bicchiere e beve guardando in alto. Alla fine, si pulisce la bocca con il tovagliolo, quindi prende a parlare: «Comunque, Eddy, esta pasta è buonissima. Pensare che è così facile mangiare senza animali, ma c'è qualcuno che invece de smettere vuole addirittura mangiarse gli insetti».

«Be' anche io mi domando come si possano mangiare spiedini di grilli, cavallette fritte, millepiedi al forno. Ma come si fa? Io se ho le farfalle nello stomaco, già mi sento in colpa». L'idea di mangiare gli insetti mi sembra assurda. Immagino quello che accadrebbe nei ristoranti: «Scusi, cameriere, nella mia minestrina c'è una formica».

«Tranquillo, è offerta dalla casa».

E, con gli insetti a tavola, nasceranno anche nuovi problemi tra le persone.

«Oggi hai davvero un alito terribile».

«Scusa, ho appena mangiato una cimice».

E immagino che ci saranno pure nuove complicazioni digestive: «Hai problemi di stomaco dopo aver mangiato le cavallette?».

«Sì, mi fanno su e giù».

E meno male che poi quelli strani saremmo noi vegani.

Buenafuente osserva il suo Rolex, e credo che stia già pensando a come organizzarci la vita nei prossimi minuti.

Io mi alzo, raccolgo i piatti e, dopo averli impilati nel lavandino dove probabilmente passeranno il resto della loro vita, metto la caffettiera che avevo preparato sul fornello.

Nell'attesa che avvenga la magia della trasformazione di acqua in caffè, prendo il telefono. Controllo i social, compreso YouTube, per guardare come vanno i video sul mio canale.

In grande risalita di visualizzazioni la tirata contro il tatuato con i baffi da Vittorio Emanuele II, ricaricato sul mio canale da Bea. Guardandolo mi chiedo se il Cacciatore non sia proprio l'uomo che mi ha sfidato dentro al locale, anche se la sua ritorsione mi parrebbe davvero esagerata.

Buenafuente e Rascel, intanto, si sono accomodati sul divano in salotto, mentre sento il profumo di caffè che mi risveglia dai pensieri.

«Bueno, Eddy. La cosa inizia a essere pericolosa, quindi non voglio che estai solo. Rascel dormirai qui con lui stanotte».

Rascel appare contrariato, quindi rifiuto l'idea: «No, Luis, lascialo tranquillo. Io posso anche dormire da solo».

«No, Eddy, no me fido. Esto rapisce tu abuela, minaccia el portiere. Non me fido. Rascel dorme con te».

Allora guardo Rascel e gli dico: «Tranquillo, non ti farò avance. Anche se sono a favore dei matrimoni gay. Non dobbiamo soffrire solo noi…».

Finalmente a Rascel scappa un sorriso, ma poi torna serio e dice: «Tanto io non riuscirò a dormire».

«Tranquillo, Rascel, anche io la notte dormo poco».

Vado in cucina, spengo il gas, verso il caffè nelle tazzine e le metto sopra un vassoio. Poi torno in salotto e servo il caffè, gustandolo anche io con meno piacere del solito.

Buenafuente lo butta giù alla svelta, poi dirige i lavori: «Bueno, Eddy, sono le otto e doviamo muoverci. Non ci dimentichiamo che doviamo andare alla Valle dei Sioux a provare el monologo. Sarà difficile por te, ma se deve fare. Ma ahora facciamo el punto, por favor prendeme da escrivere».

Non ho voglia di andare nel mio studio, quindi prendo il foglio che trovo vicino al telefono. Lo giro sulla seconda facciata bianca e lo porgo a Buenafuente che è già penna alla mano.

Mentre i miei due compari di sventura sono seduti, io resto in piedi e mi muovo da una parte all'altra del salotto.

Fatico a stare seduto se devo parlare, preferisco muovermi. Faccio un passo indietro ed esclamo: «Buenafuente, scrivi: il primo punto è che il Cacciatore di vegani sa dove abito».

«Bueno, esto significa che sa como informarsi».

«O forse la mia ansia sull'auto che ci seguiva era fondata, perché ci osserva».

Rascel interviene poco come al solito e ascolta taciturno.

Quindi continuo con le mie tesi: «Il secondo punto è che ha corrotto e minacciato ilFenomeno. Forse lo ha fatto per rapire mia nonna e stare tranquillo. Ma una cosa non mi torna: il Perozzi l'edicolante, mi ha detto che oggi ha visto passare mia nonna. Quindi non l'ha rapita qui. Perché allora voleva che ilFenomeno non vedesse?».

«Bueno, Eddy, non voleva farse vedere per lasciarte el biglietto. Ma como è entrato aquí el Cacciatore?».

«Credo usando le chiavi di casa che ha preso a mia nonna. Infatti, ha lasciato il biglietto e poi uscendo in fretta ha chiuso la porta senza dare le mandate. Cosa che mia nonna non dimenticherebbe mai».

Buenafuente prende appunti in modo schematico, come solo lui sa fare, poi sospira: «Eddy, mancano due giorni, poi doviamo partire. Se non troviamo una soluzione, tu dovrai fare como te dice lui. En quel caso sarò io a parlare alla produzione, agli autori e cercare de spiegare esta brutta storia. Ma poi se chiamerà la polizia. Quindi adesso possiamo soltanto cercare di capire chi è. Al massimo puoi chiedere aiuto alla poliziotta».

«No, è stato chiaro: niente polizia. E se facesse del male a mia nonna? Non potrei perdonarmelo. E chi se ne frega della carriera, la sua vita conta molto di più».

«Bueno, ma chi può essere?».

Rascel sentenzia: «Secondo me è Walter Vanni. Magari ha mandato le sue guardie del corpo».

«No, no creo. Lui è molto potente e ricco, no se rovina così como un loco. Ci ha dimostrato che può comprarci como vuole».

Io azzardo: «Potrebbe essere il tatuato che ho insultato al locale o ilFenomeno che ha mentito oppure qualcuno che non conosciamo proprio. Insomma, potrebbe essere chiunque, quindi credo che sia impossibile scoprire l'identità del Cacciatore e soprattutto perché lo sta facendo».

Buenafuente mi rincuora: «Esto non è vero. Doviamo riflettere e agire nel modo giusto, magari qualche errore lo ha fatto. E noi possiamo capirci qualcosa».

Stiamo in silenzio a riflettere, mentre io continuo a muovermi nella stanza. A un tratto Buenafuente s'illumina: «Bueno, so che è rischioso. Ma potremmo invitare la poliziotta como espettatrice alla Valle dei Sioux e poi le parliamo con discrezione. Se viene en borghese nel pubblico, es dificile che qualcuno capisca che es una poliziotta».

Annuisco a Buenafuente anche se non sono ancora convinto. Lui attende invano la mia risposta, poi insiste: «Fidate Eddy, en mezzo alla gente en borghese nessuno capirà che es una poliziotta. Chiamala».

Rascel mi guarda e dice anche lui: «Chiamala».

Anche se sono agitato all'idea, penso che in fondo questa soluzione sia la migliore, quindi prendo il telefono dalla tasca e scrivo.

Ciao Alex, stasera alle undici sono alla Valle dei Sioux a provare il pezzo. È quel locale che conosci, vieni? Spero che tu sia libera perché ci tengo molto che tu veda in anteprima il monologo. Ciao, ti aspetto!

Rimetto il telefono in tasca e iniziamo a prepararci per uscire e raggiungere il locale. Vado in camera mia e prendo una camicia nera pulita, il gilet e i pantaloni scuri. Metto i vestiti nel portabiti e chiudo la cerniera che, come al solito, si inceppa. Infilo qualche effetto personale in un piccolo trolley e poi esco dalla stanza. Vado in bagno per un veloce lavaggio e restauro della facciata; quindi, appena pronto, esco e prendo i giacconi. Mentre Rascel e Buenafuente se li infilano, sento il mio telefono che suona.

Deve essere un messaggio di Alex che risponde al mio invito e spero proprio che venga.

Guardando il telefono, scopro che non è Alex ma Lory. Apro il messaggio e resto per qualche secondo immobile in mezzo al salotto, con il telefono tra le mani. Purtroppo, il messaggio arriva dal suo telefono, ma è stato scritto da qualcun altro.

> Caro comico vegano,
> è ormai passato quasi un giorno e non ho visto nessuna dichiarazione di rinuncia sui giornali. Forse devo convincerti meglio, quindi ho rapito la sorella del tuo amico per farti capire che, diversamente da te, io non scherzo.
> Dovevi soltanto seguire le mie istruzioni, ma evidentemente non vuoi rinunciare alla fama.
> Se continuerai a non dichiarare che non parteciperai, io non mi fermerò.
> Preferisci salvare inutili animali o avere sulla coscienza le vite di persone innocenti?
>
> Il Cacciatore di vegani

Guardo i miei due amici e ho soltanto il coraggio di dire: «Ragazzi, dobbiamo tornare in libreria».

Un argentino, un vegano e un armadio vanno incontro al destino. Ora non sembra più l'inizio di una barzelletta e mi sento una specie di James Bond vegano. L'unico 007 che ha rinunciato alla licenza di uccidere.

18

#libreria

Arriviamo davanti alla libreria alle nove e trenta.

Dobbiamo fare presto, perché alla Valle dei Sioux mi aspettano sul palco.

Per tutto il viaggio mi sono guardato intorno, cercando di capire se qualcuno ci seguisse. Sto diventando paranoico, ma in questa situazione bisogna vagliare ogni minimo indizio.

A pochi passi da noi c'è la sede di ZooShow, dove ho incontrato Walter Vanni. Continuo a chiedermi se lui c'entri qualcosa con queste sparizioni, anche se Buenafuente insiste sull'innocenza dell'uomo d'affari.

Quando mi è arrivato il nuovo messaggio del Cacciatore di vegani, ho dovuto informare i miei due amici di quello che era successo. Temevo di dirlo, soprattutto per la reazione che avrebbe potuto avere Rascel. Lo vedevo già molto nervoso per mia nonna, quindi mi preoccupava dargli la notizia del rapimento di sua sorella.

Dopo averlo messo al corrente, lui si è alzato di scatto dal divano con i pugni chiusi. Poi ha sospirato e, strofinandosi il mento, ha chiesto piano: «Ma perché ha preso mia sorella?».

Buenafuente ha cercato di rassicurarlo: «Esto lo doviamo scoprire al più presto, partendo dalla libreria, dove magari hanno visto qualcosa».

Anche io ho suggerito di indagare lì, quindi Rascel ha sentenziato: «Chiudono alle undici. Andiamoci adesso».

A questo punto ho spiegato che avremmo dovuto fare molta attenzione, quindi ho aggiunto: «Dobbiamo trovare una scusa per indagare, senza farlo capire a nessuno».

I miei compari mi hanno guardato perplessi, allora ho manifestato il piano: «Rascel, metti il mio profumo. Stasera ti farò fidanzare».

E adesso eccoci qui all'ingresso della libreria, smarriti ma decisi a scoprire qualcosa.

Buenafuente guarda l'orologio come al solito, ma lo anticipo nell'organizzazione: «Luis tu puoi andare subito a ordinare dei caffè, così nel frattempo cerchi di capire con discrezione se la barista ha visto qualcosa di strano».

«Bueno».

«Io e Rascel combiniamo il matrimonio con la collega di sua sorella e intanto cerchiamo di carpirle qualche informazione utile».

Rascel diventa paonazzo, poi esclama un lapidario: «Lo faccio solo per mia sorella e tua nonna».

Io e Buenafuente ci lanciamo uno sguardo d'intesa, perché è chiarissimo che Rascel ha una cotta per Deborah.

Fingendo serenità ci dividiamo come pianificato e guardandomi intorno, vedo lo strano tipo pelato con gli occhiali da talpa che corteggiava Lory.

Mi chiedo se quest'uomo non abbia una casa, perché sarà qui da ore a girare per gli scaffali. Lui ci vede, sorride e poi continua a sfogliare il libro che ha tra le mani.

«Rascel guarda quanti bei DVD che hanno in questa libreria. Film moderni e classici», dico.

«Lo so».

«Ecco, se inizi con la tua solita parlantina, l'indagine finisce qui. Cerca di sforzarti. Veganizziamo qualche film così ti sciogli».

Camminiamo verso il bancone dove c'è Deborah che si è accorta di noi, anche perché Rascel con la sua mole non passa inosservato. Intanto scorriamo i film che sono in bella mostra, quindi ne prendo uno.

«Guarda, Rascel, la storia di due ragazzi che s'innamorano durante una crociera vegana: *Seitanic*».

Rascel fa un sorriso che attira le attenzioni della commessa, quindi continuo: «E che dici di questo capolavoro con Robert De Niro? Un pugile cambia alimentazione per vincere il titolo: *Tofu Scatenato*. E continuiamo a veganizzare il mondo con questo capolavoro di Russel Crowe. Un matematico vince il Nobel per l'equazione sui popcorn: *A Beautiful Mais*».

Rascel questa volta ride forte e la ragazza occhialuta decide di avvicinarsi per salutarci: «Ciao, Rascel, ciao, Eddy. Siete tornati a trovarci presto, quindi la nostra libreria vi piace. Volete acquistare un film?».

Rascel come al solito abbozza un sorriso e si limita a un: «Ciao».

Io cerco di movimentare il dialogo: «Ciao, siamo di passaggio per un caffè prima di andare alla Valle dei Sioux e stavamo approfittando per veganizzare qualche film».

Lei mi guarda aggrottando le sopracciglia in modo interrogativo e mi chiede: «E che significa?».

Con il piglio di un professore universitario, la illumino: «Una bambina legge un libro sul regno fantastico dei vegani: *La soia infinita*».

Deborah scoppia a ridere, lanciando a Rascel uno sguardo inequivocabile di interesse. Ma il gigante buono purtroppo fatica a cogliere queste cose, soprattutto adesso che è agitato per sua sorella. Inoltre è troppo timido per fare il primo passo. Potrebbe attendere così tanto da sposarsi a ottantacinque anni, con la sposa che percorre la navata in deambulatore.

Già me lo immagino che esce dalla chiesa così anziano che non possono più tirargli il riso ma solo il semolino.

Poi altro che massaggio erotico con l'olio, con l'olio gli dai direttamente l'estrema unzione.

Quindi, per evitare tutto questo, cerco di coadiuvarlo nell'approccio, senza dimenticare il vero motivo per cui siamo qui. Dobbiamo indagare sulla sparizione della sorella di Rascel e capire se qualcuno ha visto qualcosa. Perciò continuo il mio sproloquio: «Vedo che questo film veganizzato vi è piaciuto, allora ve ne sparo altri. Marty McFly viaggia nel tempo con il flusso veganizzatore: *Ritorno Al Tofuro*. E un bel film d'amore giovanile. Il passaggio dall'infanzia onnivora all'adolescenza romantica e vegana: *Il tempeh delle mele*».

Deborah ride a crepapelle, mentre io do un'occhiata a Buenafuente che al bancone della caffetteria sta incantando la barista come solo lui sa fare.

Rascel guarda affascinato Deborah che ricambia, quindi dico: «Comunque il cinema mi piace molto e a voi?».

Deborah risponde per prima, con il sorriso di chi vive una vita serena: «Anche a me il cinema piace moltissimo. E a te Rascel, piace il cinema?», chiede a sorpresa.

Rascel risponde con uno dei suoi lunghi monologhi: «Sì».

Poi cambia colore in tutte le tonalità del rosso. Siccome non coglie la palla al balzo, lo faccio io: «Rascel, se entrambi amate i film, devi invitare Deborah a cena e poi andate al cinema. Direi che sarebbe una serata perfetta».

Rascel, ormai violaceo, cerca di sorridere asciugandosi il sudore che gli imperla la fronte.

Lei fa uno sguardo malizioso e coglie l'occasione: «Può essere una buona idea. Ma un bel ragazzo come Rascel avrà un sacco di ammiratrici, non so se mi inviterebbe».

Guardo Rascel cercando di ipnotizzarlo per fargli fare l'invito, ma per fortuna ci pensa la ragazza: «Eddy, se vuoi possiamo organizzare una serata. Rascel, io, tu e una mia amica».

«Preferirei che usciste voi, perché in queste uscite a quattro se ti chiedo come è l'amica, magari rispondi che è simpatica».

Deborah sorride: «In realtà la mia amica è molto simpatica, ma è anche molto carina».

Sorridiamo e Rascel inizia a sciogliersi, quindi azzarda: «Per me cena e cinema si può fare».

Deborah gli fa un sorriso e aggiunge: «Va bene, Rascel, allora dopo ti lascio il mio numero. Ma tanto lo ha anche tua sorella».

In modo meraviglioso sto organizzando il matrimonio di Rascel e intanto l'occhialuta commessa mi ha dato un assist per farle la domanda che mi interessa: «A proposito, oggi hai visto a che ora è uscita Lory? Avevamo appuntamento con lei per portarla con noi al locale, ma ci ha dato buca. E soprattutto ha il telefono spento. Forse aveva un incontro galante e non vuole dircelo».

Deborah ci illumina: «È andata via verso le sette. Penso che ormai sia a casa che dorme, perché oggi era esausta».

Buenafuente intanto sta arrivando verso di noi con una faccia da trattativa andata male e portando in mano due caffè.

Si avvicina, ci porge i bicchierini di carta con dentro la bevanda scura e inchinandosi in modo teatrale saluta Deborah: «Buonasera, señorita, e me scusi se esti due la stanno importunando. Se sono comportati bene o como due cabrones?».

Deborah saluta e aggiorna Buenafuente sulla nostra condotta: «Buonasera. Stia tranquillo, sono stati molto gentili».

L'argentino, che è un vecchio venditore abituato a trattare con chiunque, incalza: «Bueno, altrimenti lo diciamo alla sorella de Rascel che poi li crocifigge in sala mensa come Fantozzi nel film. Como dice sempre mia moglie: le donne vanno rispettate. E io la rispetto. Per paura».

Sorridiamo insieme e capisco subito che anche l'obiettivo di Buenafuente è portare il discorso su Lory, per capire se la ragazza ha visto qualcosa. Quindi intervengo per illustrare a Luis quello che abbiamo scoperto finora: «Deborah, a proposito di Lory, ci ha detto che è andata via alle sette. Quindi mi spiace per te, ma non può farle la spiata che volevi».

«Bueno, sarà scappata perché sapeva che pasavate voi due stasera. Vero, Deborah, che Lory è fugita veloce?».

Deborah sorride, poi aggiunge: «No, Lory oggi è uscita come al solito. E poi ama suo fratello e me lo dice sempre».

Deborah nemmeno immagina che una sua risposta potrebbe aiutarci a salvare Lory e mia nonna dal Cacciatore di vegani. Spero che riusciremo a scoprire qualcosa, perché la situazione è drammatica. Io non resisterò altri due giorni in attesa che questo pazzo faccia le sue mosse. Se non troviamo indizi, domani farò un comunicato stampa per obbedire al Cacciatore.

A questo punto, per continuare a sondare, sponsorizzo ancora Rascel: «Come si fa a non amare il nostro piccolo Rascel. Guarda che occhioni da cerbiatto. Deborah sei fortunata se uscirai con lui, perché è richiestissimo».

Buenafuente ride, dando una pacca sulla spalla a Rascel che se ne accorge appena. Quindi il gigante ricambia la pacca, spostando di un metro Buenafuente che perdendo l'equilibrio fa cascare una pila di libri.

In questo negozio siamo condannati a far crollare libri ogni volta, se continuiamo così ci vieteranno l'ingresso.

La cascata di bestseller attira l'attenzione di qualche cliente e soprattutto dell'Uomo Talpa, che ci guarda incuriosito.

Buenafuente si china a raccogliere i libri con Deborah, quindi le dice: «Scusa, Deborah, ma esto Rascel es un teremoto. Ma tu sarai abituata. Chissà che cose strane che succedono en una libreria così».

Lei non si accorge dove lui voglia andare a parare, ma spiega ironica: «Di cose strane potrei riempire un libro, magari un giorno lo farò. Comunque, oggi niente di strano. Almeno ogni tanto ci meritiamo una giornata di serenità».

A quanto pare Deborah non ha notato nulla che possa aiutarci. Purtroppo, non possiamo nemmeno dirle la vera motivazione della nostra visita, perché sarebbe rischioso per lei e per le prigioniere.

Buenafuente e io ci guardiamo sconsolati, perché la nostra indagine non sta fruttando e il tempo scorre inesorabile.

Terminata la sistemazione della pila di libri, io guardo il bicchierino di caffè vuoto che ho tra le mani e suggerisco: «Il caffè l'abbiamo bevuto, direi che possiamo andare. Che dite, ragazzi?».

«Bueno, Eddy. Doviamo arrivare alla Valle dei Sioux, quindi è ora».

«Sì, ma prima sarebbe bello che Rascel prendesse il numero di Deborah, almeno stasera sarà felice».

Rascel mi guarda male, mentre Deborah estrae con un gesto molto coreografico la penna dal taschino, insieme a un biglietto da visita della libreria. Poi appunta il suo numero sul retro del bigliettino e lo mette in mano al gigante che mostra la solita espressione da container di surgelati.

Guardo Rascel e Deborah e suggello il futuro appuntamento: «Rascel, mi raccomando vai a prendere Deborah puntuale. Deborah, mi raccomando non far aspettare Rascel sotto il portone come fate voi donne. Io l'ultima volta ho atteso così tanto che la mia macchina, nel frattempo, è diventata auto d'epoca. Pensate che l'attesa è stata così lunga che la scimmia di peluche che avevo dietro si è evoluta».

Ridiamo tutti, anche se in realtà ci sarebbe ben poco da ridere.

Non abbiamo alcun indizio sulla sorella di Rascel, né sul Cacciatore, né su mia nonna.

Congediamo Deborah, che da oggi per me si chiamerà "signora Rascel", e ci avviamo verso l'uscita.

Camminando tra le pile di libri e gli scaffali di DVD, incrociamo l'Uomo Talpa, lo spasimante di Lory.

Lui alza gli occhi dal suo libro e ci saluta con una voce da Muppet: «Salve. E, se non sono indiscreto, salutatemi la mia commessa bionda preferita. So che è vostra amica, vi ho visti oggi pomeriggio. E poi lei ormai è un comico molto famoso, quindi l'ho riconosciuta subito».

Colgo la palla al balzo e attacco bottone: «Grazie, lei è molto gentile, le saluteremo la signorina Lory. Ma lei oggi non ha avuto modo di farlo mentre era qui?».

L'uomo è felicissimo per la domanda, perché è chiaro che non vede l'ora di poter parlare con qualcuno. Quindi prende fiato e inizia a raccontarci la sua vita: «Oggi ho acquistato un libro, era una scusa per salutare Lory. Però il libro è molto interessante, si tratta di un romanzo storico. Comunque, dopo l'acquisto sono rientrato a casa. Però speravo di risalutarla anche stasera, ma quando sono tornato lei stava già andando via. Mentre entravo infatti l'ho vista salire in auto».

Prima che l'uomo continui a parlare, Rascel interviene a sorpresa e lo interrompe: «La macchina era una Peugeot rossa?».

L'uomo, spiazzato dalla domanda, fa mente locale. Poi parla tra sé con lo sguardo perso e dopo qualche secondo aggiunge: «No, non era rossa. Era grigia e lei è salita al posto del passeggero».

Rascel insiste: «Ma che auto era?».

L'uomo fa un passo indietro e inizia a sudare. Poi si toglie gli occhiali e pulisce le lenti, strofinandole con un panno grigio. Intervengo a placare l'irruenza di Rascel, cercando di tranquillizzare il povero Uomo Talpa: «Rascel stai calmo per favore. Guardi, deve scusarlo, ma lui è il fratello di Lory, la sua commessa preferita. Ed è un gelosone terribile».

Poi abbasso la voce e, avvicinandomi all'uomo, gli sussurro: «Pare che la sorella abbia un fidanzato e lui vuole indagare».

All'improvviso l'uomo, geloso anche lui della sua commessa prediletta, inforca gli occhiali e alza il tono della voce: «Bravo, i fratelli devono vigilare sulle sorelle. Comunque, se era il fidanzato, non è ricco. L'auto era un'utilitaria grigia qualunque».

Poi sorride mostrando fiero i denti giallini, continuando a spingere sul naso gli occhiali marroni, che scivolano di continuo.

Decido di insistere con le domande, cercando la complicità dell'uomo: «Siccome lui vuole scoprire chi è questo fidanzato segreto, ha notato qualcosa di particolare sull'auto? Chi guidava? Qualcosa insomma».

L'Uomo Talpa sconsolato continua: «No, mi dispiace. Ho solo visto lei salire, poi l'auto è andata via».

«Va bene, la ringrazio e ci scusi tanto per il disturbo. Arrivederci».

Salutiamo lo strano cliente e usciamo dalla libreria. Camminiamo in fila indiana verso la macchina, mentre Rascel è una maschera di delusione e Buenafuente recita sottovoce il suo rosario spagnolo di parolacce incomprensibili.

Sono assalito dai dubbi e mi sale la rabbia verso questo Cacciatore di vegani che ci sta rovinando la vita.

Il senso di impotenza è terribile, perché mi sento in balia delle decisioni di qualcuno di cui non conosco nemmeno l'identità. Avanziamo per inerzia sotto i portici di Torino, mentre mi guardo intorno e osservo la città.

Scritte sui muri mi informano che «ROBBY AMA LALLA» con errori di ortografia, qualcuno scrive «NON POSSO FARE ALMENO DI TE», infine «DIAMO LAVORO AI COMPAGNI IMBIANCHINI».

Mentre leggo sui muri queste meraviglie della letteratura, alle mie spalle risento la voce da Muppet dell'Uomo Talpa che ci segue a passo svelto.

«Scusi, signor comico. Aspettatemi».

Subito ci blocchiamo tutti e tre, in attesa di essere raggiunti dall'uomo che in pochi secondi è davanti a noi.

Lo guardo negli occhi attraverso le sue lenti spesse e dico: «Salve, mi dica pure. È successo qualcosa?».

Lui respira a fatica, poi dopo qualche secondo inizia a riprendersi. Quando gli si calma il fiatone, mi dice piano: «Senta, signor comico famoso, non so se è utile, ma mi è venuta in mente una cosa soltanto adesso, ripensando alla situazione. Ho notato che la macchina grigia, dietro aveva un adesivo, un simbolo giallo o arancione, un colore così. Una cosa che non so descriverle bene. Diciamo una specie di sole. E poi mi è venuto in mente: DV».

«E che cosa sarebbe DV?», chiedo stupito.

«DV sono due lettere della targa che credo di aver visto. Poi io ho qualche problema agli occhi, quindi non ne sono sicuro».

Non so quanto sia attendibile ciò che pensa di aver visto, ma mi sembra l'unica speranza che abbiamo.

Rascel e Buenafuente, immobili, guardano l'uomo con sospetto.

L'Uomo Talpa invece ci sorride felice con i suoi denti gialli. Quindi decido di salutarlo e ringraziarlo per la sua informazione: «Bene, grazie mille allora. Arrivederci».

«Arrivederci a voi».

Poi si gira e se ne va, camminando tronfio per la sua buona azione. A questo punto mi sembra tutto assurdo e sogno che quello che sta accadendo non sia reale.

Immagino di essere il protagonista di un film veganizzato. La storia di un misterioso maniaco che rapisce persone e le tortura sacrificando cibo vegano davanti ai loro occhi: *Jack lo Squartatofu*.

Mentre medito su cosa possa rappresentare quel simbolo colorato dietro la vettura, giungiamo alla macchina.

Silenziosi partiamo per la Valle dei Sioux che mi aspetta per la prova del fuoco. Intanto Torino ci osserva malinconica.

19

#laprova

Nell'attesa ho paura, allora mi rifugio nei ricordi.

Ma questa volta non mi danno alcuna serenità, anzi mi agitano e non riesco a concentrarmi.

Sono preoccupato per mia nonna, per Lory e in tutto questo dovrò anche recitare un monologo comico.

Sbircio oltre la tenda del camerino per assicurarmi che non ci sia il tatuato con i baffoni alla Vittorio Emanuele II, ma non lo avvisto.

Invece vedo molto bene il solito Rascel che svetta in consolle, Buenafuente accanto a lui e in terza fila Alex la poliziotta.

La osservo da lontano e devo dire che ha proprio qualcosa che mi affascina. Saranno gli occhi verde cangiante, sarà la sua arguzia, sarà che non batto chiodo da nove mesi.

Se per molto tempo non hai rapporti con una donna, succede qualcosa di incredibile. Dopo tre mesi, inizi ad abbassare le pretese, dopo sei comincia a piacerti anche una che se fa una seduta spiritica appare il fantasma e le dice: «Qui sono io che devo fare paura, non tu».

Quando al nono mese inizi a trovare attraente anche la nonna del tuo vicino di casa, allora devi iniziare a preoccuparti. Questo non è il caso di Alex, perché lei è davvero una donna molto interessante e sono contento che stasera sia venuta. Sia per l'aiuto che forse potrà darci, ma anche perché dopo tanta attesa ci vedremo.

Siccome non aveva risposto al messaggio d'invito, durante il viaggio da Torino alla Valle dei Sioux, ho deciso di telefonarle.

«Ciao, sono Eddy».

«Ciao, Eddy, come stai?».

«Tutto bene grazie, e tu?».

«Non c'è male».

«Allora, ti aspettiamo alla Valle Dei Sioux. Non puoi dire di no, ci tengo molto».

Lei dapprima ha tentennato, affermando che domani mattina lavorava presto, ma poi sono riuscito a convincerla dicendo che non avremmo fatto molto tardi. Insomma, come si dice sempre quando si esce con gli amici: «Dai, andiamo a bere qualcosa, ma stiamo poco».

Poi suona la sveglia perché devi alzarti per andare al lavoro, ma tu sei ancora a bere nel locale.

La guardo e penso che in questi anni non ho mai avuto una fidanzata fissa, preso com'ero dal mio lavoro. Forse sarebbe ora di mettere la testa a posto e lei sembra davvero la donna giusta, sebbene non sappia molto della sua vita.

Stasera cercherò di scoprire qualcosa in più su di lei, anche se l'occasione non mi sembra delle migliori. Infatti, l'idea è quella di coinvolgerla in un'indagine segreta e alla fine chissà cosa penserà di questa storia.

La situazione è proprio strana: al primo appuntamento le racconto di un pazzo criminale che rapisce le persone. Quindi immagino che al secondo come minimo dovrò coinvolgerla in una sparatoria e al terzo per fare colpo dovrò invadere la Polonia.

Chiudo la tendina con un colpo secco e cerco la concentrazione per rileggere il testo del mio pezzo, anche se ormai lo so a memoria per averlo scritto e riscritto centinaia di volte.

Se non riusciremo a risolvere l'enigma, il monologo sarà del tutto inutile. Infatti, se non cambia qualcosa, domani dovrò comunicare a tutti la mia rinuncia al Festival.

Ma chi diavolo può essere questo Cacciatore e soprattutto perché vuole farmi questo?

Faccio la respirazione di rito prima di entrare in scena, mentre il fumo soffia nella sala.

Il vociare in sottofondo stasera pare non smettere, nonostante il conduttore sia sul palco per introdurmi.

M'incammino verso l'ingresso da cui apparirò, ma non mi sento tranquillo.

Parte la solita sigla che oggi mi trasmette un'angoscia che non avevo mai provato.

Ecco la voce del presentatore che stasera è logorroico: «Signore e signori, questa sera ho il grande piacere di presentare un amico. Sono anni che si esibisce su questo palco e lo conoscete tutti. Chissà se continuerà a tornare a trovarci, visto che come sapete tra pochi giorni sarà in televisione, ospite della trasmissione più importante d'Italia: Sanremo. Ma oggi abbiamo la fortuna di averlo qui con noi. Signore e signori, ecco a voi Eddy il comico vegano».

Vengo accolto da un applauso molto forte, come se il fatto che apparirò in televisione mi avesse reso più bravo. Il pubblico medio non ti apprezza per come sei, ma soltanto per come appari ai loro occhi.

Mi guardo intorno prima di iniziare a recitare, lanciando uno sguardo malizioso ad Alex che mi sorride. Faccio un cenno d'intesa a Rascel che annuisce, poi guardo Buenafuente che, foglio e penna in mano, è pronto ad appuntare l'andamento del monologo.

Inizio a recitare: «Buonasera, amici, io non sono un comico qualunque, io sono il comico vegano. Che detto così sembra una cosa da superbi. Infatti, da quando sono vegano mi do molte arie. Ma non me la tiro, sono i legumi. Io mangio moltissimi fagioli, lenticchie, piselli e ogni tipo di verdura. Questo lo specifico subito perché, ogni volta che affermo di essere vegano, qualcuno mi fa la fatidica domanda: sei vegano, ma allora cosa mangi? Io mangio quelli che me lo chiedono».

Guardo Alex, ricordando la prima volta in cui ci siamo conosciuti e in cui le ho detto proprio questa battuta. Poi continuo: «In realtà i vegani non mangiano animali, né derivati animali, però mangiano tutto il resto che è davvero moltissimo. Quindi la risposta provocatoria nasce dal fatto che mi sono scocciato di sentirmelo chiedere e quando mi fanno la domanda mi viene subito il latte di soia alle ginocchia».

La risposta tiepida del pubblico mi fa pensare che quest'ultima battuta magari la toglieremo perché non fa molto ridere.

«Il mio interlocutore, appena sente la frase, fa un sorriso e dimentica la leggenda secondo cui i vegani sono tutti dei rompiscatole. Certo qualcuno potrebbe esserlo e io stesso ogni tanto sono un vegano fastidioso. A volte sono così vegano che mi sto sul cazzo da solo. Mi succede quando voglio essere coerente in ogni cosa, perché io sono un vegano che cerca di essere il più possibile coerente con la sua scelta etica, a costo di sembrare un pazzo furioso. Io dormo molto, perché non voglio pigliare pesci. Spesso agli eventi mi perdo, perché mangio la piantina. Ai matrimoni, quando assistito al lancio del bouquet, lo mangio al volo. Non gioco a scacchi perché non voglio mangiare il cavallo. A me nessuno mi frega, perché mangio subito la foglia. Sono coerente con la mia scelta, ma anche con gli studi che la riguardano. Una ricerca afferma che i vegani fanno sesso solo con i vegani. Infatti, io lo faccio sempre con me stesso».

Dopo questa sfilza di battute demenziali, il pubblico parte in applauso, ma io continuo a essere teso.

Mi guardo intorno e vedo il pubblico come se fosse al rallentatore. I loro visi, gli applausi, le risate, mi sembrano privi di significato. Invece di concentrarmi su quello che dico, penso al Cacciatore di vegani.

Mi vedo dall'esterno, mentre gesticolo come una marionetta sulla scena. Un fantoccio i cui fili sono tirati da una figura senza volto che domina dall'alto.

Aspetto da un momento all'altro uno strattone che mi faccia cadere a terra, mentre provo a liberarmi da quei fili che mi imbrigliano la vita.

Concentro la mia attenzione sulla sala e rivedo la moto appesa al muro nel locale. Osservo quel bolide a due ruote, quando un particolare attira la mia attenzione. Ma devo continuare a recitare: «L'esaperazione dell'etica vegana, spesso porta a scontri tra vegani, battaglie tra animalisti e diatribe tra attivisti. Gli scontri sono più o meno di questo tipo: quello che fai tu non è utile alla causa. No, quello che fate voi è inutile alla causa. Io mi batto davvero per la causa. Insomma, con tutte queste cause mi sembra di essere in tribunale. I vegani invece dovrebbero essere uniti per portare avanti i loro ideali e non fare le gare a chi è più etico. Perché come si diceva alla fine di un fantastico film: "Nessuno è perfetto"».

Arriva un altro applauso, ma io nemmeno ci faccio caso perché ormai la mia attenzione è tutta sulla Harley Davidson inchiodata al muro. Sono anni che ce l'ho davanti ogni volta che salgo su questo palco, ma solo adesso noto qualcosa che assume tutto un altro significato.

La moto in realtà è appesa per fare promozione allo sponsor, ed è proprio il logo di AutoMotoMirafiori che attira la mia attenzione. Un semplice logo che ho sempre visto, ma che adesso mi mette un tarlo in testa.

Aumento il ritmo della recitazione, perché voglio terminare il prima possibile per scendere dal palco e illustrare la mia tesi a Buenafuente, Rascel e Alex.

Se la mia intuizione ha un senso, forse potremmo fare un passo verso il burattinaio che muove i fili. Ma in questo caso potrei essere io a dare lo strattone che farà cadere lui.

20

#intuizioni

«Complimenti, Eddy, il monologo è molto bello. Mi ha colpito soprattutto il finale, non me l'aspettavo».

«Grazie, Alex, sei gentile, ma c'è ancora qualcosa da sistemare e da limare».

Queste sono le prime due frasi che ci scambiamo io e Alex, appena scendo dal palco.

Mentre la guardo dritto negli occhi, lei continua: «A me è piaciuto molto, poi avevi molta energia».

«In realtà sono un po' frastornato e non mi sento in forma da qualche giorno».

«Sarà l'alimentazione vegana, te le sei fatte le analisi?», dice lei sorridendo complice.

Intanto Buenafuente si avvicina con il foglio in mano su cui ha preso gli appunti durante l'esibizione e Rascel esce dal locale per fumare una sigaretta.

Prendiamo posto in un tavolo molto vicino al camerino, quello che viene tenuto libero per gli artisti.

Questa sera pare mi abbiano riservato un trattamento di favore; infatti, sul tavolino è esposto un cartellino con su scritto «EDDY».

Alla Valle dei Sioux, non essere picchiati e un biglietto con il nome scritto male a penna è il massimo del riguardo.

Alex siede di fronte a me dando le spalle a tutti gli altri tavoli, mentre io dalla parte opposta posso vedere bene tutto ciò che accade nel locale. Buenafuente siede alla mia destra e lasciamo il posto di sinistra a Rascel perché è quello con più spazio dietro, visto che il ragazzo necessita di ampie metrature.

Nell'attesa che arrivi, ordiniamo qualcosa da bere e due porzioni di patatine fritte, l'unica cosa che da vegano posso mangiare in questo locale.

Appena lo dico, Alex mi fa la classica domanda: «Scusate se chiedo una cosa stupida: come si diventa vegani?».

Allora le rispondo ironico: «Semplice, bisogna cadere e battere la testa forte. Io l'ho fatto da piccolo candendo dal seggiolone, quindi sono partito avvantaggiato».

Alex ride di gusto, ma Buenafuente ci tiene a chiarire: «Bueno, in realtà ognuno diventa vegano a modo suo, diciamo che la scelta avviene per ognuno en modo diferente».

Alex si incuriosisce e continua: «Immagino che ogni storia sia unica, ma ci sarà qualcosa che scatena il cambiamento, oppure qualcosa che bisogna fare per arrivarci?».

«Bueno, per diventare vegani es necessario aprire muy la mente e abbandonare le credenze che aviamo da sempre. Nel mio caso esto è successo con un libro. Vero, Eddy?».

«Sì, perché un libro ti apre la testa. Basta che lo tiri forte», dico sorridendo e poi continuo: «Però oltre ad aprire la mente, non bisogna montarsi la testa. Nel senso che diventare vegani non significa diventare dei santi ed essere perfetti. Si cerca soltanto di fare il possibile per ridurre i danni. Purtroppo, nel mio caso i danni sono irreversibili».

Come al solito fingo allegria, ma intanto sto pensando al modo in cui dirò ad Alex quello che sta succedendo e soprattutto mi domando se lei ci aiuterà. Appena rientrerà Rascel cercherò di introdurre il discorso, ma intanto Alex è interessata allo strano mondo dei vegani e chiede ancora: «Adesso dirò l'ennesima banalità, scusatemi, ma avendo il comico vegano davanti ne approfitto. Eddy, mangiare vegano non costa troppo?».

«No, io mangio la siepe e risparmio anche il giardiniere. Ma secondo te costa più un chilo di filetto o un chilo di fagioli? Comunque io mangio tanta frutta e verdura a chilometro zero dall'orto del condominio. Speriamo non se ne accorgano».

Scoppiamo a ridere tutti insieme, mentre da fuori rientra Rascel che viene verso di noi e, prima di sedersi, mi guarda in faccia ed esordisce secco con: «Glielo avete già detto?».

Rascel parla poco, ma quando parla a volte fa danni clamorosi.

Io e Buenafuente ci guardiamo alzando le sopracciglia, poi guardiamo Alex che ci osserva curiosa e chiede: «Cosa mi dovete dire?».

Mentre Rascel prende posto accanto a me, cerco di sdrammatizzare: «Mah, niente di speciale. Rascel chiede se ti abbiamo già detto che si vede il tuo debole per me. Quindi ti devo dire che possiamo uscire, ma non sono pronto al matrimonio».

Alex sorride, poi spara: «Credo che sia tu ad avere un debole per me. Ma non preoccuparti, non voglio sposarti».

Mi sento come Willy il Coyote che precipita nel Grand Canyon e si sfracella al suolo. Posso udire il fischio di me che cado nel vuoto e il tonfo dell'atterraggio con la faccia a terra.

Per uscire dall'imbarazzo mi alzo in piedi con il telefono in mano e invito tutti a fare una foto di gruppo. Bisogna subito condividere il momento sui social, perché l'occasione della prova segreta del monologo per Sanremo è da ricordare.

Ci mettiamo tutti vicini, io allungo il braccio destro e scatto come se fosse il servizio fotografico agli sposi. Scorriamo le immagini per scegliere la migliore, anche se c'è sempre qualcuno che non è d'accordo. Quando si fa una foto di gruppo, lo scatto ideale sarebbe un collage di tutti quelli fatti, dove ognuno sceglie l'immagine in cui ritiene di essere venuto meglio. Alla fine, optiamo per la meno peggio, dove siamo venuti tutti male alla pari.

In pochi secondi la carico su Facebook: *Amici alla prova del monologo che farò tra qualche giorno a Sanremo*, con @Alexandra Fei @Luis Buenafuente e Rascel non lo taggo perché non usa i social network.

Poi la condivido anche su Instagram: *#ilcomicovegano #monologo #amici #lavalledeisioux #vegan #veganismo #picoftheday #fotodelgiorno #risate*

Potrei continuare a mettere altre parole chiave, ma sarebbe inopportuno mettere quelle che rappresentano realmente la situazione: *#siamoneiguai #Cacciatoredivegan iinfame #siamorovinati #speriamobene*

Ci risediamo e quello che mi preme in questo momento è spiegare ad Alex cosa sta succedendo, aiutato da Buenafuente e spero anche dal silenzio di Rascel. Fingo indifferenza e cerco di entrare nel discorso: «Prima stavo scherzando Alex. Quello che vogliamo dirti stasera è meno grave di me che ti corteggio, ma è davvero una brutta storia».

Guardo Buenafuente per cercare sostegno e lui mi fa cenno per spronarmi a parlare.

Alex si fa seria e rivedo lo sguardo che aveva il giorno della manifestazione, quando per la prima volta l'ho vista in divisa da poliziotta. Da quel giorno a oggi sono cambiate molte cose tra noi, anche se non siamo mai riusciti a vederci da soli. Ci siamo scritti spesso in amicizia, anche se è apparso chiaro da subito che era scattato qualcosa di più.

Guardo Alex negli occhi e inizio a spiegare: «Allora, Alexandra, cercherò di spiegarti la situazione in modo molto sintetico. Dopodomani devo apparire a Sanremo, ma qualcuno vuole che io rinunci alla mia ospitata, comunicando a tutti che non ci andrò. Questo significherebbe dire addio all'unica possibilità di farmi conoscere dal grande pubblico che ho mai avuto nella vita. Ma chi lo vuole sa essere molto convincente».

A questo punto faccio una pausa e bevo un sorso del mio tè freddo al limone, la bevanda per cui i biker mi volevano interdire dalla Valle dei Sioux a tempo indeterminato.

Mi passo una mano sulla fronte, con Alex, Rascel e Buenafuente che mi fissano attenti. Poi continuo: «Per convincermi a rinunciare, la persona in questione ha fatto qualcosa di molto grave: ha rapito mia nonna Delia e poi anche Lory, la sorella di Rascel. E ci ha lasciato due messaggi, firmandosi: il Cacciatore di vegani».

Alex si fa scura in volto e all'improvviso si trasforma in Robert De Niro: «Ma questo è un criminale, un vigliacco, un farabutto, va fermato. Dovete denunciarlo subito!».

Interviene Buenafuente a placare la poliziotta: «Alex, bueno, esto non es possibile, porque esto cazador ha lasciato un messaggio muy claro: niente polizia o le due rapite muoiono».

Alex ci guarda interdetta, mentre io entro nei dettagli: «Esatto, cara Alex. Quindi oggi abbiamo deciso di indagare da soli e abbiamo iniziato a scoprire qualcosa. Però ci servirebbe il tuo aiuto, magari tu grazie al tuo lavoro puoi fare qualcosa».

Alex si irrigidisce e con voce decisa ci informa: «Ragazzi, sono molto dispiaciuta dell'accaduto, ma io sono una poliziotta e seguo le regole. Se voi non fate denuncia, io non posso fare niente».

Rascel rompe il silenzio: «Le regole ci sono solo per noi, ma per lui?».

«Rascel, calmate, porque Alex ha ragione. Estanno delle leggi che vanno rispettate. Però Alex se tu volessi ce potresti aiutare in qualche modo?».

Alex ci guarda tamburellando le dita sul tavolo e riflettendo sulla situazione. Allora ne approfitto per cercare di convincerla: «Mia nonna è stata rapita per prima, ma non in casa perché l'edicolante oggi l'ha vista passare anche se poi non è rientrata. Ma io ho trovato il biglietto nell'appartamento, quindi il Cacciatore di vegani è passato da lì. Per farlo ha minacciato e corrotto il portiere del mio palazzo che però non sapeva molto della cosa.

Lory, invece, la sorella di Rascel, è stata rapita davanti alla libreria in cui lavora, ma pare l'abbiano vista salire su un'utilitaria grigia. Mi chiedo come si possa obbligare qualcuno a salire su un'auto».

Alex mi illumina: «Semplice, con un'arma puntata».

La risposta appare ovvia, ma io non ci avevo pensato.

Dunque, il Cacciatore di vegani dall'auto avrà puntato una pistola verso Lory, obbligandola a salire come se nulla fosse.

Illustro ancora ad Alex le nostre mosse: «Noi, per non dare nell'occhio, stiamo fingendo che tutto sia normale. Anche perché se lo scoprissero i giornalisti potrebbero fare più male che bene alle vittime. Intanto indaghiamo in segreto, mentre il Cacciatore attende il mio comunicato stampa di rinuncia. Ormai abbiamo soltanto due giorni prima che io parta o decida di rinunciare».

Alex mi guarda, poi scoraggiata esclama: «Con queste informazioni è davvero difficile capirci qualcosa. So che avete paura, ma dovreste fare una denuncia. Così potrebbero iniziare delle vere indagini, ma capisco che i tempi sarebbero lunghi. E nel caso Eddy dovrebbe rinunciare, in attesa di ulteriori sviluppi. Vorrei davvero aiutarvi, ma così non posso. Anzi il mio dovere sarebbe di informare i miei superiori».

Rascel si fa cupo in volto e stringe i pugni sul tavolo, Buenafuente scuote la testa e io sono immobile che penso a cosa diavolo faremo adesso.

Mi guardo intorno e rivedo l'Harley-Davidson appesa al muro, quindi decido di comunicare a tutti la folle idea che ho avuto mentre recitavo: «Mentre ero sul palco ho avuto una specie di intuizione. Alex, devi sapere che un uomo ha visto Lory salire sull'auto e ci ha detto che era un'utilitaria grigia. Poi ha aggiunto un dettaglio: la macchina aveva dietro un adesivo con una specie di sole arancione. In realtà penso che quello fosse un fiore, cioè il logo di AutoMotoMirafiori. Guardatelo lì accanto alla moto appesa. Il logo è giallo, ma sull'auto sembrava arancione perché magari scurito dal tempo o dallo sporco. E abbiamo anche due lettere della targa: DV».

Mi guardano tutti come se fossi un matto, ma sono curiosi di sapere dove voglio arrivare, quindi tacciono in attesa che io continui la mia spiegazione. Mi sento Sherlock dell'omonima serie, anche se lui intuisce davvero, mentre io tiro a indovinare: «Quindi l'auto forse arriva da quella concessionaria e penso che in qualche modo potremmo scoprire chi sono i proprietari di quel mezzo».

Buenafuente, pragmatico come sempre, incalza: «Bueno, Eddy, ma a Torino de utilitarie grigie ne vendono un'infinità».

Quindi insisto: «Certo, utilitarie grigie a Torino ne avranno vendute a migliaia, però è l'unica pista che abbiamo».

Alex mi guarda con una specie di sorriso: «Servirebbe almeno la lista clienti di quel concessionario. Avendo la lista clienti, si potrebbero collegare i nomi alle auto vendute e poi fare una scrematura sull'anno di immatricolazione. Due lettere della targa sono molto poco, ma si potrebbe sfoltire ancora la lista. Comunque, è un lavoro complesso e occorre moltissimo tempo, perché le auto saranno centinaia».

Pare che Alex stia iniziando a collaborare con noi, quindi Buenafuente la stimola: «Bueno, per noi es muy complicado, ma per una poliziotta dovrebbe essere più facile».

Alex si stringe nelle spalle, poi aggiunge: «Mi state mettendo in mezzo. In ogni caso, avere dalla concessionaria la lista dei clienti e relative auto non è possibile senza un'indagine ufficiale e un mandato».

Allora scopro le carte fino in fondo, perché la mia intuizione va oltre il semplice collegamento con la concessionaria, infatti ho già studiato un piano. Quindi metto la mano su quella di Alex e guardandola dico: «Se io ti faccio avere la lista clienti su una chiavetta e le due lettere della targa, tu riusciresti a fare qualcosa?».

Lei mi stringe la mano, poi dice piano: «Mi metti nei guai così. Certo, forse potrei fare qualcosa. Però dobbiamo fare un patto. Primo: non voglio sapere come otterrai la lista clienti.

Secondo: cercherò di fare qualcosa, ma se le cose peggiorano mi dovete promettere di denunciare».

Io: «Sì, ci sto».

Buenafuente: «Bueno, Eddy, ma come la avremo esta famosa lista de clienti?».

Io sorrido a denti stretti con lo sguardo di quando in scena sto per fare una battuta formidabile. Guardo tutti e sussurro: «A questo ci ho già pensato io. Rascel e Buenafuente, domani preparatevi come vi dirò e poi andremo all'autosalone».

Buenafuente mi guarda con gli occhi sbarrati, mentre Rascel con un lungo e arzigogolato giro di parole mi comunica di essere d'accordo: «Ok».

Alex, continuando a stringermi la mano, mi guarda e sussurra: «Comico, lo faccio solo per te».

«Grazie», dico e sorrido.

Usciamo dal locale alle due e mezzo circa, tornando a casa con la nostra classica macchinata da fine serata. Viaggiando penso che dobbiamo ancora aspettare e che forse le cose miglioreranno, ma come diceva il mio omonimo Eduardo: «Adda passà 'a nuttata».

21

#lastar

Siamo in quattro davanti alla concessionaria AutoMotoMirafiori.

Io: jeans e giubbotto sportivo.

Rascel: abito elegante nero da prima comunione, maglietta nera attillata che evidenzia i muscoli, occhiali scuri.

Bea: tailleur blu elettrico con gonna a tubino.

Buenafuente: giacca verde accecante, camicia bianca aperta fino all'ombelico, collana d'oro da ventotto chili con attaccato un crocifisso a grandezza naturale, cappello panama, sciarpa leggera chiara e ai polsi due Rolex d'oro giallo e bianco.

Scendiamo dall'auto, ci guardiamo a vicenda smarriti e ci facciamo un cenno di incoraggiamento.

Accompagnati dalla musica tamarra della filodiffusione, camminiamo in riga perfetta verso l'ingresso come nella scena al rallentatore di un film.

Siamo più strani del solito, ma fa tutto parte del mio piano per riuscire a impadronirci della lista clienti del concessionario.

Ieri sera rientrando in auto ho spiegato a Rascel e Buenafuente cosa avevo in mente e loro mi guardavano come se fossi ormai impazzito. Con molta insistenza sono riuscito a convincerli, anche se Buenafuente era contrario a coinvolgere sua figlia. Dopo quasi un'ora di discussione, in cui Luis ha snocciolato più volte i suoi rosari spagnoli incomprensibili, abbiamo deciso che stamattina avremmo parlato con Bea. Poi Buenafuente è andato a casa, mentre io e Rascel abbiamo dormito da me.

Ho concesso al gigante la mia camera, dicendogli: «Rascel, puoi dormire nel mio letto, anche se per te servirebbe almeno un matrimoniale».

«No, mi basta una piazza».

«Sì, piazza San Marco».

Io ho cercato di dormire nella stanza di mia nonna Delia, dove per ore ho fissato la sua sveglia ferma.

Come al solito ho faticato a dormire, soprattutto perché il solito silenzio di casa mia era molestato da Rascel che russava come un tir dal motore acceso.

Non riuscendo a dormire, ho pensato di scrivere qualcosa ad Alex.

Ciao, stai dormendo?

Dovrei perché domani ho il turno, ma pensavo alla vostra situazione.

Quindi mi pensavi?

No, pensavo alla situazione.

Ma nella situazione ci sono io, quindi…

Quindi sei un rompiscatole.

Comunque, il rompiscatole ti pensa.

Grazie, anche io penso a lui. Ma non dirglielo perché si monta la testa.

La testa se l'è già montata, ma senza seguire le istruzioni.

Questo si capisce, ma mi piace perché fa ridere.

Speriamo non ti faccia ridere suo malgrado.

No, stupido.

Grazie e altrettanto per i complimenti.

E siamo andati avanti così per almeno un'ora, flirtando su WhatsApp. Poi all'improvviso non ha più risposto, quindi ho immaginato che si fosse addormentata. Ho chiuso gli occhi anch'io e dopo qualche ora è giunto il mattino, anche se mi pareva fossero trascorsi solo pochi secondi.

Al risveglio ho sentito al telefono Buenafuente che continuava a rifiutarsi di coinvolgere la figlia. Ma Bea, sentendolo parlare al telefono, ha chiesto subito cosa stesse succedendo e perché si parlasse di lei. Alla fine, la ragazza ha convinto il padre a coinvolgerla come solo una figlia sa fare.

Che cosa si siano detti non mi è dato sapere, ma Buenafuente mi ha scaricato al telefono il suo intero repertorio di turpiloquio spagnolo.

E adesso eccoci insieme, pronti a entrare in azione davanti all'ingresso di AutoMotoMirafiori.

Intorno alla concessionaria c'è una bellissima siepe con un giardiniere che la sta tagliando con molta cura, ma che quando ci vede arrivare rallenta per guardarci. Rascel allora abbassa gli occhiali scuri e lo fissa per provare il suo sguardo da bodyguard, ma il giardiniere non pare affatto spaventato e urla: «Che c'è, non avete mai visto tagliare l'erba?».

«No, noi la fumiamo pura», esclamo io sorridendo, mentre un cagnolino che scorrazza nel cortile ci saluta con la coda.

Entriamo nella concessionaria e ci mettiamo in attesa dando uno sguardo in giro.

Ci sono automobili e moto di ogni tipo, dalle utilitarie alle auto più lussuose e tutte hanno nella targa il logo con il fiore giallo.

Alle scrivanie ci sono soltanto tre venditori, più qualche segretaria. Fanno tutti finta di lavorare, mentre guardano i fatti loro sui social.

Rimaniamo immobili per qualche minuto, poi iniziamo a muoverci tra le auto lussuose, infine decido di entrare in azione per farci notare con uno sproloquio dei miei: «Signori, c'è qualcuno che ci dà udienza? Certo che se qui viene un rapinatore e urla "Fermi tutti", bisogna rispondergli: "Tranquillo, qui non si muove nessuno".

Tutti alzano gli occhi verso di noi, restando folgorati da un quartetto tanto originale.

Si alza un venditore sulla cinquantina, pelato, con gli occhiali, che viene verso di noi sorridendo e ci dà il benvenuto: «Buongiorno, signori. Ma lei è quell'attore, quel comico. E mi sembra anche di conoscere questo signore con la giacca verde».

Gli sfoggio un sorriso magnetico e dico: «Sì, sono Eddy, il comico vegano. Quello che tra due giorni sarà ospite a Sanremo. Ma chiariamo subito che qui oggi la star non sono io, ma proprio lui con la giacca verde».

Faccio l'occhiolino al venditore che resta perplesso vedendo Buenafuente conciato in quel modo, allora lo sprono: «Su, non resti così sorpreso, chiami il direttore, chiami i colleghi, insomma avvisi tutti perché oggi è il vostro giorno fortunato».

Il venditore squadra dubbioso Buenafuente, poi vedendo i due Rolex d'oro sembra convincersi. Come al solito nella nostra società conta più apparire che essere.

Il venditore prende il cellulare e chiama il direttore parlando sottovoce.

In pochi secondi il direttore arriva da noi. È un uomo sui sessanta, magro, effeminato ed elegante. Il venditore intanto torna al suo posto, lasciandoci in compagnia del suo superiore.

Quindi incalzo il direttore: «Direttore, ma che piacere. Sono Eddy il comico vegano».

Il direttore sorride: «Il piaceve è tutto mio».

Ha una terribile erre moscia e fatico a non ridere perché non me l'aspettavo, ma lui continua: «Sono davvevo molto contento di vedevla qui, signov Eddy. Ovmai nella nostva città lei è famosissimo. I pvepavativi pev Sanvemo vanno bene?».

Rispondo parlando a raffica, per frastornarlo con le mie chiacchiere: «Sì, tutto bene. Molte grazie, direttore. Ma oggi non sono qui per me, le ho portato un cliente speciale. Lo guardi bene, lo osservi. Lo riconosce?».

Il direttore disorientato guarda Buenafuente, poi la montagna umana Rascel, poi Bea, poi mi guarda e sottovoce chiede: «Non vovvei fave bvutte figuve, ma chi è questo signove?».

Allora inizio a parlare a raffica: «Ma, direttore, come fa a non riconoscerlo? Lei sa che nel mondo molti artisti hanno scelto il veganismo: Brad Pitt e Johnny Depp, ad esempio, sono vegani come me. Ma forse io sbaglio qualcosa. Loro infatti sono bellissimi, io in paragone sembro un cartone animato. Anche Ricky Martin per stare in forma segue una dieta vegetale. Io quei risultati nemmeno con le piante di Medjugorje. Ma qui le ho portato un artista che non solo è vegano, ma è il numero uno al mondo. Lui è Carlos, il più grande cantante e musicista sudamericano degli ultimi cinquant'anni. Quest'uomo ha scritto e suonato cinque album per Santana. Tito Puente senza di lui non sarebbe nessuno. Julio Iglesias lo ha inventato lui, ed è anche padrino di suo figlio Enrique. Marc Anthony lo chiama tutti i giorni per chiedergli di suonare insieme, ma lui non ha tempo nemmeno per respirare. E poi, direttore, che resti tra noi…».

Abbasso la voce e mi avvicino al direttore con fare circospetto, poi gli sussurro: «Lui è stato per trent'anni l'amante segreto di Celia Cruz. E ho detto tutto».

Il direttore mi guarda stupito e dubbioso, poi mi chiede: «Ma come si chiama di preciso, Carlos e poi?».

«Ma come Carlos e poi? Carlos e basta, lui è un gigante. A Madonna hanno mai chiesto come facesse di cognome?».

Mentre snocciolo le mie sciocchezze con convinzione, penso che il piano che ho escogitato forse è vera pazzia.

La prima fase è quella di spacciare Buenafuente per un grande artista che sarà ospite a Sanremo, ma che oggi è a Torino e vuole acquistare una nuova auto lussuosa. Rascel è la sua guardia del corpo e Bea è l'assistente personale nonché interprete di Carlos. Infatti la ragazza parla benissimo spagnolo, essendo cresciuta con suo padre.

Il direttore mi guarda sempre più stupito, ma forse pensando agli affari mi asseconda titubante: «Bene, siamo molto onovati di aveve qui un avtista così impovtante. Gvadite qualcosa da beve, oppuve ditemi come posso essevvi utile?».

«Tranquillo, direttore, e grazie mille. Abbiamo fretta perché poi dobbiamo scappare, quindi veniamo al dunque. Prima però voglio rassicurarla, non faccia caso a quella montagna di muscoli, è la guardia del corpo di Carlos. Ma anche io non sono male, perché vado in palestra, si vede?».

«Da quanto tempo la fvequenta?».

«Ho fatto l'abbonamento, comincio lunedì».

Sorridiamo tutti insieme, quindi invito il direttore a fare una foto con noi, tirandolo per un braccio e mettendolo vicino alla star sudamericana, la sua interprete e il bodyguard.

Scatto la foto e condivido sui social, inserendo hashtag a raffica: *#carlos #sanremo #automotomirafiori #torino #ilcomicovegano #shopping*

Poi continuo a intontire il direttore con le mie chiacchiere: «Allora, caro direttore, Carlos torna ora da un viaggio intorno al mondo. E lo sa come si muove il caro Carlos? Mi dica, lo sa come si muove?».

«In aeveo penso».

«No, con il suo jet privato. Lui vola soltanto con il suo, perché con gli altri ha paura. Pensi che una volta su un volo di linea mi ha tenuto la mano per tutto il viaggio, continuando a dirmi che temeva di morire e sentiva le voci dall'aldilà. Ma era l'annuncio del capitano».

Ridiamo come deficienti tutti insieme, mentre Bea finge di tradurre a Carlos tutto quello che ci stiamo dicendo.

A questo punto Buenafuente prende la parola a sorpresa, anche se non era nei piani: «Bueno, pero no perdamos tiempo. Eddy, quiero comprar el coche más hermoso y caro de este concesionario. Vamos, no tengo tiempo para perder».

Bea si prodiga a sintetizzare e tradurre per il direttore: «Il maestro dice che vuole acquistare l'auto più bella e costosa di questa concessionaria».

Il direttore si illumina e i suoi occhi stanchi si accendono, mentre con un guizzo ci indica di seguirlo.

Andiamo dietro al direttore che ci porta in una zona colma di auto di lusso. Camminando leggo i prezzi proibitivi esposti e penso che, se i soldi non fanno la felicità, almeno ti fanno viaggiare bene.

Giunti davanti a un'auto da sogno, il direttore ci sorride e agitando le mani inizia il suo show: «Questa è senz'altvo l'auto migliove che abbiamo, non solo in autosalone ma in tutto il Piemonte. È il top di gamma, una macchina da sogno. Un bolide da 750 cavalli, con un motove cinquemila che ha più di quello che possiate immaginve con la vostva fantasia. Ma qui siamo su un'auto con un costo a sei zevi. Quindi qualcuno vedendola si chiede: cume la paguma? Cevto non è il vostvo caso».

Buenafuente, alias Carlos la star mondiale, non gli dà tempo di continuare la sua spiegazione e interviene: «Muy hermosa, quiero mirar dentro y sentarme. Pero me gusta y es el auto que estaba buscando».

«Il maestro dice che vuole vedere l'interno e sedersi. Ma è proprio il tipo di auto che cercava», traduce Bea.

A questo punto il direttore spalanca un sorriso, mostrando più denti di un coccodrillo e inizia a sfregarsi le mani.

Poi mi guarda in modo interrogativo per capire se Carlos sta bluffando, oppure è davvero in grado di fare un acquisto di questa portata. Io lo rassicuro con un sorriso, poi tiro fuori il telefono e ordino a Rascel di farci una foto vicini alla fuoriserie.

Ci stringiamo tutti: io, Bea, il maestro Carlos e il direttore, mentre il gigante buono ci inquadra dall'alto con la fotocamera del mio telefono.

Capisco che il direttore inizia davvero a crederci, quindi passo al secondo punto del piano: «Direttore, ma se oggi combina una vendita così, bisogna festeggiare».

«Divei pvopvio di sì», dice incredulo.

«Bene, allora chiami tutti gli addetti alla vendita, le segretarie, insomma tutto il personale e li faccia venire qui per fare le foto con il maestro Carlos e la vettura. Oltre che un affare le si prospetta una bella botta di pubblicità da non sottovalutare».

Annusando l'occasione, il direttore senza rispondere parte subito alla volta delle scrivanie e inizia a radunare tutti i presenti.

Intanto noi ci guardiamo intorno per vedere se stia arrivando qualcuno da fuori, ma per fortuna nemmeno l'ombra di un cliente.

Il direttore e la sua corte rumorosa si avvicinano così bendisposti nei confronti del maestro Carlos che rischiano di inciampare nella lingua. È un tripudio di saluti: «Hola maestro».

«Salve, è un vero piacere».

«Complimenti per la scelta».

Qualcuno si butta con lo spagnolo: «Es un placer tener un artista como tú aquí».

Buenafuente se la ride sotto i baffi, mentre Rascel finge di fare da scudo all'artista. Io penso che se Luis potesse davvero comprare un'auto di quel valore, la rivenderebbe il giorno dopo per spendersi tutto in orologi preziosi.

Io, come un buon fotografo da matrimoni, inizio a gestire il tutto per distrarli il più possibile.

«Allora direi di fare tutti un applauso al maestro Carlos: l'artista di musica sudamericana numero uno al mondo. E dopodomani quando lo vedrete a Sanremo, capirete davvero il suo valore artistico e potrete vantarvi di essere suoi amici».

Partono tutti con un applauso scrosciante, poi iniziano a posizionarsi per le foto guidati da me che imito il fotografo dei matrimoni, dicendo: «Bene, adesso gli amici della sposa».

Sorridono tutti e continuo: «Direttore abbracci il maestro Carlos accanto alla macchina e voi mettetevi tutti intorno fingendo di suonare qualche strumento».

Tutti euforici come dei deficienti eseguono i miei ordini. È proprio vero che nella nostra società non conta il valore umano delle persone, ma soltanto il valore economico.

Rascel, con in mano il mio telefono, scatta a ripetizione come un paparazzo.

Nel frattempo, mi guardo intorno e controllo a vista le scrivanie che sono lontane, ma non occupate. Osservo bene intorno a me per capire se tutti sono vicini a noi per poter mettere in atto il terzo atto del piano. Guardo il direttore e gli chiedo: «Direttore mi scusi, ma sono arrivati proprio tutti? Così facciamo la foto di gruppo davanti al logo del negozio».

Lui ci tiene a rassicurarmi: «Cevto, siamo tutti qui a pavte il giavdinieve e il cane. Ma lovo lasciamoli fuovi, non si pveoccupi».

Guardo Bea facendole l'occhiolino e lei capisce che deve entrare in azione, quindi con gentilezza dice: «Chiedo scusa. Mentre voi fate le foto dovrei andare alla toilette».

Il direttore molto educato: «Cevto, la faccio accompagnave».

«No, molte grazie non disturbatevi. Fate le foto, faccio da sola».

Bea si allontana per andare alle scrivanie, dove cercherà di scaricare sulla chiavetta la lista dei clienti.

Io guido il corteo verso il logo della concessionaria, luogo da cui non possono vedere la zona ufficio e vendite.

Ci spostiamo: il maestro Carlos alias Buenafuente davanti, Rascel che lo protegge, io dietro che parlo a mitraglia, seguito da tutti i venditori, il direttore e le segretarie.

Li faccio mettere in posizione, sperando che Bea compia la missione nel minor tempo possibile.

Sta filando tutto liscio, quando accade qualcosa che non avevo programmato.

Il venditore pelato che ci aveva accolti si stacca dal gruppo delle foto e osserva con insistenza Buenafuente. Poi prende il telefono e inizia a navigare in rete.

Concentrato sul suo telefono, sfoglia le pagine web alla ricerca di qualcosa.

All'improvviso alza lo sguardo dal telefono e torna verso di me ridendo come un matto.

Sono terrorizzato, penso che ci abbia scoperti. Cercando sul web non c'è traccia del maestro Carlos, anzi potrebbe aver trovato qualche mia foto con Buenafuente sul sito dell'agenzia o su Facebook.

L'uomo mi si avvicina con sguardo complice e mentre tutti si sparano le pose vicini al logo della concessionaria mi sussurra: «Ma quale maestro Carlos! Ecco perché il viso di quell'uomo mi pareva di averlo visto. Lei è Eddy il comico vegano e lui è il suo agente, tale signor Buenafuente. L'ho visto su Facebook».

Nessuno ha sentito la frase che mi gela il sangue nelle vene, mentre spero di veder apparire Bea da un momento all'altro.

Adesso siamo davvero nei guai e devo tirarci fuori senza fare casini, perché la vita di mia nonna Delia e della sorella di Rascel forse dipende da quello che succederà.

Inspiro come quando devo andare in scena e penso a cosa diavolo poter fare. Come quando sono sul palco e c'è un disturbatore, decido di agire d'istinto e improvviso: «Ci hai beccati, porca miseria. Stava andando tutto alla perfezione. Ascoltami bene, per favore. Stiamo girando una candid-camera da mostrare a Sanremo tra due giorni. Ti prego, non dire niente a nessuno. Reggi il gioco e pensa alla grande pubblicità che avrà la concessionaria».

Lui contrariato, mi informa: «Sì, ma devo dirlo subito al direttore».

Allora continuo con la mia pantomima: «No, per carità. Salterebbe tutto e addio candid camera».

Il venditore allora cerca il suo tornaconto: «E io cosa ci guadagno?».

«Appena rientriamo da Sanremo, verrò da te per acquistare un'auto nuova».

«Non ne sono convinto».

Mi scendono dei sudori freddi, mentre il direttore si gira e richiama il suo venditore: «Santini, c'è qualcosa che non va?

Ma cosa fa lì? Lasci stave il signov Eddy e venga qui subito a fave le foto».

L'uomo con fare servile, si prodiga a spiegare: «Direttore, le dovrei dire una cosa».

Lo prendo per un braccio con delicatezza e gli sussurro: «Oltre all'auto, ti faccio avere un biglietto per il teatro Ariston quando ci sarà la mia ospitata».

Il venditore Santini fa una pausa che mi sembra infinita come le lezioni di quando andavo alle superiori, poi proclama: «Direttore, le devo dire che questo Eddy è un comico davvero simpatico e oggi siamo fortunati ad avere il maestro Carlos con noi».

Il direttore preso dall'euforia sorride e si rimette in posa, mentre Santini mi guarda complice.

Cerco di allungare il più possibile il servizio fotografico, intrattenendo i presenti con continue battute. Ma a un certo punto il momento di festa inizia a scemare; quindi, il direttore si fa serio e ordina: «Allova, adesso tovnate tutti al posto e noi, cavo Eddy, dobbiamo andave nel mio ufficio a pavlave di cose sevie. Avete qualcuno che si occupa degli affavi del nostvo cavo acquivente?».

«Sì, direttore, faccio subito chiamare l'avvocato dalla segretaria appena torna dalla toilette».

I venditori e le segretarie iniziano a spostarsi verso i loro posti di lavoro, ma Bea purtroppo non è ancora tornata.

Sono preoccupatissimo che possano scoprirla, che in televisione ci finiamo sul serio, ma nella cronaca.

Cerco di prendere ancora tempo, ma nessuno pare darmi ascolto dopo aver ricevuto l'ordine deciso dal direttore.

Guardo Rascel e Buenafuente per cercare aiuto, perché non so proprio più cosa inventarmi per bloccare tutti.

Se non li fermiamo prima che Bea abbia scaricato la lista clienti, siamo rovinati. Ma quanto tempo occorrerà per cercare in un computer e scaricare su una chiavetta quella maledetta lista?

Quando sembra che ormai tutto sia perduto, Buenafuente guarda il Rolex. Quando legge l'ora, so che sta per organizzarci la vita come al solito.

Senza averlo deciso prima, Buenafuente alza le mani e si mette a urlare: «Bueno, escusatemi, sentiteme por favor».

Tutti si fermano e si girano verso il maestro, direttore compreso. Io e Rascel sorridiamo in modo nervoso, chiedendoci che diavolo abbia in mente Buenafuente.

Il fantomatico Carlos si mette in posa plastica, si schiarisce la voce e poi attacca a cantare: «*Bésame, bésame mucho. Como si fuera esta noche la última vez*».

Nonostante canti davvero male, restano tutti immobilizzati a sentire il maestro Carlos che si impegna in gorgheggi gipsy.

Io e Rascel scoppiamo a ridere in modo incontrollato, ma poi io invito tutti ad andare a tempo con le mani, per coprire con il battito la voce terrificante di Buenafuente.

Al culmine del dramma, quando il cantante si lascia andare in un acuto mai sentito, all'orizzonte vedo apparire Bea tutta trafelata.

Arrivando non può credere a quello che vede, infatti scoppia a ridere come una matta camuffando le risate con la tosse.

Passandomi vicino, mi sussurra: «Ce l'ho».

A questo punto lancio un applauso e, mentre l'entusiasmo inizia a scemare, riprendo a parlare a mitraglia: «Signori, vi ringraziamo tutti, siete stati molto gentili. Direttore, lei è una persona fantastica, ma l'assistente del maestro mi ha ricordato che dobbiamo andare via subito perché il maestro è atteso per un'intervista in collegamento televisivo. Dobbiamo scappare, ma torneremo non appena finito per parlare di affari. Signori, scusate, ma dobbiamo proprio andare».

Spingo verso l'uscita Bea e Buenafuente, mentre Rascel ci copre come farebbe un vero bodyguard.

Restano tutti attoniti a fissarci, mentre noi imbocchiamo la porta di uscita salutando con la mano i presenti.

Il direttore fa per dire qualcosa: «Ma…».

Però viene subito interrotto dal suo venditore Santini: «Signor direttore, grazie a Sanremo avremo una grande pubblicità».

Ormai siamo fuori che corriamo verso la macchina, con il cagnolino che ci rincorre abbaiando e il giardiniere che non si cura di noi impegnato a sagomare la siepe.

Salendo in auto rido e dico a Buenafuente: «Ma tu non hai mai cantato in vita tua».

«Sì, ma ho sempre sognato de farlo», risponde fiero.

Scoppiamo tutti a ridere come si fa nelle situazioni di scampato pericolo e partiamo decisi con l'auto.

Durante il viaggio provo una sensazione di euforia come quando si termina l'allenamento di corsa, un formicolio che sale dai piedi e si dirama salendo attraverso le gambe.

Mentre le endorfine riempiono il mio corpo e mi danno un piacevole senso di benessere, noto qualcosa di strano alle nostre spalle.

Riprendo subito ad agitarmi, mentre Torino sorride insieme a noi.

22

#pianificare

Nell'ufficio dell'agenzia, si respira un'aria strana.

Siamo seduti nella sala riunioni e ci guardiamo agitati, anche se in realtà sappiamo che avere la lista dei clienti è soltanto una piccola cosa. Se Alex infatti non riuscirà a trovare qualche indizio, saremo al punto di partenza.

Domani è l'ultimo giorno, poi dovremo partire per Sanremo e se il problema non si risolve sarò costretto a obbedire al Cacciatore di vegani. Comunicherò ai giornali la mia rinuncia, sperando di salvare nonna Delia e Lory dalle grinfie del criminale.

Anche se, non presentarmi, sarebbe come rinnegare la mia etica vegana. Quando qualcuno dice che era vegano, ma è tornato indietro, mi sorge spontanea una domanda: ma questa persona lo era davvero, oppure ha fatto finta di esserlo?

Me lo chiedo perché diventando vegano sono cambiato nello spirito e dunque non potrei mai tornare indietro. Quando lo diventi, nel tuo piatto non vedi più una bistecca ma l'animale da cui questa deriva. Quindi ti passa la voglia di mangiare carne e ogni volta che mi dicono la classica frase: «Se non mangi la carne e i salumi, non sai cosa ti perdi», avrei voglia di rispondere: «Sì, il colesterolo, i trigliceridi, il diabete e tante altre cose che ci metterei un mese a elencare».

La cosa che più mi dispiace degli episodi di sedicenti vegani che tornano indietro, oppure che si fanno beccare a mangiare carne di nascosto, è che molte persone poi pensano che tutti noi siamo così. Cioè che in pubblico siamo vegani, ma in segreto nelle cucine mangiamo di tutto. Quindi per colpa loro, alle cene arriva sempre qualche genio a dirmi: «Dai, Eddy, potevi prenderlo un hamburger, tanto non ti vedeva nessuno».

«Sì, anche a te non ti vedeva nessuno. Potevi prenderlo un cervello».

In questo momento in realtà avrei bisogno io di un cervello nuovo, perché il mio è in tilt per gli ultimi avvenimenti.

Rientrando dall'autosalone ho mandato un messaggio ad Alex.

Ciao, abbiamo il regalo.

Bene, lo scarterò con interesse.

Fammi sapere se va bene.

Dammi il tempo di provare.

Grazie, un bacio.

Bacio a te.

Giunti in centro città ci siamo separati per andarci a cambiare dopo la recita la concessionaria. Buenafuente e Bea a casa loro, io e Rascel a casa mia.

Ho inviato un file zip criptato alla mail di Alex, contenente la lista. Poi, le ho inviato la password su WhatsApp.

Dopo quest'operazione, il pomeriggio è stato tormentato dalla paura che succedesse qualcosa. Il secondo giorno sta passando e io non ho ancora fatto comunicati stampa di rinuncia come vorrebbe il Cacciatore.

Spero che riusciremo a capirci qualcosa, prima che il rapitore decida di commettere altre pazzie.

Quindi eccoci qui in ufficio nel tardo pomeriggio tutti e tre: io, Rascel e Buenafuente.

Bea non è con noi, perché aveva la sua solita lezione di lindy hop al Music Club. Buenafuente mi ha spiegato che siccome stanno preparando il saggio non voleva mancare. E, nonostante le preoccupazioni manifestate da suo padre per la situazione,

Bea è andata comunque al corso. Il tutto ha scatenato un rosario di frasi irripetibili da parte dell'argentino che si è calmato solo ricevendo il messaggio di Bea che era al club sana e salva.

Dalla finestra dell'ufficio filtra la luce di un lampione, attraverso la quale risaltano alcune finissime gocce di pioggia.

Mentre riflettiamo seduti in ufficio, Buenafuente rompe il silenzio: «Eddy, esta cosa strana che hai detto di avere visto, de che se tratta?».

«Mi sembrava che un'utilitaria grigia ci stesse seguendo».

Buenafuente mi tranquillizza con il suo fare paterno: «No creo seguisse noi, a Torino ce sono migliaia de macchine grigie che viaggiano».

Quest'affermazione invece di rasserenarmi mi agita, perché significa che le opportunità di scovare quella che cerchiamo sono minime.

Nonostante ci siano due lettere della targa, l'adesivo giallo, la lista clienti e il colore dell'auto, siamo ancora lontani dal capire chi possa essere il Cacciatore di vegani.

Quindi siamo in attesa che Alex ci dia qualche informazione, anche se la ricerca sarà lunga e laboriosa.

Spero che almeno entro stanotte riesca a scremare i risultati e a scoprire qualcosa, perché il tempo stringe.

Rascel è impegnato a messaggiarsi con Deborah, e pare che il timidone scrivendo riesca a esprimersi meglio. Penso proprio che, finito tutto questo, potranno uscire e forse innamorarsi. Almeno lei, perché lui è già cotto a puntino. Questo nuovo rapporto dovrebbe renderlo più euforico, eppure continua a essere preoccupato. Il rapimento di sua sorella lo sta cambiando, infatti mi appare molto più maturo e deciso.

All'improvviso l'omone poggia il telefono sul tavolo ed esclama: «Non resisto più, dobbiamo fare qualcosa».

«Bueno Rascel, estai calmo. È dificile para todos, ma ahora la lista è nelle mani de Alex. Lei deve cercare e capire se scopre qualcosa», lo placa Buenafuente.

«Ma io fatico a stare fermo», insiste Rascel.

Cerco anche io di tranquillizzarlo: «Lo so, Rascel, è molto difficile anche per me quando penso a mia nonna e tua sorella. Ma purtroppo per ora possiamo solo aspettare e ragionare».

Guardo i miei compagni e li vedo con le facce scure, allora tento di tirare su il morale della truppa: «Ragazzi, intanto direi di farci un bell'applauso perché all'autosalone siamo stati bravi».

Nessuno applaude, quindi continuo: «Menzione di merito a Buenafuente che ha interpretato Carlos benissimo. Mi spiace non averti filmato mentre cantavi perché avremmo fatto dieci milioni di visualizzazioni».

Riesco a strappare una specie di sorriso a Rascel che mi sostiene rincarando la dose: «Bravo, Buenafuente, con quella voce il pubblico s'infiamma».

«No, si danno fuoco», ribatto io.

Buenafuente si scoccia subito, quindi ci mette in riga: «Bueno, ahora basta. Io no amo estare en scena, ecco porque faccio l'agente».

Do una pacca sulla spalla a Rascel e mi complimento ironico: «Bravo anche a te. Sei una guardia del corpo perfetta. Come stai immobile tu, nessuno mai».

Rascel mi ridà la pacca, rischiando di incrinarmi tre costole. Per fortuna in ufficio non ci sono pile di libri su cui cascare.

A questo punto sottolineo anche la bravura di Bea: «L'applauso più grande va a Beatrice che è stata fantastica e si merita un regalo. Avete visto con quale eleganza ha detto: "Scusate devo andare alla toilette"? Rascel avrebbe detto: "Scusate vado a fare un deposito". È stata davvero brava a prendere la lista».

Buenafuente guarda il suo Rolex e dopo un secondo ordina: «Bueno, ahora faciamo el punto della situazione. Così aviamo tutto più chiaro».

Mi alzo, vado al bloc-notes gigante sul cavalletto e afferro il pennarello pronto ad appuntare.

«Bueno, Eddy, prima de tutto, te devo dire che Walter Vanni me ha escrito un nuovo messaggio mentre arrivavo aquí. Me dice solo buona fortuna per dopodomani e che lui è sempre disponibile a collaborare. Insomma, ce ricorda l'offerta».

«Secondo me è lui il bastardo», attacca Rascel, ma Buenafuente continua a dissuaderlo: «Ma no, te lo aviamo già detto. Esto es muy potente, cerca di comprarci. No le servono esti ricatti».

Intervengo anche io sulla questione: «È molto ricco e potente, infatti i lavori dello zoo proseguono spediti. E noi non possiamo fare più niente per fermarli. Comunque, rispondi pure al suo messaggio e digli di no, aggiungendo un bel dito medio».

Rascel si innervosisce e illustra la sua tesi: «È ricco, allora può pagare qualcuno che lo faccia per lui. Ve l'ho già detto».

«Non credo che arriverebbe a tanto. In fondo il suo obiettivo di costruire lo zoo lo ha già raggiunto», lo tranquillizzo.

Restiamo in silenzio per un po', mentre fuori la pioggia inizia ad aumentare, bagnando le vetrate dell'ufficio.

Mi sento in balia degli eventi, proprio come quelle gocce di pioggia spinte dal vento contro le finestre.

Mi domando dove andrò a sbattere io se le cose non si risolveranno per il meglio, se non salverò mia nonna e Lory, e se dovrò rinunciare alla mia occasione, insomma se la mia vita sarà distrutta.

La pioggia si fa più insistente e pare sia l'inizio di un temporale che poi si tramuterà in una settimana di pioggia continua sulla città.

Torino con la pioggia ha un fascino speciale, con le pozzanghere che riflettono gli alberi e le case, come se ci fossero due città: una sopra e una subacquea.

Due anime che si specchiano alla perfezione e resti incantato a guardarle, finché un'auto sfrecciando in una pozzanghera ti bagna e le anime diventano quelle *de li mortacci* di chi stava guidando spericolato.

«Bueno, Eddy, escrivi lo che sappiamo su esta situazione. Riflettiamoci ancora una volta, magari ci ayuda», inizia Luis.

Con il pennarello in mano davanti al grande blocco di fogli sul cavalletto, mi muovo elencando i fatti: «Allora, mia nonna è stata rapita fuori casa, perché l'edicolante l'ha vista passare. Il criminale ha minacciato e corrotto il portiere con soldi e un orologio per venire nell'appartamento a lasciare il biglietto. Poi ha rapito la sorella di Rascel, ma pare che lei sia salita su un'auto grigia forse minacciata da un'arma. L'auto forse è stata acquistata presso AutoMotoMirafiori. Abbiamo la lista dei clienti e due lettere della targa, sperando che Alex scremi i clienti e faccia un elenco di possibili proprietari dell'auto sospetta. Per il resto non so proprio che dire».

Restiamo silenziosi a guardarci, nell'attesa che a qualcuno venga un'idea geniale per risolvere il mistero.

Buenafuente s'illumina, poi guarda l'ora e intima: «Andiamo al bar a farci un café, almeno pensiamo meglio».

Un caffè non risolverà il mistero ma, vista l'ora, tamponerà il buco allo stomaco.

Scendiamo in strada, raggiungendo un bar poco distante. Camminiamo rasenti al cornicione per evitare la pioggia, muovendoci in fila indiana dal più basso al più alto.

Arrivati davanti alla porta, vediamo la barista che con una scopa in mano cerca di ripulire dagli insetti un angolo della sala.

Come scena d'accoglienza in un bar non è il massimo, ma entriamo comunque.

La ragazza che gestisce il bar appena ci vede finge di spazzare e ci sorride.

Per sollevarla dall'imbarazzo esordisco con: «Buonasera, non si preoccupi per gli insetti. Noi siamo vegani e amiamo gli animali».

Lei abbozza un sorriso, poi saluta: «Ciao a voi, benvenuti. Scusate, ma da qualche giorno sto impazzendo con le formiche e non so come fare. Non se ne vanno nemmeno con l'insetticida».

La guardo e continuo serio: «Ormai le formiche di città ci sono abituate, l'insetticida lo sniffano per sballarsi. Comunque, anche gli insetti sono animali, non vanno uccisi, poverini».

«Eh, lo so, ma come fai se hai un'invasione di formiche?».

«Questo è molto semplice. Io lo so perché ho chiesto a un amico che è cintura nera di animalismo estremo e mi ha detto che, per scacciare le formiche senza ucciderle, devi usare il caffè».

La ragazza mi guarda incredula e sorridendo mi dice: «Non prendermi in giro per favore che sto già delirando».

«Sono serio, prova. Si mette una striscia di polvere di caffè nel posto in cui entrano le formiche e così dovrebbero andarsene».

«Tu hai provato con il caffè e se ne sono andate?».

«Sì, ma poi sono tornate per l'amaro».

Sorridendo ci accomodiamo a un tavolino.

Siamo nel classico bar malconcio come ne esistono tanti a Torino. Non è un bar antico e pregiato, ma proprio vecchio e fatiscente. Quelli con il soffitto a specchio manco fosse la discoteca di Tony Manero, le tende ingiallite e un bancone di acciaio che ormai non ce la fa più. Insomma, l'invasione di formiche può solo migliorare la situazione.

Mi stiracchio sulla sedia che scricchiola, guardandomi intorno alla ricerca di cibo.

Siccome è quasi ora di cena, ordiniamo qualcosa da mettere sotto i denti. La scelta è critica, perché io e Buenafuente siamo vegani, quindi si manifestano i soliti problemi.

La barista inizia a prendere l'ordine, chiedendo informazioni solo a me: «Quindi voi siete vegani, allora cosa vi porto?».

«Io direi per favore qualcosa a base di verdure».

La barista continua a informarsi: «Allora fatemi fare mente locale: il tonno lo mangiate?».

«Sì, se lo raccogli dalla famosa pianta di scatolette».

«Mozzarella?».

«No, è fatta di latte».

«Ma come non bevete nemmeno il latte?».

«No, non siamo vitelli».

«Però, senza offesa, lasciatemi dire una cosa. Se nessuno mangiasse più carne, avremmo un'invasione di animali. In città già arrivano molti animali selvatici».

«No, tranquilla, lui è Rascel e lavora con noi».

Sorridiamo, mentre Rascel mi guarda perplesso, quindi continuo: «Comunque per dirla in modo poetico come ho letto più volte su internet: se vedete uno stambecco che vi passa davanti, pensate che non è lo stambecco che attraversa la strada, ma è la strada che attraversa il bosco».

Restiamo in silenzio qualche secondo a riflettere e penso che questa non l'ho capita neanche io.

Infine, chiudo la discussione: «Portaci quello che hai, vanno bene anche le piante del davanzale».

La ragazza si dirige verso la cucina, da cui dopo dieci minuti torna con alcuni tramezzini con verdure grigliate per me e Buenafuente. Il buon Rascel invece opta per la solita birra e tutto ciò che riesce a trovare nel bar. Per Rascel, anche una teglia di pasta al forno da venti chili è finger food.

Il tempo di azzannare i tramezzini a base di ortaggi che il mio telefono suona. Spero sia Alex con qualche novità, anche perché sono le diciannove passate.

Apro il messaggio e leggo:

Eddy sono all'opera, abbiate fede.

«Ragazzi, Alex dice che sta controllando. Possiamo solo aspettare. Che dobbiamo fare?».

«Bueno, Eddy, stiamo calmi. Esto è el momento di resistere».

Mangiamo svogliati la nostra pseudocena, mentre la barista inizia a fare amicizia con le formiche.

Nel bar entra una coppia che raggiunge il bancone e ordina due caffè. Lui si stacca dal bancone, avviandosi verso le slot machine. Poi inserisce le sue banconote, facendo partire le luci e i suoni del gioco. Lei lo guarda mentre gira il caffè appena zuccherato e sbuffa.

Fuori passa un'auto a gran velocità che schizza l'acqua di una pozzanghera sulla vetrina. Una pulita ai vetri del vecchio bar ci voleva proprio.

Rascel e Buenafuente attirati dal rumore sul vetro si girano e in quel momento suona di nuovo il mio telefono.

Lo prendo, convinto che sia ancora Alex che deve comunicarmi qualcosa. Invece vedo che a scrivermi è Beatrice.

La trovo una cosa inusuale, perché sapendo che sono insieme a suo padre avrebbe dovuto scrivere a lui. Forse vuole dirmi qualcosa che suo padre non deve sapere. Magari vuole che metta una buona parola con Buenafuente per il suo nuovo fidanzato. Già immagino Bea che presenta al padre uno squattrinato ballerino di lindy hop e Luis che lo inizia a mitragliare con i suoi sproloqui di parolacce spagnole incomprensibili. Alla fine, lo convincono ad accettare il fidanzamento, promettendo che lo faranno cantare al saggio come ha fatto all'autosalone. Il successo clamoroso del saggio trasformerà Luis in una vera star, mentre io diventerò il suo agente.

Pensando le mie solite sciocchezze, comunico a Buenafuente: «Luis, tua figlia mi sta scrivendo, si vede che ballando le è venuto in mente qualcosa di utile».

Lui mi guarda sollevando gli occhi dal tramezzino, ma poi subito li abbassa e torna a divorare lo spuntino.

Apro il messaggio e sento un dolore alla bocca dello stomaco. Guardo i miei due compagni di disavventure intenti a mangiare i loro snack, poi leggo con attenzione sul telefono.

Il messaggio arriva dal numero di Beatrice, ma è da parte di qualcun altro.

Caro comico vegano,
la figlia del tuo agente è molto carina ed è con me.
Non vuoi proprio seguire le mie istruzioni e continui a ostinarti.
È quasi sera ed è il secondo giorno che apro i giornali e non vedo nessun tuo comunicato stampa di rinuncia.
Adesso mi sto arrabbiando sul serio, quindi ascoltami e basta.
Rinuncia ad andare in televisione e smettila con questa storia della tua etica da quattro soldi.
Hai due ore per comunicare a tutti la tua rinuncia.
Se non seguirai le mie istruzioni, vi prometto grandi sofferenze.
Preferisci salvare inutili animali o avere sulla coscienza le vite di persone innocenti?

Il Cacciatore di vegani

Sia fuori che dentro, è scoppiato il temporale.

23

#alclub

Davanti al Music Club ci siamo io e Rascel.

Visti da lontano sembriamo il gigante e la bambina o la Bella e la Bestia. Forse ho sbagliato esempi, perché in queste strane coppie sono sempre la donna in questione.

Io preparo un sorriso falso da politico in campagna elettorale, mentre l'omone strazia una sigaretta nel posacenere all'ingresso come se volesse ucciderla.

Abbiamo lasciato l'auto di Rascel nel parcheggio sotterraneo e siamo saliti, decisi a scoprire qualcosa nelle due ore che ci restano.

Nemmeno il tempo di pensare come organizzare l'azione all'interno del locale che si avvicinano due ragazzi sorridenti, stringendo in mano un telefono. Sembrano una coppia di turisti, lui magrissimo come un grissino con il cappello e lei una faccia simpatica con i capelli rossi.

Penso che forse mi abbiano riconosciuto e che vorranno farsi una foto. Quindi li anticipo con un sorriso: «Ciao ragazzi, volete una foto, giusto?».

«Sì, grazie. Tenga, deve schiacciare qui».

Resto con il loro telefono in mano come un cretino, ma faccio finta di nulla e scatto il loro ricordo.

Queste sono le situazioni imbarazzanti che succedono a chi fa il mio lavoro e pensa che tutti lo riconoscano.

Ma a volte succede anche di peggio, come quella volta in cui stavo per entrare in un locale per esibirmi. Di fronte al mio manifesto all'ingresso, mi si era avvicinato un vigile e, osservando la locandina, ha detto: «Scusa, ma tu che lavoro fai?».

«Faccio il comico».

«E fai ridere?».

«No, se volevo far ridere facevo il vigile».

Nel mio lavoro si spera sempre di essere riconosciuti. Come se il riconoscimento da parte di un passante qualunque servisse a farti capire chi sei davvero. In fondo le domande esistenziali sono le stesse per tutti: chi siamo? Da dove veniamo? Ma soprattutto, dove parcheggiamo?

Il rapimento di Bea ci ha sconvolti e siamo ancora frastornati, ma dobbiamo agire. Il povero Buenafuente era davvero devastato dalla notizia e non è stato facile farlo restare a casa.

Voleva venire con noi a tutti i costi per indagare al club, ma alla fine sono riuscito a convincerlo che il suo posto era accanto alla moglie. Solo la sua presenza avrebbe potuto placare la mamma di Bea che voleva chiamare la polizia. Gli ho suggerito di starle vicino e anche di preparare il comunicato stampa della mia rinuncia all'ospitata televisiva. Se non riusciremo a scoprire niente entro due ore, al nostro ritorno faremo l'annuncio.

«Dai, entriamo», dice Rascel.

«Fai parlare me e cerca di stare calmo», suggerisco, e lui annuisce in automatico.

Devo tenere a bada Rascel, perché quest'ennesimo rapimento lo ha reso una mina vagante.

Dando un'occhiata in giro, vedo una serie di telecamere a circuito chiuso che perimetrano il club. Quindi oltre a indagare, dovremmo riuscire a ottenere le registrazioni e verificare se hanno ripreso Bea in situazioni strane.

Siamo qui perché è l'ultimo posto in cui Bea è venuta, quindi speriamo di scoprire qualcosa.

Davanti alla porta del Music Club leggo un cartello ironico: «CORSI DI RECUPERO PER VEGANI». Cominciamo bene.

«Rascel, guarda, vorrei entrare e dire: il corso di recupero serve per colmare una lacuna in qualche materia. Quindi io faccio il corso di recupero in materia vegana, voi fate il corso di recupero in materia grigia».

Ma lui, noncurante della mia battuta, si dirige alla porta, perché non ha più voglia di scherzare.

Il Music Club un tempo era un locale molto elegante, frequentato da gente di classe. L'attuale gestione invece lo ha trasformato in un posto ambiguo, in cui lo scintillio delle luci copre qualcosa di losco.

Insomma, sembra il bar di *Carlito's Way*, ma qui a gestire non è Al Pacino, bensì un viscido tipo sovrappeso con gli occhialini e i capelli radi.

Entrando vedo subito un barista mingherlino al bancone con due baffetti da portoricano.

Alla sinistra del bancone si sviluppa la grandissima sala, in fondo un palco su cui quattro musicisti stanno montando gli strumenti.

C'è quella sensazione di attesa, classica delle ore prima che inizi ad arrivare il pubblico.

Al centro della sala domina una scalinata che porta nel privé al piano superiore. La scala termina con una porta su cui un cartello intima: «VIETATO L'INGRESSO».

In un tavolo della sala vedo il gestore circondato da tre donne: due bionde e una mora. Accanto al gestore siede anche un uomo dall'aria inquietante, forse un suo scagnozzo. Sono intenti a consumare una cena luculliana, brindando e ridendo.

Nel tavolo vicino, due della sicurezza mangiano un panino.

Mi avvicino al bancone, Rascel dietro di me come un'ombra.

Per attirare subito l'attenzione, esordisco ad alta voce: «Signore e signori, buonasera, ma che emozione entrare in questo Music Club. Forse siamo in anticipo per la serata, ma se disturbiamo torniamo dopo».

Il barista mingherlino ci sorride, mentre il gestore alza lo sguardo dal piatto e stringe gli occhi per mettermi meglio a fuoco. Alzo una mano per salutarlo e lui di rimando con la sua mi fa segno di avvicinarmi.

Sorridendo mi avvicino al tavolo, con Rascel alle mie spalle.

Passiamo davanti al tavolo con i due buttafuori che sbranano il panino con tanta ingordigia da non vederci nemmeno.

Giunti davanti al gestore, lo osservo bene ed è peggio del previsto. È il classico uomo che ad Halloween vince il premio come miglior maschera, ma è vestito normale.

Accanto a lui osservo l'inquietante scagnozzo, tatuato e con un costume da carnevale, che mi guarda con arroganza.

Le tre donne accanto a loro sorseggiano bollicine dai calici senza nemmeno degnarmi di uno sguardo.

Il gestore viscido mi dà il benvenuto con sarcasmo: «Ma che fortuna che abbiamo stasera! Al club è arrivato il comico che andrà a Sanremo. Vuoi favorire?», mi dice indicando delle costine di maiale nel piatto.

«Buonasera a voi. No grazie, molto gentile, ma sono a dieta per venire meglio in video», rispondo sorridendo insieme al gestore viscido, mentre il suo scagnozzo tatuato mi guarda peggio di prima.

Porgo la mano al viscido e mi presento con il classico saluto, mentre lui senza dire come si chiama aggiunge: «Stavo scherzando, Eddy, ormai lo sappiamo tutti che sei malato di veganite: te le sei fatte le analisi? Io invece mangio bene perché devo tenermi in forze per loro».

E indica le tre signorine ambigue sedute al tavolo accanto a lui, poi continua: «Ma dimmi una cosa, non mangiando la carne è vero che diminuisce la potenza sessuale?».

«Io da quando mangio soia, purtroppo riesco a fare sesso soltanto cinque volte al giorno. Alla sesta, ho troppo male alla mano», dico. «In più, non mi ricordo niente sull'argomento a due. L'ultima volta che ho fatto l'amore, si pagava ancora in lire», aggiungo.

Scoppiamo a ridere insieme, io e il viscido, mentre Rascel e lo scagnozzo tatuato si squadrano a vicenda.

«Sei simpatico anche se sei veganiano. Però sappi che non puoi battermi in certi ambiti, perché le signorine lo sanno che sono molto dotato».

Le tre povere donne ridono e io le guardo con una certa tristezza. Non perché le giudichi male, ma perché penso al coraggio che hanno per andare a letto con uno così brutto che sulla patente ha la foto di schiena.

Il gestore continua con il suo sfottò: «Caro comico, non te la prendere, dai. Si vede dalla faccia che sotto ce l'hai come un neonato».

«Infatti, tre chili», dico sorridendo.

Questa volta l'uomo accusa il colpo, perché non si aspettava una risposta che lo mettesse al suo posto. Rascel se la ride sotto i baffi, mentre lo scagnozzo tatuato mi guarda in cagnesco e le tre donne sorridono appena.

Parlando mi guardo intorno e osservo la situazione. I quattro musicisti stanno continuando a montare gli strumenti, il barista con i baffetti da portoricano armeggia al bancone, i due della sicurezza hanno terminato il pasto e girano per la sala.

Lo scagnozzo tatuato all'improvviso parla, rivolgendosi al gestore viscido: «Io li odio questi verdurai, li ammazzerei tutti. Si sentono sempre meglio degli altri, si sentono dei santi».

Non ha il tempo di finire la frase che io sfodero un sorriso ed esclamo: «Infatti, quando a mia madre si sono rotte le acque, io sono nato camminandoci sopra».

Il gestore sorride, mentre lo scagnozzo tatuato si gira verso di me e agitando le mani: «Ma perché, non è vero che siete tutti esaltati? Sarà che non mangiando un cazzo vi rincoglionite».

«Ammetto che hai ragione. Invece la tua alimentazione ti tiene giovane, infatti a cinquant'anni ragioni come uno di due».

Poi scoppio a ridere forte e indietreggiando aggiungo: «Sto scherzando, ci mancherebbe. Mi arrendo, abbiate pietà di me».

Lo scagnozzo sta per dire qualcosa, ma il gestore gli poggia una mano sul braccio e lui tace abbassando la testa sul piatto.

Rascel inspira aria come un mantice, restando immobile e muto.

A questo punto devo parlare del motivo per cui siamo lì, sperando di scoprire qualcosa che ci aiuti.

I musicisti hanno terminato di montare gli strumenti e ci passano davanti per uscire a fumare una sigaretta.

I buttafuori, intanto, si sono piazzati uno davanti all'ingresso e l'altro davanti alla scala che porta al privé del piano superiore.

Inizio a illuminare i presenti sul motivo per cui siamo lì: «Scusateci se siamo venuti qui al Club prima dell'inizio della serata, non volevamo disturbare la vostra cena. Ma dovrei chiedervi una cosa».

Il gestore viscido si sfila gli occhialini, li pulisce con il tovagliolo e mi guarda in attesa. Lo scagnozzo alza la testa dal piatto e mette le mani lungo i fianchi.

Io continuo la mia spiegazione: «Prima qui c'era il corso di lindy hop a cui partecipa anche la figlia del mio amico Buenafuente. Si chiama Bea, è una ragazza alta con i capelli scuri, molto carina, l'avete vista?».

«Io arrivo dopo il corso», afferma il gestore viscido che mi sembra sincero.

Il tatuato se ne esce con quella che secondo lui è una battuta: «Io non l'ho vista, altrimenti una così me la ricorderei».

Ride da solo, mentre Rascel lo trafigge da parte a parte con uno sguardo minaccioso.

Continuo a chiedere informazioni: «Quando finisce il corso, escono tutti insieme?».

Il gestore spiega: «Non lo so, quando arrivo il corso è finito e mi metto a mangiare. Vedo soltanto l'insegnante che vuole i soldi prima di andarsene. Ma perché? C'è qualche problema?».

«No, volevo soltanto sapere se avete visto qualcosa di strano». Ma facendo la domanda mi rendo conto che per questa gente niente deve essere strano. La cosa che può fargli più paura è guardarsi allo specchio all'improvviso.

Lo scagnozzo tatuato interviene irritato: «Non abbiamo visto niente, quindi basta. Tutte 'ste cazzo di domande, ma che vuoi? Ma chi sei?».

Rascel fa un movimento quasi impercettibile e io sento tutta la sua rabbia che invade il locale.

Il gestore interviene sarcastico: «Scusalo, è nervoso».

Poi continua: «Comunque mi dispiace ma non ho visto niente di strano. Non so come aiutarti, perché non so cosa cerchi».

Provo a spiegare quello che cerchiamo: «Diciamo che la ragazza non è rientrata a casa, quindi suo padre è preoccupato. E siccome l'ultimo posto in cui è stata dovrebbe essere questo, sono qui per capirci qualcosa».

«Vabbè, saranno ragazzate, vedrai che stanotte rientra e sono tutti contenti», mi rassicura il gestore.

Io sorrido, anche se in realtà c'è poco da ridere perché so benissimo che Bea è stata rapita e non posso dire né fare nulla se non indagare senza dare nell'occhio.

Se loro non hanno visto niente, l'unica speranza restano le telecamere a circuito chiuso. Ma purtroppo farsi dare il video mi sembra davvero qualcosa di impossibile, visti i tipi che ho di fronte. Chissà quante cose hanno da nascondere, quindi immagino che il girato sia assolutamente top secret. Temo addirittura che le telecamere siano finte, ma l'unico modo per saperlo è chiedere: «Senti ti chiedo un'ultima cosa poi togliamo il disturbo. Siccome la ragazza in questione ha un fidanzato a suo padre non sta bene, forse il ragazzo è venuto a prenderla qui. Nel caso ci sarebbe utile saperlo».

«E quindi?», chiede il gestore.

«Ho visto delle videocamere davanti al locale, magari potremmo dare un'occhiata al girato se non è un problema».

L'uomo sospira e mi guarda in modo diverso, come se si fosse scocciato di tutte queste domande.

Lo scagnozzo tatuato continua a fissare me e Rascel come un cane da guardia.

Il gestore viscido disillude la mia richiesta: «Mi dispiace, ma questo non si può fare. Il video è solo per la sicurezza del club».

Sapevo già la risposta, ma ci ho provato comunque perché potrebbe essere l'unica speranza di cogliere qualche indizio sul rapimento. Insisto: «Dai, fai uno strappo alla regola, ti prometto una serata gratis appena torno da Sanremo».

Lui e lo scagnozzo ridono, poi il gestore declina l'offerta: «No, grazie, qui facciamo solo musica. Anzi, se non vi dispiace, dovremmo iniziare a prepararci per la serata. Quindi se volete bere qualcosa fate pure, ma noi vi dobbiamo salutare».

E ci invitano sorridenti a lasciare il loro tavolo, per dirigerci al bancone.

Rascel fa ancora quel movimento impercettibile, ma questa volta fa anche un passo avanti verso il tavolo.

Le signorine lo squadrano come se lo vedessero per la prima volta, mentre il gestore viscido e lo scagnozzo si lanciano uno sguardo d'intesa e sorridono.

Rascel parla.

Che detto così può sembrare che io stia urlando al miracolo: Rascel parla! In realtà una specie di miracolo lo è davvero, perché non mi aspettavo che intervenisse. Sono sempre io il logorroico della situazione, lui si limita ai monosillabi.

Questa volta Rascel esclama serio: «Per favore, vorremmo il video».

Il gestore viscido e lo scagnozzo si mettono a ridere e Rascel non la prende molto bene. Quindi ripete: «Voglio vedere il video».

Io lo guardo stupefatto, mentre lo scagnozzo tatuato si alza dal tavolo e va verso Rascel.

Solo avvicinandosi si rende conto di avere di fronte un armadio biondo, ma senza paura minaccia: «Tu sei stato muto finora ed era meglio se continuavi. Qui non esiste "voglio" e nemmeno "per favore"».

Poi lo scagnozzo guarda me e consiglia: «Senti, veganiano, porta via il tuo amico e salvalo».

Inspiro e da vero tamarro a denti stretti me ne esco con: «Mi spiace, ma io non sono qui per salvare Rascel da voi. Io sono qui per salvare voi da lui».

Poi scoppio a ridere, convinto che lo scagnozzo non abbia colto la citazione di *Rambo*.

Lo scagnozzo si avvicina ancora a Rascel, facendosi avanti con la testa in segno di sfida e continua: «Abbiamo detto che i video non si vedono e fine. E poi basta co' 'sta ragazza, ma chi è la principessa? Se è bona come dite si sta divertendo. Anzi, se hai una sorella alta come te, la prossima volta manda lei che magari i video ce li do io».

Poi ride, mentre il gestore viscido mi fissa.

Rascel parla ancora: «Vuoi chiedere scusa?».

A queste parole faccio la scansione della sala per capire cosa sta succedendo: i due della sicurezza si sono riuniti sotto la scala del privé e ci guardano, le signorine hanno iniziato a guardare i cellulari, il barista con i baffetti da portoricano è fuggito in cucina e i musicisti continuano a fumare fuori.

Lo scagnozzo si fa molto serio in volto, mentre con la testa si avvicina ancora a Rascel.

Rascel sembra che voglia parlare, ma si limita a sussurrare qualcosa che non riesco a capire.

Lo scagnozzo tatuato si avvicina ancora come se volesse sentire meglio.

Vedo il braccio di Rascel che, come una pala meccanica, si allunga verso lo scagnozzo, poi con la mano afferra il collo del malcapitato in una morsa.

Il gigante solleva lo scagnozzo che non ha tempo nemmeno di urlare, mentre viene scaraventato verso il palco.

Fa un volo che sembra non finire mai.

Poi cade sulla batteria, dando un colpo con la testa al piatto che sottolinea l'atterraggio. Il suono è uguale a quello di un batterista che punteggia la battuta finale di un comico.

Le tre donne si alzano di scatto e corrono fuori, lasciando la porta spalancata. I musicisti, che stavano rientrando, vista la situazione si eclissano in un gazebo.

Il gestore viscido si alza di scatto, guardando prima l'amico e poi quelli della sicurezza che corrono alle spalle di Rascel.

Mi giro verso di loro cercando di calmarli a gesti, ma i buttafuori sono due container inarrestabili che mi travolgono.

Il primo tenta di afferrare Rascel alle spalle, ma lui girandosi all'indietro alza il gomito destro e lo colpisce in piena faccia, stendendolo come un tappeto.

Il secondo tentenna, poi temendo lo scontro con un pullman, alza le mani e dice con voce rotta: «Stiamo calmi».

Il gestore viscido fa un passo e in segno di sfida si toglie gli occhiali, Rascel gli dà uno schiaffo e lui se li rimette.

Io guardo Rascel per placarlo, e alla fine lui inspira e si rilassa.

Fisso il gestore e con un sorriso gli sussurro: «Scusalo, ma è nervoso».

Il gestore viscido ha un sussulto di orgoglio, ma si siede e parla con calma: «Comico, ma che diamine. Non potete venire qui a fare tutto 'sto casino. Non serve, basta parlare che le cose si risolvono. Volete i video? E vi do 'sti cazzo di video, basta che ti porti via 'sto bestione».

Tiro un sospiro di sollievo e, anche se sono da sempre contrario alla violenza, non ho il coraggio di fermare Rascel.

Sarebbe come sostare lungo i binari dell'alta velocità, sperando di prendere al volo un Frecciarossa che passa a trecento all'ora.

Non avevo mai visto Rascel così spietato, ma questa storia sta mettendo a dura prova anche la sua pazienza.

Il gestore, rassegnato, si alza per accompagnarci a prendere i video della sorveglianza, mentre quelli della sicurezza si consolano a vicenda.

Camminiamo in fila verso il bancone, dietro il quale è posizionato il computer che registra il segnale delle telecamere.

A un tratto sento urlare alle nostre spalle.

Mi giro di scatto e vedo avanzare zoppicando lo scagnozzo tatuato che impugna una pistola.

24

#viteingioco

Dicono che quando stai per morire ti passa tutta la vita davanti.

Per ora non sta succedendo, nonostante abbia la canna di una pistola puntata in faccia.

Io e Rascel siamo pietrificati.

Lo scagnozzo tatuato avanza verso di noi con l'arma in pugno e vista la sua agitazione potrebbe sparare da un momento all'altro. Piuttosto che passarmi tutta la vita davanti, mi sta passando davanti la morte.

Immagino il giorno del mio funerale e mi vedo immobile nella cassa. Sono sdraiato senza fare nemmeno un movimento, perché nessuno ha pensato di attaccarmi almeno un elettrostimolatore.

Terminata la funzione, gli amici escono dalla chiesa con la bara, accolti da un grosso applauso. Quindi rientrano e poi riescono per concedere il bis.

Visto che gli applausi continuano lo rifanno ancora, ma questa volta con la cassa in spalla e strisciando i piedi all'indietro come Michael Jackson.

A questo punto la folla in delirio li obbliga a fare almeno dieci uscite con varianti diverse, fino all'apoteosi in cui il carro funebre in testacoda accoglie al volo la cassa lanciata in aria con doppio avvitamento.

Il carro funebre va troppo veloce. Se continua così sulla lapide mettiamo anche la foto dell'autovelox.

Pensandoci mi sfugge un sorriso, ma forse non è il caso visto che l'uomo armato continua a guardarmi.

Rascel lo fissa impassibile, mentre il gestore viscido ha il Nilo sulla fronte per quanto è sudato.

Se lo scagnozzo spara a Rascel, immagino che la sua funzione funebre potrà essere un problema serio. Intanto bisognerà noleggiare un muletto per trasportare la cassa, sempre se si riesce a farla passare dalla porta della chiesa.

Dopo vari tentativi di farla uscire, qualche amico mago improvvisera il numero in cui la cassa viene segata in due.

Solo così riusciremo a portarlo nella cappella di famiglia. Che lui occuperebbe tutta da solo.

Lo scagnozzo tatuato punta la pistola verso me e Rascel; quindi, il gestore viscido può stare tranquillo. Anche se penso che la sua morte sarebbe accolta dalle tre signorine con un pianto dignitoso, mentre sussurrano: «Menomale che veniamo pagate in anticipo».

Lo scagnozzo tatuato respira in modo rumoroso e, guardandoci come se fissasse un punto lontano, dice: «E adesso come la mettiamo? Non fate più i furbi adesso?».

Il gestore viscido interviene in modo elegante e pacato: «Ma che cazzo stai combinando cretino? Posa 'sta pistola».

«Zitto tu, e vattene che qui ci penso io», urla l'uomo armato.

Il gestore insiste: «Adesso calmati e parliamone».

Lo scagnozzo tatuato gli punta la pistola e ordina: «Zitto tu, e vattene».

Il gestore allora indietreggia e si nasconde dietro al bancone.

Mi guardo intorno e vedo i buttafuori che guardano la scena interdetti, ma non hanno intenzione di intervenire. Penso non vogliano rischiare la vita, per quei pochi spiccioli che guadagnano.

Fuori i musicisti non si vedono più, saranno partiti per un

tour in Sudamerica. Le signorine, impaurite, spiano dalla vetrata dell'ingresso appannando il vetro.

Guardo Rascel che vibra come un motore acceso e gli suggerisco con gli occhi di stare calmo.

L'uomo armato indica Rascel e mi ringhia: «Comico, è tuo amico 'sto cretino che mi fissa da un'ora?».

«No, sei davanti allo specchio».

Questo è quello che avrei voluto dire, ma mi limito a un laconico: «Sì».

Adesso lo scagnozzo punta l'arma verso Rascel e minaccia: «Ti sei divertito prima, adesso mi diverto io».

Rascel lo guarda negli occhi, non manifestando alcuna paura. Forse le pallottole non lo scalfiscono come a un supereroe, ma dubito che stasera voglia fare la prova.

La frase "mi diverto io" mi ha messo in forte agitazione, perché non immagino che cosa abbia in mente questo squilibrato. Uno che ha il coraggio di vestirsi in quel modo potrebbe fare qualsiasi cosa.

Ci fronteggiamo in tre, come nel famoso triello del film di Sergio Leone. Ma in sottofondo si sente soltanto la pioggia che bagna Torino.

Osservo gli occhi azzurri di Rascel che non batte le palpebre da ormai qualche minuto.

La mano armata dello scagnozzo trema di agitazione.

Immobile, inspiro con il naso per mantenere la calma.

Rascel stringe la mano destra in un pugno e sento il rumore delle falangi che scricchiolano.

Il labbro dello scagnozzo armato si dischiude in un ghigno.

Le gocce di pioggia iniziano a punteggiare i vetri del locale.

Il dito dello scagnozzo arma il cane del revolver.

Rascel stringe le mascelle, mentre a me pulsa in modo visibile la tempia.

Lo scagnozzo armato mi dice piano: «Hai un minuto per convincermi a non spararti».

Io dovrei convincere questo matto a non sparare, dicendogli qualcosa. Ma oltre a pregarlo di risparmiarci, non so proprio che altro inventare. Però sono un comico, quindi improvviso: «Ogni minuto, mentre il cuore pompa cinque litri di sangue, il governo te ne succhia sei. Ogni minuto bruciamo 1,1 calorie dormendo, quindi non russi, stai dimagrendo. Ogni minuto ci sono 5 terremoti e 83.300 persone fanno sesso. Ecco spiegati i 5 terremoti. Ogni minuto nascono 258 bambini, che è il minimo con 83.300 che si accoppiano. Ogni minuto i globuli rossi fanno il giro completo del corpo, adesso sorrido perché stanno passando sotto l'ascella. Ogni minuto nel mondo viene uccisa una persona e siccome noi siamo in due, evita di rovinare la statistica. Quindi lasciaci vivi, soprattutto perché abbiamo una missione importante da compiere. Se te la raccontassi, sono sicuro che condivideresti il nostro comportamento».

Parlando ho iniziato a sudare e adesso sono in apnea, mentre attendo la sua reazione.

La mano dell'uomo armato smette di tremare.

Il suo ghigno è scomparso.

Rascel fa una specie di movimento impercettibile.

Lo scagnozzo tatuato abbassa l'arma, incuriosito dal mio discorso. Poi di scatto la rialza, puntandomela a un centimetro dal naso.

Quando penso che ormai sia arrivata la mia ora, sento una voce decisa provenire dall'alto: «Abbassa quella pistola, subito».

Non ho il coraggio di muovermi per guardare, ma quella voce mi sembra familiare.

Lo scagnozzo tatuato abbassa la pistola e la testa senza obiettare. Adesso respiro.

La voce dall'alto continua con maggiore durezza: «Come ti permetti di fare una cosa del genere in questo locale? Vattene subito fuori».

Lo scagnozzo tatuato si dirige come un automa verso l'uscita. Le tre donne che spiavano dal vetro dell'ingresso lo accompagnano verso il parcheggio sotterraneo.

I musicisti sono riapparsi davanti alla porta, ma a entrare non ci pensano proprio.

Appena lo scagnozzo tatuato esce dal locale, alzo lo sguardo verso la fonte della voce che viene dall'alto.

Al termine della scalinata che porta al privé, la porta è aperta e in cima si staglia in controluce l'elegante figura di un uomo che mai avrei pensato di vedere.

Abito grigio impeccabile, cravatta perfetta e sorriso magnetico, ci saluta con la mano Walter Vanni, il signore dello zoo.

Rascel mi guarda, allora gli metto subito una mano sul braccio per tranquillizzarlo.

Walter Vanni scende le scale e si dirige verso di noi. Appena ci è di fronte, sorridendo esclama: «Eddy, ma cosa mi combina? Vuole farsi ammazzare proprio adesso che sta per diventare famoso?».

Il gestore viscido esce subito dal bancone, dando una ginocchiata a uno sgabello che si ribalta. Poi inizia a scusarsi, senza darmi il tempo di parlare: «Signor Vanni, ci scusi tanto. Ma lei lo conosce mio cugino, è nervoso. Domani gli farò una bella lavata di capo, vedrà che non succederà mai più. Ma sono questi signori che hanno cominciato a provocare».

Walter Vanni impassibile, spiega: «Ho sentito tutto da sopra, comunque Eddy è mio amico».

Vanni è davvero un farabutto perché, mentre noi rischiamo la pelle, lui si gode la scena dal privé.

Il signore dello zoo ordina al gestore in tono sicuro: «Porta subito qualcosa da bere per i miei ospiti. Non lo sai che Eddy è un mio amico? È venuto a trovarmi anche in ufficio e potrebbe essere addirittura un mio collaboratore».

Poi l'uomo allunga una mano per salutarmi, allora gliela stringo. Anche se in realtà vorrei dargli una testata.

Stringendomi la mano con vigore, parla in modo suadente:

«Eddy, mi scusi tanto e spero che lascerete correre. Purtroppo, queste persone sono dei cavernicoli. Mi scuso io a nome loro e del locale».

Sarcastico rispondo: «Ma si figuri, nessun problema. Ci stavano soltanto sparando».

Vanni sorride con eleganza, poi allunga la mano verso Rascel.

«Buonasera anche a lei, ho sentito che sa il fatto suo», dice.

Rascel non dà la mano, quindi lo giustifico: «Scusi, signor Vanni, se Rascel non stringe la mano, ma è un cavernicolo anche lui. Pensi che domenica scorsa ha fatto una rissa, ha rovesciato dieci sedie e con un rutto ha fatto svenire una signora».

Vanni sorride a denti stretti, poi scherza: «Vabbè, mi sembra normale per uno come lui».

«Sì, ma domenica Rascel era a messa».

Sorridiamo insieme, io e Vanni, mentre mi chiedo che cosa faccia il signore dello zoo in questo locale. Lui, perspicace come può essere un uomo del suo calibro, esclama: «Eddy, se si sta facendo domande sulla mia presenza qui, la accontento subito. La mia società possiede in città diversi immobili e locali, compreso il Music Club. Ecco perché spesso sono qui a cena nel privé».

«Meno male che c'era, altrimenti a Torino avremmo avuto un comico in meno. Anche se nessuno ne avrebbe sentito la mancanza».

«No, tranquillo Eddy. Quello stupido non avrebbe mai fatto fuoco, è solo uno sbruffone e da domani qui non metterà più piede. Ma piuttosto mi dica, come vanno i preparativi per la grande trasmissione?».

«Diciamo abbastanza bene», mento.

Nonostante le chiacchiere, Rascel resta teso e continua a fissare Walter Vanni come se volesse ucciderlo.

Il signore dello zoo si informa sul motivo della nostra presenza: «Come mai siete qui, posso aiutarvi?».

L'uomo offre il suo aiuto e penso proprio che sia il caso di approfittarne.

Mentre parliamo, il gestore viscido porta un vassoio con calici e una bottiglia di champagne, ignorando che io sono astemio.

Ma, vista la sua reazione sul veganismo, evito di dirglielo. Se oltre a vegano, gli dico che sono pure astemio, questa volta mi spara lui.

Il barista con i baffetti da portoricano si avvicina, versa le bollicine nei tre calici e ce li porge.

Vanni alza il bicchiere: «Allora un brindisi alla sua futura carriera».

Io alzo il mio calice, Rascel alza il suo controvoglia e i bicchieri tintinnano. Appena brindato, spiego a Vanni il motivo della nostra presenza al Music Club: «Signor Vanni, la figlia di Buenafuente stasera non è tornata a casa. Siccome l'ultimo posto in cui è stata è questo locale, vorrei vedere i video della sorveglianza per capire se è uscita con qualcuno».

Vanni apre le braccia dicendo: «Eddy, ma non ci sono problemi. Qui non abbiamo nulla da nascondere. Pistolettate a parte».

Poi sorridendo ordina al gestore viscido: «Dai subito ai signori quello che gli occorre».

Il gestore appare spaesato, quindi Vanni spiega meglio: «Prendi una chiavetta USB in ufficio e mettici sopra le immagini della videosorveglianza di oggi. Poi donala ai miei amici».

Il gestore si dirige verso il retro per eseguire l'ordine, mentre Vanni continua a sorridermi.

Guardo Rascel che si lascia andare a una specie di sorriso tirato.

Vanni mi guarda soddisfatto e incalza: «Eddy, posso fare altro per voi?».

«No, grazie, è stato gentilissimo. La ringrazio molto. A saperlo prima le bussavo nel privé, così evitavamo scene da spaghetti western», dico.

Non ho il tempo di aggiungere altro, perché Walter Vanni chiosa: «Bene, Eddy, allora vi saluto e se non vi dispiace vado su a continuare la mia cena. Non è carino lasciare sola una signora».

Abbozzo un sorriso e lo ringrazio: «Grazie mille».

Lui, serio, risponde: «Se vuole davvero ringraziarmi, pensi alla mia proposta e abbia un occhio di riguardo per il nostro lavoro. Io e lei siamo più simili di quanto si possa credere. Buona serata e arrivederci».

Ci lascia lì e salendo le scale scompare dietro la porta da cui era apparso come una visione.

Rascel parla: «Io questo lo voglio spezzare».

«Adesso stai tranquillo. Intanto ci ha fatto ottenere quello che ci serviva e ci ha salvato la vita. Poi vedremo».

Alle nostre spalle sbuca il gestore viscido, molto diverso da come ci aveva accolti: «Ecco, signor Eddy, questa è la chiavetta su cui ho messo la registrazione della giornata finora. Scusate per l'accaduto, vi prego di chiudere un occhio. Quando volete, siete nostri ospiti a cena».

«Molte grazie e attento a non inciampare nella lingua», dico sarcastico e con uno sguardo suggerisco a Rascel che è meglio andarcene.

In pochi secondi siamo alla porta e usciamo, incrociando i musicisti che hanno deciso di rientrare.

I quattro nemmeno ci guardano, ma ci sfiorano con gli occhi bassi e raggiungono i loro strumenti.

La pioggia continua, mentre io e Rascel camminiamo verso il parcheggio sotterraneo.

La piazza di fronte al Music Club sta iniziando a popolarsi di probabili clienti.

Devo avvertire Alex che abbiamo i filmati della sorveglianza e che vorrei darglieli per analizzarli. Voglio anche sentirla per un saluto e chiedere se ha novità sulla lista di clienti.

Informo il gigante: «Rascel, ti dispiace prendere l'auto nel sotterraneo, io ti aspetto qui».

«Perché?».
«Voglio chiamare Alex e dirle le novità».
«Puoi farlo mentre andiamo».
«Preferirei un po' di privacy».
«Allora dimmi che la vuoi chiamare per fare il marpione, così ti lascio tranquillo a fare *gne gne*».
«Vai a prendere la macchina, muoviti», dico ironico.
Rascel fa un sorriso e allunga il passo verso il parcheggio sotterraneo, accendendosi una sigaretta.
Mi apparto dalle persone che popolano la piazza, pensando a quale cosa spiritosa le dirò.
Cerco il telefono per chiamare Alex, perché ho proprio voglia di sentire la sua voce.
Sto per estrarre il telefono di tasca, ma non riesco a farlo.
All'improvviso sento una forte botta alla testa.
Un tonfo sordo sulla nuca che mi fa cedere le gambe e cadere a terra.
Sapore di ferro in bocca, orecchie che ronzano e movimenti confusi intorno a me.
Non riesco a muovermi né a parlare, allora cerco almeno di respirare.
Avverto soltanto le gocce di pioggia sul collo e sento l'asfalto che mi accarezza il viso, mentre Torino mi guarda con indifferenza.
Dicono che quando stai per morire ti passa tutta la vita davanti. Ma questo maledetto riassunto ora mi sforzo di scacciarlo, quando davanti a me tutto si appanna. Buio.

25

#latrappola

Sono in un camerino senza specchio.

Fa così freddo che respirando mi esce il vapore dalla bocca.

Sulle pareti ci sono dei quadri dipinti a olio, con tratti molto violenti rossi, gialli e neri.

Sento bussare alla porta e una voce anonima dall'altra parte mi urla: «È tardi, dovresti già essere in scena».

Spalanco la porta e sono in un corridoio senza fondo, allora provo a correre senza riuscirci. Inciampo a ogni passo e, cadendo, poggio le mani sul pavimento a scacchi.

Intorno a me c'è un silenzio assoluto, tanto da sentire il mio cuore battere forte come la cassa di una canzone techno.

All'improvviso mi ritrovo su un palco meraviglioso, davanti a un pubblico immobile e muto. Gli sguardi degli spettatori sono persi nel vuoto e non hanno nessuna reazione al mio ingresso in scena.

A una seconda occhiata, più attenta, scopro che nei sedili del teatro ci sono solo sagome di cartone che mi fissano con una smorfia.

In prima fila vedo, nell'ordine: mia nonna Delia, Bea, Alex, Rascel, Buenafuente, Jerry e la sua figlia malata. Sullo sfondo c'è un bancone in cui Maurì, impalato come un manichino, serve dei caffè al Perozzi e al Fenomeno.

In fondo alla sala, scorgo una sagoma nera senza volto che mi spaventa.

In galleria vedo le amiche anziane di mia nonna che guardano un televisore spento.

Ho più freddo sul palco che in camerino, mentre osservo paralizzato la platea.

La stessa voce anonima di prima, mi urla: «Inizia, è tardi».

Con fatica inizio a recitare, come se il mio corpo fosse preso in prestito da un altro.

«È impossibile provare l'esistenza di Dio, ma mai quanto mangiare fuori casa per un vegano».

Anche la mia voce è diversa da quella che ho di solito, allora cerco un monitor per guardarmi all'interno dello schermo.

Alzo il braccio destro e così fa anche l'immagine che rimanda il piccolo televisore all'angolo del palco.

Sono stupefatto nello scoprire che in quel momento sono Woody Allen. Di fronte al mio tentennamento, la voce anonima mi impone di continuare a recitare. Cerco di andarmene ma sento una forza che mi immobilizza al centro della scena, allora continuo come una marionetta.

«La scelta vegana ha migliorato i miei rapporti con gli animali. Stanotte gli acari davano una festa in mio onore e due facevano il limbo con un cotton fioc. Ho fatto questa scelta perché ero convinto che gli animali cospirassero contro di me e volevo farmeli amici. Il mio psichiatra sostiene che la cospirazione la immagino con il mio cervello malato, ma io sono certo del complotto perché me l'ha detto il mio cane. Bobby scodinzolando invia messaggi in alfabeto morse agli altri animali. Gli altri hanno capito che sono suo schiavo, infatti ai giardini raccolgo i suoi escrementi. Quando penso a questa vita, mi domando se Dio voglia tutto questo. Poi mi accorgo che negli ultimi duemila anni si è dato malato. Bobby scodinzola un SOS morse, speriamo che l'Onnipotente possa captarlo».

Durante il breve monologo non arrivano risate e alla fine nemmeno applausi, ma solo un silenzio interrotto da uno strano rumore liquido.

Adesso, al posto della platea, sotto il palco c'è l'acqua. Un mare calmo che mi guarda sorridendo, quando scorgo all'orizzonte un'immensa balena che balza fuori dalle onde e poi s'inabissa con un guizzo.

Scendo dal palco e sono sulla sabbia, dove fa caldo e ho ripreso le mie sembianze.

Mi tocco il corpo guardandomi intorno e vedo la spiaggia assolata e deserta.

Avvisto una barca in lontananza e giurerei che a bordo ci siano Walter Vanni e il tatuato con i baffi alla Vittorio Emanuele II.

Sulla battigia un uomo, con una giacca sgualcita e un antico cappello, guarda il mare. In pochi secondi gli sono alle spalle e lui senza girarsi sussurra: «'Stu film l'aggia fa' co' core mio».

Apro gli occhi di scatto.

Sono sudato, mi tocco la testa e il dolore alla nuca mi fa realizzare che adesso sono sveglio. Passo una mano sulla faccia e mi stropiccio gli occhi, per mettere meglio a fuoco dove mi trovo.

La realtà sembra più strana del sogno che stavo facendo mentre ero privo di sensi.

Sono seduto sulla sedia di un vecchio bar, con tavolini rotondi di finto marmo verde su cui sono poggiate delle lampade spente. Sui muri c'è una carta da parati di cui non distinguo bene il colore a causa della penombra e intravedo dei quadretti appesi ovunque.

Ho paura.

Cerco di analizzare dall'interno il mio corpo, per capire se riesco ancora a muovermi. A parte il lieve dolore alla testa, pare che sia tutto in regola e provo ad alzarmi.

Prima che il tentativo mi riesca, vengo accecato da una luce proiettata nel buio.

Mi immobilizzo e porto la mano davanti agli occhi per proteggermi dal fascio luminoso.

Con voce decisa chiedo: «Chi sei e cosa vuoi da me?».

Questa è la prima cosa che mi esce dalla bocca, ma non ottengo risposta. Guardo verso il bagliore e capisco che si tratta della luce di un telefono. Dietro al fascio luminoso scorgo una sagoma scura che mi tiene puntato in faccia il cellulare. Dalla spia rossa accesa sullo smartphone, deduco che mi sta riprendendo.

«Potevi dirlo che stavi riprendendo, mi mettevo meglio in posa. Devo fare un pezzo o bastano i saluti?».

Quindi alzo un dito medio verso la sagoma che continua a filmare. Con la mano libera avvolta in un guanto, la sagoma nera indica il tavolino accanto a me.

Mi giro e vedo un foglio:

> Sapevo che entro due ore non avresti fatto il comunicato stampa di rinuncia. Quindi mi sono portato avanti.
> Adesso guarda in camera e fai l'annuncio.
> Afferma che tutta questa storia dei vegani te la sei inventata per interesse e che degli animali non te ne frega niente.
> Denigra chi ti segue, dicendo che sono dei poveracci che sfrutti solo per arricchirti.
> Afferma che non andrai a Sanremo perché la ritieni una trasmissione pessima.
>
> Il Cacciatore di vegani

Sbuffo e guardando dritto verso il telefono dico sarcastico: «Alla fine, ci incontriamo. Però che cavolo, siamo al primo appuntamento e già vuoi fare un filmino erotico. Scusa, ma non mi sembra romantico».

L'uomo nero reagisce indicandomi ancora il foglio sul tavolo con più insistenza.

«Ho capito, vuoi che dica quelle cose per avere un video e potermi screditare quando vuoi. Bella mossa, anche se non lo farò mai senza che prima liberi i prigionieri».

La luce si avvicina di scatto e questo mi spaventa, ma la sagoma si limita a indicare ancora il foglio sul tavolo. Non riesco a capire dove mi trovo e nemmeno chi ho di fronte, perché accecato dalla luce non riesco a vedere nulla.

Inspiro e, appellandomi al mio coraggio, faccio la cosa che mi viene meglio in assoluto: parlare.

Senza pensarci, improvviso come quando sono in scena: «Sai qual è l'animale più letale del mondo? Potresti pensare lo squalo, ma non lo è. Magari pensi il leone che è il re della foresta? No, risposta sbagliata».

Faccio una pausa, poi concludo sferzante: «L'animale più pericoloso del mondo è l'uomo».

E, senza averlo deciso prima, scatto in piedi e mi getto verso la sagoma nera stringendo i pugni.

Il percorso dalla sedia alla luce del cellulare sarà di due metri, ma sembra eterno.

A testa bassa punto a tutta forza verso la luce come una falena, colto da un istinto di sopravvivenza che mi fa reagire in modo anomalo. L'inquietudine ha lasciato spazio all'adrenalina che mi riempie il corpo e cancella ogni traccia di paura.

La botta è violenta e il telefono con cui la sagoma filmava schizza verso un tavolino abbattendo una lampada.

Cadiamo a terra insieme e io inizio a sferrare colpi che non vanno a segno, mentre l'altro pare non reagire.

A un tratto sento qualcosa di freddo che mi solletica il collo. Insieme al metallo sulla carotide, sento una frase che mi immobilizza: «Eddy, fermati. Non ti voglio fare del male».

Riconoscerei quella voce da Topo Gigio tra mille, anche in condizioni come questa.

Deglutisco e mi alzo aggrappandomi a un tavolino.

Senza il faro del telefono, gli occhi si stanno abituando alla penombra e quindi, oltre alla voce da Topo Gigio, riconosco i due occhi sporgenti da carlino di Jerry.

Jerry, il padre della ragazzina malata di cuore. Il mio fan numero uno, quello che ho sempre considerato uno di famiglia.

Un uomo buonissimo che ha vissuto solo per la figlia e che non farebbe del male a nessuno, adesso mi punta un'arma addosso.

Vedendolo, resto stupefatto.

«Mi avevi invitato per vedere il Museo del Cinema di sera», dico, «ma insistere in questo modo mi sembra troppo».

Mi guarda con gli occhi teneri da carlino, ma stringe ancora l'arma rivolta verso di me. Quindi gli dico ironico: «Jerry, che fai? Metti la pistola in tasca. Così posso farti la battuta di Mae West».

Lui abbassa l'arma e mi osserva disperato.

Mi guardo intorno e realizzo di essere nel Caffè Torino, uno dei set allestiti nel Museo del Cinema. Il grande museo su tre piani, all'interno della Mole Antonelliana. Un museo che si sviluppa a spirale, come quella che mi ha travolto dal primo giorno in cui è iniziata questa maledetta storia.

Mi sembra impossibile che il Cacciatore di vegani sia il mio amico Jerry, soprattutto dopo l'aiuto che ho dato a sua figlia.

In ogni caso mi ha dato una botta in testa per portarmi qui e non penso lo abbia fatto per mostrarmi le meraviglie del museo.

È incredibile come uno dei più affascinanti musei al mondo possa essere inquietante visto vuoto e al buio.

Jerry mi fissa con i suoi occhi da carlino, ma non parla e sembra attendere che lo faccia io. L'unica cosa che mi viene da dire è un laconico: «Perché?».

Lui scuote la testa e, passandosi una mano nei capelli cortissimi, tace.

«Jerry, parla, sei tu il Cacciatore di vegani? Perché mi stai facendo questo?».

Con le lacrime agli occhi, ripone la pistola nella fondina della sua divisa da guardia notturna e parla: «Eddy, fai quello che c'è scritto sul foglio senza discutere per favore, poi ti lascio andare a casa».

«Io non faccio niente, voglio uscire».

«Eddy, non voglio estrarre di nuovo la pistola. Fallo e basta».

«Jerry, io me ne vado».

«Fermati, per favore, non obbligarmi a fare cose che non voglio fare», dice frastornato.

Entro in modalità comico, come quando sul palco tutto mi appare chiaro. Inspiro e, come faccio in scena, agisco d'istinto senza pensare.

Indico un punto dietro Jerry e improvviso: «Ma allora non siamo soli».

Colto alla sprovvista, il povero Jerry si gira per una frazione di secondo. In quel preciso istante scatto verso l'uscita del Café Torino e scavalco il bancone. In pochi secondi sono fuori, nell'immensa sala centrale del museo.

Alzo gli occhi e vedo il cuore della Mole: l'Aula del Tempio, circondata da aree espositive dedicate ai generi della storia del cinema. Almeno così dicono sul sito.

Osservo dall'interno l'imponenza della Mole con i suoi centosessantasette metri e mezzo d'altezza, e mi sento perso nell'immenso.

Jerry mi urla qualcosa che non comprendo, mentre io cerco di capire come arrivare all'uscita. Però temo che vedendomi potrebbe spararmi, quindi mi conviene nascondermi e pensare come agire.

Lascio il Café Torino alle spalle e vado verso sinistra, mettendomi dietro a qualcosa che lì per lì sembra una colonna.

Alzo lo sguardo e capisco di essere ai piedi della statua del dio Moloch, usata nel celebre film *Cabiria* di Giovanni Pastrone.

Nella statua del dio Moloch venivano fatti i sacrifici umani. Forse ho sbagliato posto.

Jerry da lontano mi chiama: «Eddy vieni fuori, non ti nascondere».

Si guarda intorno, muovendosi come un automa nella vasta sala centrale.

Qui dove sono non può vedermi, ma per sicurezza arretro e mi ritrovo nella saletta dedicata al film *Cabiria*.

Mi fermo davanti alla locandina, su cui leggo il nome dello sceneggiatore che è Gabriele D'Annunzio. Allora, non era famoso solo per la storia delle costole!

Cerco di capire dove sia Jerry, ma non lo vedo più e neppure lo sento. Esco e sono di nuovo ai piedi della statua del dio. Appoggiato alla colonna, mi guardo intorno come un tamarro in discoteca che cerca una donna disponibile.

In alto vedo l'orologio del film *Metropolis* che svetta all'ultimo piano del museo.

Mi abbasso gattonando come un neonato nel buio della sala, per raggiungere una via di fuga. Mi servirebbe un pannolone, di quelli su cui c'è scritto da due a quattro chili. Anche se, dalla paura, di chili nel pannolone ce ne finirebbero dieci.

All'improvviso il museo prende vita e si illumina in tutto il suo splendore. A quanto pare, Jerry deve essere entrato nella cabina di comando per accendere tutto, avendo a disposizione le chiavi della struttura. Scatto al riparo nel posto più vicino e in pochi passi sono nella ricostruzione di un appartamento.

Ci sono un televisore basso anni Sessanta, il divano e due poltrone a fiori, una lampada da pavimento, un tavolino con della frutta sopra e la riproduzione di tutti i dettagli di un salotto.

Sembra il classico set delle sit-com americane che amo tanto.

Immagino subito mia nonna seduta su quella poltrona che mi chiama, confondendo i nomi: «Maur… Anto… Luig… Eduardo. Vieni a tavola».

E, dopo aver snocciolato l'intero albero genealogico della famiglia, riesce a identificarmi.

Vedo me che arrivo dalla cucina contrariato: «Nonna, ma la verdura l'hai riparata sulla stessa griglia della carne?».

«Sì, così è più saporita».

«Nonna ma lo sai che sono vegano, devi stare più attenta».

«Basta con questa storia dei vegani. Da piccolo stavi bene:

a sei anni pesavi centodiciotto chili. A casa ti tenevamo nella gabbia. Non come adesso che sei secco, denutrito, emaciato».

«Nonna, dovresti saperlo ormai quello che mangio».

«Sì, ma da bambino mangiavi tutto: carne, uova, burro, strutto, lardo di colonnata, e chi più ne ha più ne metta. Quand'eri più giovane, e mangiavi come Dio comanda, avevi il colesterolo al massimo, e stavi meglio».

«Lo so, nonna, ma adesso le cose sono cambiate».

«Da bambino eri bellissimo. Se mi chiamavi, nonna arrivava subito con una cofana di pasta».

Poi vedo mia nonna che alla fine della cena prende gli avanzi dal piatto e li butta dalla finestra dicendo: «Butto gli avanzi così mangiano anche gli uccellini».

«Sì, nonna, ma attenzione, con mezza pizza potrebbe arrivare un condor».

Immaginando la mia personale sit-com familiare, sento la voce lontana di Jerry che mi chiama: «Eddy, vieni fuori, non voglio farti del male».

Spio dalla finestra e vedo che ha iniziato a cercarmi partendo dal Café Torino dove eravamo prima.

Adesso sta passando davanti alla statua di Moloch e si dirige verso la casa in cui mi trovo.

Devo fuggire cercando di guadagnare l'uscita, sempre se la troverò aperta. Guardo a sinistra e vedo in lontananza l'ingresso di un altro ambiente, la cui porta è la riproduzione di un frigo che sarà alto quattro metri. Dallo sportello aperto fuoriescono enormi pezzi di formaggio, un salame di tre metri, delle uova giganti, insomma non è certo il luogo ideale per un vegano.

A ben guardare un pezzo di tofu potrebbe esserci, ma sarà usato come cuneo di polistirolo per tenere il frigo in piano. Tanto, cuneo di polistirolo o cuneo di tofu, il sapore è simile.

Jerry si avvicina, allora provo a scappare passando dall'uscita posteriore del finto salotto.

Io esco da dietro mentre Jerry entra dalla porta principale e per fortuna non mi vede.

Scatto veloce verso l'uscita del museo, ma Jerry mi sente correre quindi esce dal finto salotto e mi urla alle spalle: «Eddy fermati, non voglio sparare».

Penso che, se estrae e spara, non riuscirò mai a raggiungere l'uscita. Quindi viro a sinistra e sono all'inizio della rampa che sale e si srotola a spirale intorno alla parte alta del museo.

La imbocco spaventato dalla presenza improvvisa del mostro di Alien. Lo guardo e penso *AlienVSVegan*, lo scontro finale.

Guardandolo meglio mi ricorda un mio professore delle superiori, anche se lui era più verde.

Abbandono alle mie spalle Alien e inizio la mia corsa sulla rampa salendo al primo piano.

Jerry mi ha visto e inizia a seguirmi, ma come se passeggiasse all'interno del museo per osservarne il fascino. La sua calma mi suggerisce che forse mi sto intrappolando da solo; infatti, potrò scendere solo da dove sto salendo.

Correndo sulla rampa intorno al museo vedo scorrere davanti a me le locandine e i manifesti cinematografici.

È terribile vedere questi cimeli, mentre un uomo armato mi insegue e continua a urlare: «Eddy ti prego fermati e fai quello che devi, non voglio farti del male».

Più lo dice e più cresce dentro di me l'angoscia, mentre corro tra i manifesti.

Forrest Gump e corro come lui, *C'era una volta in America* e penso che forse anche io avrei fatto meglio ad andare a letto presto, *La dolce vita*, che io non ho mai vissuto, *Pulp Fiction* che sto vivendo adesso, *I complessi* che ho sempre avuto, *Shining* e avanzo nel corridoio come Danny, *Per un pugno di dollari*, *Quarto potere*, *Sciuscià*, *Rocky*, *Vertigo*, *Psycho*, *8½*.

Correndo tra i manifesti giungo al terzo piano davanti a una teca che contiene la bombetta del più grande comico di tutti i tempi: Charlie Chaplin.

Se penso che quel cappello era sulla testa del mito, mi viene da piangere. Mi piacerebbe tanto ora essere come lui, che nelle sue comiche era capace di nascondersi alle spalle del suo stesso inseguitore.

Mi immobilizzo.

Alla mia destra c'è un rientro dietro una colonna e mi ci infilo senza esitare.

«Eddy smettila di correre e fai quello che ti ho detto. Adesso mi sto arrabbiando», urla forte Jerry, estraendo la pistola dalla fondina.

Posso vederlo avvicinarsi, mentre sono nascosto e immobile.

Si avvicina con il passo pesante di uno zombi, guardandosi intorno con i suoi occhi da carlino triste.

Mi sembra impossibile che proprio lui mi stia facendo tutto questo. Non riesco a crederci, non voglio crederci.

Eccolo, è a un passo da me.

Smetto di respirare.

Mi sorpassa senza vedermi, proprio come in una comica di Chaplin. Adesso devo aspettare il momento giusto per scappare dall'altra parte, tornare indietro e guadagnare l'uscita del museo. Ma sento il sangue che ribolle e l'adrenalina che torna in circolo come se andassi in scena in uno stadio con centomila persone.

Scatto tra le locandine, correndo alle spalle del mio inseguitore e in pochi secondi gli sono addosso. Con un balzo gli salto a cavalcioni sulle spalle. con il braccio destro gli chiudo il collo nella piega del gomito, stringendo come un forsennato. La mano sinistra a coprirgli gli occhi in modo che non veda più nulla.

Non ha il tempo di reagire, perché perde l'equilibrio e come un ubriaco si dirige verso la ringhiera che circonda la balconata.

In pochi passi arriva al ciglio della ringhiera, allora io lo mollo per paura di cadere nello strapiombo che sarà di venti metri.

Alleggerendolo di colpo, lui aumenta la velocità e si abbatte contro la ringhiera della balconata. Colpisce con un botto tremendo il parapetto, rovesciandosi nel vuoto.

Ha soltanto il tempo di urlare il mio nome: «Eddy!», poi sparisce.

Corro verso la ringhiera terrorizzato, perché già lo immagino sul pavimento come in un quadro di Picasso. Ma invece di un tonfo, sento di nuovo la sua voce: «Eddy, aiutami, ti prego!».

Mi affaccio dalla balconata e lo vedo penzoloni nel vuoto. È appeso con una mano alla ringhiera, mentre la sua pistola precipita nel vuoto.

«Jerry, dimmi dove hai nascosto mia nonna e i prigionieri».

«Aiutami, ti prego, non sono stato io. Salvami e ti spiego tutto, ti prego».

Guardo nel vuoto e sotto di noi vedo il dio Moloch che attende il suo sacrificio umano. Di fronte a noi, i personaggi dei manifesti cinematografici ci fissano.

Vedo *Amici miei* e penso: "Che cos'è il genio? È fantasia, intuizione, colpo d'occhio e velocità d'esecuzione".

Mi sfilo la cintura di corda nera con la fibbia a scorrimento e me la fisso al polso destro come un cappio.

Mi sporgo dalla balconata, allungando la cintura verso Jerry: «Cerca di prenderla».

Lui con la mano libera prova ad afferrare l'estremità della cintura, ma il tentativo va a vuoto. Intanto dondola, appeso nel vuoto dell'immensa Mole Antonelliana.

Non ho tempo di avere paura e cerco di orientare la cintura verso l'appeso che tenta ancora di aggrapparsi.

«Forza, Jerry, devi farcela, pensa a tua figlia».

L'appeso, pensando a sua figlia malata che resterebbe senza un padre, trova una forza inaspettata e si solleva aggrappandosi alla cintura. Adesso cerco di tirarlo su con tutte le mie forze, mentre lui si issa anche con l'altra mano che tiene salda alla ringhiera.

Urlo per scaricare l'adrenalina che mi sta facendo esplodere il cuore che batte come quello di un colibrì e do l'ultimo strattone.

Jerry arriva a destinazione, poi afferra con entrambe le mani la parte superiore della ringhiera. Puntando i piedi sul bordo della balconata all'esterno, si spinge verso l'alto.

Con l'ultimo sforzo scavalca la ringhiera, finendomi addosso, e cadiamo entrambi sul pavimento, stremati.

Gli sussurro: «*Yippy-ya-ye*».

Jerry sta piangendo, io cerco soltanto di respirare perché sono a pezzi e ho la pressione a zero.

Singhiozzando Jerry mi parla in modo confuso: «Grazie, Eddy, mi hai salvato la vita. Perdonami, ti prego, lo sai che ti voglio bene».

«Pensa se mi avessi odiato! Sarei già morto».

Parliamo sdraiati a terra e fissando il soffitto, come se fossimo in spiaggia a guardare la luna.

Jerry continua a parlare con il fiatone: «Perdonami, l'ho fatto per salvare mia figlia. L'hanno rapita».

Questa frase mi fa capire tutto, allora provo empatia per lui, quindi gli dico: «Immagino ti sia arrivato un biglietto, come quello che ho trovato io sul tavolo».

Lui continua a riprendere fiato, cercando di mettersi a terra. Io mi siedo e lo aiuto a posizionarsi con la schiena poggiata al muro. Mi guarda disperato, poi spiega: «Oggi Giada non è rientrata da scuola per il pranzo. Poi ho trovato il biglietto firmato dal Cacciatore di vegani. Mi ha scritto che lei è con lui e che io avrei dovuto eseguire i suoi ordini. Per salvarla, ho dovuto farlo, Eddy. Perdonami, ti prego. Io so che credi in quello che fai, ma dimmi la verità: salveresti un animale o tuo figlio?».

«È la seconda volta che me lo chiedono, troverò una risposta».

Ci alziamo reggendoci alla ringhiera e stirandoci le gambe e le braccia dal dolore. Jerry mi abbraccia e piange disperato, allora lo tranquillizzo: «Adesso portami fuori e fammi tornare a casa. Non preoccuparti per tua figlia, ci pensiamo io, Rascel e Buenafuente».

«Ma...».

«Fidati di me, ora non posso spiegarti. Ma ti prometto che domani mattina tutto finirà e anche tua figlia tornerà da te. E mi raccomando, la prossima volta visitiamo il museo in modo più tradizionale».

Scendiamo, camminando sulla rampa con passi molto accorti poggiandoci alla ringhiera.

Sono sfinito e penso che avrei davvero bisogno di farmi le analisi, per una volta.

Ora tornerò a casa, perché voglio solo dormire e magari arrendermi. Arrendermi al Cacciatore di vegani, rinunciare alla televisione come vuole lui e salvare mia nonna Delia, Bea, Lory e Giada.

Basta, non posso più continuare a giocare al detective, mettendo a repentaglio la vita di persone innocenti.

Domani mattina farò diramare il comunicato stampa da Buenafuente e diremo a tutti che rinuncio alla mia ospitata.

Mi devo arrendere alla realtà, accettare che non riuscirò mai a colmare quei dieci centimetri che mi dividono dalla felicità.

Nel frattempo, a passi lenti, siamo giunti a una porta posteriore che Jerry apre con la chiave, facendomi uscire.

Fuori dalla Mole, ripenso al sogno angosciante che ho fatto quando ero privo di sensi. E mentre Torino mi osserva seducente, io vedo il mare.

26

#lalunganotte

Sono stremato sul divano, avvolto dal silenzio di casa mia.

Resto al buio per un po', ripensando a quello che è appena successo e ancora non riesco a crederci. Il Cacciatore di vegani ha rapito anche la figlia di Jerry, portando il numero dei sequestrati a quattro.

Uscendo dal museo, ho subito chiamato un taxi per rientrare a casa e ho telefonato a Rascel.

«Sono io», ho detto.

«Dove sei? Ti sto cercando per tutta la città», ha risposto lui.

Dopo avergli raccontato l'accaduto, lui si è limitato a dire: «Vengo subito a prenderti».

«No, vai a dormire per favore. Questa notte voglio stare da solo», ho spiegato a Rascel.

Rascel, molto contrariato, ha insistito per venire da me, ma alla fine si è lasciato convincere dalle rassicurazioni sul mio stato di salute e soprattutto da quelle sul mio stato mentale.

Gli ho detto che ci vedremo domani mattina nell'ufficio di Buenafuente e faremo l'annuncio della mia rinuncia al Festival.

Quindi ho informato con un messaggio l'argentino.

Ciao Luis, domani mattina la faremo finita. Ci vediamo in ufficio. Porta il comunicato stampa della mia rinuncia all'ospitata. Faremo anche un video in diretta sulla mia pagina Facebook.

Poi faremo la denuncia. Infine ti occuperai del resto. Spero che Rascel ti abbia aggiornato sulla serata.

Inviato il messaggio al mio manager, ho scritto anche un messaggio su WhatsApp ad Alex.

Ciao Alex. Domani mattina ti telefono per organizzarci. Ho deciso di sporgere denuncia dopo che avrò inviato i comunicati stampa rinunciando a Sanremo. Ti porteremo anche dei filmati che potrebbero servire alle indagini. Baci baci.

Solo così la polizia potrà iniziare una ricerca degna di questo nome e forse salvare le persone che amiamo. Io mi limiterò a non presentarmi a Sanremo, come ha ordinato il Cacciatore di vegani. Almeno così la faremo finita con questa brutta storia.

Mentre scrivevo i messaggi è arrivato il taxi, guidato da un autista con una coppola rovesciata.

Viaggiando osservavo la città che sfilava davanti ai miei occhi.

La pioggia incessante bagnava i vetri dell'auto, da cui vedevo allontanarsi la vetta della Mole Antonelliana come un brutto ricordo.

Poi piazza Vittorio deserta con i suoi portici eleganti, il lungo Po dei Murazzi dove tante volte ho lavorato nei locali. Rivedendo quei club, mi sono ricordato di quella volta in cui un gestore napoletano mi diede una risposta memorabile. Mentre facevamo una trattativa gli dissi: «Io vengo per lo spettacolo, ma ci dobbiamo mettere d'accordo sul prezzo».

«No, tranquillo, non voglio niente».

Sorpassati i Murazzi, ecco la salita verso la collina silenziosa dove si trova casa mia.

Sul sedile del taxi ho visto spiegazzata la copia di un quotidiano gratuito, allora ho iniziato a sfogliarlo per distrarmi.

Soliti articoli sulla politica che, invece di pensare ai cittadini, pensa sempre di più ai propri interessi.

"Duro colpo per la mafia con ottanta arresti". Sì, peccato che i boss siano ancora in Parlamento.

"Il ministro dell'Economia dichiara: i conti sono a posto". Forse parla dei suoi.

Nella cronaca di Torino si parla ancora dello zoo, presentandolo come una meravigliosa occasione per la nostra città.

Infine, nelle pagine di scienza, l'ennesimo articolo di un medico che attacca la scelta vegana. Questo genio medico afferma che i vegani andrebbero incontro a un rimpicciolimento dei testicoli. Pensa un po', a me con una dichiarazione del genere crescono come due mongolfiere.

Attaccare gli altri sulla virilità è proprio il sintomo che di virilità se ne ha ben poca. Avere una sensibilità e un'empatia nei confronti dei più deboli non è sinonimo di mancanza di virilità, ma di grande forza. Preoccuparsi degli esseri più deboli è sinonimo di intelligenza.

E nella vita l'intelligenza conta, quindi diciamolo pure: meglio testicoli piccoli che gran coglioni.

Quando il taxi è giunto a destinazione, sono salito in casa facendo le scale come se andassi al patibolo.

Entrando in questa casa vuota, mi sono sentito svuotato anch'io e sono crollato sul divano in cui mi trovo ora.

Sento le braccia e le gambe che mi fanno male per lo sforzo che ho fatto alla Mole.

Mi alzo dal divano a fatica perché ho sete, quindi accendo la luce e vedo sul tavolino il foglio con i nomi delle amiche di mia nonna che mi aveva scritto lei. Sono le supernonne a cui avrei dovuto portare il libro per ringraziarle del video che abbiamo fatto insieme. Non l'ho ancora fatto, perché da quel momento è cambiato tutto. Ma mi riprometto di portare loro il dono alla fine di tutto questo.

Mi dirigo in cucina a bere, ma il percorso mi porta davanti alla stanza di mia nonna e la osservo vuota.

Quanto mi manca nonna Delia, la donna che mi ha cresciuto con tanto amore! Spero che rinunciare alla mia opportunità e obbedire al Cacciatore di vegani la faccia tornare presto qui nel suo letto. La rivoglio qui nella sua stanza a caricare la sveglia che è ferma alle due meno dieci. Non l'ho voluta più caricare, perché voglio che sia lei a farlo quando torna. Desidero che il ticchettio della sveglia coincida con la ritrovata serenità di questa casa e del mio animo.

Immagino mia nonna Delia in questa stanza mentre dà la carica alla sua sveglia e mi elenca le sue solite raccomandazioni: «Eduardo, copriti per uscire che fa freddo e mangia qualcosa».

«Tranquilla, nonna, è autunno e cadono le foglie. Mentre sono in giro mangio un boccone al volo».

Vado in cucina, il posto in cui mia nonna passa la maggior parte della giornata. Lei vive qui dentro, le manca solo di mettersi un letto davanti ai fornelli e poi potrebbe preparare manicaretti anche da sonnambula durante la notte.

Mi manca tanto quell'odore di fritto, così invitante che i ristoranti cinesi della zona si lamentano per concorrenza sleale.

Mia nonna frigge ogni cosa, perché per lei una cosa è buona solo se fritta.

Ricordo ancora che, da bambino, mentre i miei amichetti giocavano a pallone al parco, io al parco facevo uno sport estremo: mangiare i fritti della nonna. Ero diventato così grasso che a sette anni giocavo a nascondino da solo.

Rivedo le auto dei miei compagni di classe che avevano l'adesivo «BIMBO A BORDO». Sull'auto di mia nonna invece c'era scritto «TRASPORTI ECCEZIONALI».

Nonostante avessi gli amichetti e l'amore di nonna, mi sentivo solo. Come molti bambini, quindi, anche io mi ero inventato un amico immaginario. Poi, nonna me l'ha fritto.

Mi mancano tanto lei, le sue ansie, le sue attenzioni, le sue braccia che mi stringono.

Bevo un bicchiere d'acqua e torno sul divano, cercando di ripensare ancora a tutto quello che è successo.

Continuo a domandarmi chi sia questo pazzo che ha deciso

di farci così male, ma soprattutto come fa a conoscere le persone a cui voglio bene.

Mia nonna è stata vista passare dall'edicolante Perozzi, quindi l'ha rapita fuori di casa. Il Cacciatore di vegani ha corrotto il portiere perché doveva entrare qui per lasciare il suo biglietto, usando le chiavi di mia nonna. Poi scappando in fretta, non ha richiuso la porta con tutte le mandate.

Lory è stata rapita davanti alla libreria, in pieno giorno e senza che nessuno notasse niente di strano.

Solo il suo spasimante Uomo Talpa l'ha vista andare via su un'utilitaria con il logo AutoMotoMirafiori sul cofano.

Dunque, il Cacciatore di vegani potrebbe avere quel tipo di automobile e Alex, con la lista clienti e due lettere della targa, sta cercando se riesce a scoprire qualcosa.

Bea è sparita fuori dal Music Club, di cui darò i filmati della sorveglianza ad Alex per trovare indizi.

La figlia di Jerry pare sia stata presa davanti alla scuola, perché all'ora di pranzo non è rientrata.

Mi sento a pezzi e impotente.

Ho sempre dato tanto peso a delle cose effimere come il successo, quando forse la felicità era soltanto l'amore delle persone che mi stavano intorno.

Mentre penso mi allungo sul divano e accendo la smart TV, aprendo YouTube per distrarmi.

Faccio partire per l'ennesima volta il documentario su Massimo Troisi.

Ogni notte tento di finire questo video, ma senza riuscirci mai. Puntualmente mi addormento con le cuffie ancora nelle orecchie.

Ma, in questa lunga notte insonne, voglio finirlo e lenire il mio dolore grazie alla poesia del grande attore.

Accendo il video per non pensare a niente, ma il cervello lavora in autonomia come sempre.

A più riprese rido e mi emoziono, sentendo la sua storia.

Ascolto con attenzione le testimonianze di chi ha avuto dalla vita il regalo di conoscerlo.

Mi chiedo se Massimo nella sua vita abbia sentito di aver colmato i dieci centimetri che ci dividono dalla felicità. Di certo ha aiutato molti a colmare quella distanza, grazie alla sua arte.

La commozione si fa largo quando vedo le immagini del suo ultimo film, *Il postino*. Resto di sasso quando uno degli intervistati cita la frase che ho sentito nel sogno quando ero privo di sensi nella Mole: «'Stu film l'aggia fa' co' core mio».

Qualcuno afferma che l'attore rimandò il trapianto di cui avrebbe avuto bisogno proprio per girare il film.

Le lacrime scendono sul mio volto e non ho intenzione di fermarle, perché sento che ho bisogno di piangere.

Mentre mi asciugo il viso, le mie orecchie sentono un racconto su Massimo Troisi che mi fa emozionare.

Si racconta della sua prima operazione al cuore in America, spiegando i dettagli della storia. A proposito del suo cuore sento una testimonianza che mi fa sussultare.

Metto il video in pausa e mi alzo di scatto per andare a prendere la sveglia di mia nonna. La guardo ferma alle due meno dieci e ripenso a quando sono rientrato a casa e mia nonna era stata rapita.

Medito su ogni dettaglio, iniziando a unire i puntini della vicenda con grande precisione.

Quello che sembrava oscuro inizia a mettersi a fuoco nella mia mente.

Sento un brivido nel corpo, come quando all'improvviso viene fuori una battuta straordinaria che non ti aspettavi. Nemmeno tu sai come l'hai creata, ma è nata unendo l'intuizione e la situazione del momento.

La stessa cosa sta succedendo proprio in questo istante, mentre tengo la sveglia tra le mani. Ma, al posto di una battuta sferzante, sta nascendo in me la consapevolezza di aver scoperto chi sia il Cacciatore di vegani.

Non mi è chiaro il perché abbia voluto farmi questo, ma penso che me lo farò spiegare da lui in persona.

Forse l'intuizione che ho avuto è davvero assurda, ma è l'unica che l'istinto mi suggerisce.

Prendo il cellulare e invio ad Alex un messaggio WhatsApp in cui le mando un nome. Le dico di verificare il prima possibile se le risulta nella lista clienti, controllando se l'auto corrispondente è un'utilitaria grigia.

Poi scrivo a Rascel:

Domani cambio di piani. Fai avere il filmato della videosorveglianza del Music Club ad Alex. Ti scrivo appena sono certo. Tieniti pronto.

Guardo sul muro del salotto la stampa di uno dei miei manifesti teatrali: Eddy il comico vegano, uno show da non perdere.

Eddy sono io.

E forse presto riempirò quei dieci centimetri che mi dividono dalla felicità.

27

#laresadeiconti

Sono solo davanti alla villetta, immerso nel silenzio.

Prendo il telefono e invio la mia posizione tramite WhatsApp ad Alex e Rascel. Oltre alla posizione scrivo anche un messaggio al gigante: *Ricordati di dare i filmati della videosorveglianza ad Alex.*

Poi ad Alex: *Controlla i video della sorveglianza che riceverai da Rascel e vieni qui con i rinforzi.*

Sulle spalle ho uno zainetto, all'interno del quale c'erano i libri che ho consegnato per tutta la mattina alle vecchiette amiche di mia nonna come promesso.

Ho voluto farlo prima di affrontare il destino, perché non so se ne uscirò vivo.

È stato bellissimo vedere la sorpresa nei loro occhi quando ho bussato.

Ho scoperto che la bionda signora Piera è molto truccata tipo Moira Orfei anche in casa. Ha insistito perché entrassi a bere un caffè, per presentarmi suo marito con cui sta da oltre cinquant'anni. Ho dovuto accettare e mentre sorseggiavo il caffè mi sono gustato i loro battibecchi di coppia. Sono stati irresistibili, lei e il simpatico marito Piero, un signore magro sugli ottanta con la pelata lucidissima.

Piera: «Eddy, se ti sposi non diventare come mio marito. L'ultima volta che è uscito di casa, lo ha fatto perché c'era il terremoto».

Piero: «Ma a me cosa mi serve uscire, quando in televisione con un documentario vedo gli animali del mondo, in un film visito le città più belle e guardando la partita faccio anche sport?».

Piera: «Certo, allena il dito sul telecomando. E poi, Eddy, mio marito ha perso la sua eleganza. All'inizio quasi si vergognava di andare in bagno perché c'ero io in casa, adesso la fa con la porta aperta così continua a guardare il film».

Io sorrido di gusto, mentre osservo quei due anziani che dimostrano quanto sia forte l'amore.

Terminato il caffè ho firmato il libro e l'ho lasciato alla signora Piera con una bella dedica sulla coppia: «PER L'AMORE, CHE PRIMA È UNA CALAMITA, POI UNA CALAMITÀ».

Dopo è stata la volta di Ada con il suo bastone di legno lucido. La signora ha accettato il libro con grande piacere, anche se ha avuto ancora da ridire sulla mia scelta di diventare vegano: «Eddy, sei un bel ragazzo, ma basta con questa storia del vegano, impegnati a diventare normale».

Uscendo l'ho salutata e lei rispondendo con la mano, ha aggiunto preoccupata: «Mi raccomando, fatti le analisi!».

La terza è stata la signora Caterina che mi ha aperto sfoggiando i suoi ricci con la tinta nera appena fatta. Era entusiasta perché: «La parrucchiera mi ha fatto tanti complimenti», ha detto con voce squillante e poi: «So che i miei capelli sono belli e purtroppo scatenano tanta invidia».

Quindi mi ha raccontato dell'altra cliente che le voleva fare una battuta, ma lei ha risposto a tono: «Allora la signora mi ha detto: "Attenta Caterina che tra poco ci fanno pagare anche la tassa sulla bellezza". Io le ho risposto: "Tranquilla, a te semmai ti dovrebbero rimborsare"».

Poi è scoppiata a ridere e io ne ho approfittato per congedarmi e fuggire, prima che iniziasse a raccontare il resto della sua vita.

Adesso nello zaino è rimasto un ultimo libro.

Suono il campanello della villetta in cui abita Tina, la signora in sedia a rotelle. Almeno così mi risulta dall'indirizzo scritto sulla lista dei nomi. Spero che sia il posto giusto, perché sul campanello non c'è il nome.

La casa sembra grande, ma l'interno è nascosto da una folta siepe. Per entrare c'è un solo cancello grande, dotato di un binario che consente lo scorrimento sul perimetro della recinzione.

Mi ricordo quando da ragazzini suonavamo tutti i campanelli dei citofoni e poi restavamo a sentire quello che succedeva. Rispondevano tutti insieme chiedendo «Chi è?», poi iniziavano a parlare tra loro convinti di parlare con qualcuno fuori dal portone. Mettevamo in contatto i condomini che iniziavano a chiacchierare tra loro in gruppo. Insomma, abbiamo inventato le riunioni Skype prima che nascessero.

Questa volta dal citofono sento solo una voce di donna: «Sì, chi è?».

«Buongiorno, è la signora Tina? Sono Eddy, Eduardo, il nipote di Delia. Si ricorda di me? Le ho portato il libro che vi avevo promesso al centro anziani quando abbiamo fatto il video».

«Ciao, Eddy, sono io. Certo che mi ricordo. Ti apro subito, vieni».

Il cancello scorre cigolando e svela la villetta in tutta la sua grandezza. È una bellissima casa con davanti un giardino popolato dai sette nani, Biancaneve e una carriola in legno che ospita dei fiori. Il giardino è diviso in due dal vialetto piastrellato in autobloccanti e costeggiato da lampioncini con in cima una palla trasparente da cui si vedono le lampadine.

La porta d'ingresso in legno scuro è molto ampia e davanti ci sono due scalini in marmo grigio.

Mi chiedo come mai non ci sia una discesa per permettere alla signora Tina di uscire con la sedia a rotelle, ma forse in casa ha qualcuno che la aiuta.

Prima della porta d'ingresso, il vialetto si sdoppia e una parte continua fino a dietro la villa.

Il silenzio intorno a me è totale, proprio come quello di casa mia. Viviamo molto vicini e la zona è così tranquilla che può mettere angoscia a chi non vi è abituato.

Posso sentire oltre la porta il suono della sedia a rotelle che viaggia sul pavimento, poi si ferma e la porta si apre. Mi appare la signora Tina in sedia a rotelle con una coperta a quadri sulle gambe. È una signora esile, con i capelli corti tinti di biondo e gli occhi grigioverde.

La signora mi sorride, dandomi il benvenuto: «Ciao, Eddy, ma che sorpresa! Non dovevi venire qui apposta per il libro, sei stato molto gentile. Entra pure».

«Buongiorno, signora Tina, è un piacere mantenere le promesse».

Lei si gira con la sedia e mi fa strada attraverso la casa molto grande ed elegante, ma arredata in modo austero. Sulle pareti vedo foto antiche in bianco e nero di un signore che non conosco. Poi lo stesso signore è in foto con lei, poi lui con un bambino, infine un quadretto a colori in cui ci sono tutti e tre.

Arriviamo nel salotto dove ci sono un divano nero con le due poltrone abbinate, un tavolino di cristallo con sopra un vassoio di cioccolatini. Tutto è molto ordinato e accogliente, ma l'ambiente comunica una certa freddezza.

Nel salotto c'è una grande finestra con tende grigie che lasciano intravedere la finestra con doppi vetri molto spessi che dà sul retro della casa.

«Siediti, Eddy», dice la signora Tina, «mettiti comodo».

«Grazie, signora, intanto prendo il libro dallo zaino».

Estraggo dallo zainetto l'ultima copia del mio libro da regalare alla signora, la poggio sul tavolino accanto ai cioccolatini e mi accomodo su una poltrona.

La signora fa gli onori di casa: «Eddy, senza complimenti, prendi pure un cioccolatino».

«Non so se posso, perché sono vegano e quelli forse contengono latte».

«Dimenticavo che voi vegani siete strani. Niente latte, niente carne, niente agnello a Pasqua. Di questo passo rovinerete tutte le nostre tradizioni».

Allora, con tono ironico, cerco di spezzare la tensione: «Ma no signora, non si preoccupi di questo. Anche se c'è da dire che, se qualcosa è tradizione, non significa che sia giusta.

In Madagascar è tradizione riesumare i morti e portarli in giro. In Italia lo facciamo solo per prendere la pensione del povero nonno».

La signora sorride, ma avverto da parte sua una certa ostilità camuffata da gentilezza quando dice: «Mi fai sempre sorridere, Eddy, ma nostro Signore come ricorderai ha moltiplicato i pani e i pesci».

«Se non ha senso essere vegani perché Gesù ha moltiplicato il pesce, allora non ha nemmeno senso fare le barche perché Gesù camminava sulle acque».

Lo dico sorridendo e con un tono molto ironico che la signora Tina coglie, anche se vuole avere l'ultima parola: «Eddy, l'importante è rispettarsi e stare bene in salute. Te le sei fatte le analisi?».

Poi mi chiede se voglio bere un caffè, ma lo fa a modo suo: «Comunque almeno il caffè lo potete bere?».

«Sì, ma non si disturbi. Oggi ne ho presi già troppi».

La signora annuisce, mentre io prendo dalla tasca una penna.

«Ecco la penna, così le faccio una bella dedica sul libro e potrà vantarsi con le amiche».

Poi apro la copertina e la signora Tina mi guarda con i suoi occhi grigioverde. Non avevo mai notato il suo sguardo, affascinante e inquietante al tempo stesso.

Intorno a noi c'è un silenzio totale, interrotto soltanto dai miei movimenti sulla poltrona e dal respiro affannoso della signora che appare affaticata.

«Signora, mi dica, lei come sta? È da un po' di tempo che non ci vediamo».

«Io sto abbastanza bene, a parte i soliti acciacchi. Non ci vediamo perché ormai stai diventando famoso e sarai impegnatissimo».

«In questo periodo sono davvero molto impegnato, ho ancora molte cose da fare. Poi domani dovremmo partire alla volta di Sanremo».

«Quindi parti domani?».

Sembrerebbe una domanda, ma la signora la dice con un'intonazione ambigua come se lo affermasse.

Allora spiego: «Probabilmente sì, saluto mia nonna e poi andiamo».

La signora sorride, mentre io tolgo il tappo alla penna per siglare il libro.

Medito per scrivere qualcosa di originale, ma intanto mi sforzo di sentire ogni suono all'interno di quella casa. La signora Tina adesso mi guarda come si può guardare un nipote.

Con la penna sul foglio osservo intorno a me in cerca dell'ispirazione, mentre nel silenzio posso sentire il suono del mio respiro. Il tempo sembra sospeso e, ascoltando ancora con attenzione, all'improvviso sento quel suono.

Lo sento limpido, preciso, costante, puntuale, inevitabile.

«Signora, l'offerta del caffè è ancora valida? Ci ho ripensato, magari mi aiuta a trovare una bella frase da mettere sul libro».

La signora Tina s'illumina e dice: «Ma certo, Eddy, non ci sono problemi. Vado a fartelo subito».

«Lei vive sola? Non ha qualcuno che l'aiuta?».

«Io non ho bisogno di nessuno, sono indipendente. Faccio sempre tutto da sola». Dice sprezzante.

Poi parte verso una zona che non vedo, dove presumo ci sia la cucina.

Approfitto subito della sua assenza per alzarmi e andare alla finestra, dove scosto la tenda. Osservo fuori, ma non riesco a vedere molto a parte l'ampio cortile con un secondo ingresso posteriore. Allungo il collo per guardare meglio e scorgo tre box auto. Devo guardare meglio, quindi controllo che la signora non stia arrivando e poi apro la finestra che cigolando rimbomba nell'assoluto silenzio del salotto.

Respiro cercando di mantenere la calma, mentre mi affaccio e, con la testa fuori, riesco a vedere tutto.

Ci sono un cortile, mobili da giardino, un gazebo e tre box auto.

Sento un rumore alle mie spalle, allora mi giro di scatto ma non c'è nessuno. Torno a guardare fuori, sporgendomi il più possibile, quando sento in lontananza la voce della signora: «Eddy, il caffè arriva».

Mi affretto a chiudere la finestra e torno al mio posto come se nulla fosse, intanto la signora riappare nel salotto.

Posa il vassoio con il mio caffè sul tavolino, si sistema meglio la coperta a quadri sulle gambe e indicando la finestra chiede: «Eddy, ho sentito che hai aperto la finestra, avevi caldo o eri curioso di vedere casa mia?».

«Scusi, ho questa deformazione professionale di osservare tutto. Non volevo essere invadente, ma ero curioso di vedere cosa ci fosse oltre la finestra», dico.

«Ci sono un cortile e dei box auto, con la macchina».

«Ma lei guida?».

«Guidavo».

Torniamo in silenzio e dopo qualche secondo risento il suono, forte e chiaro, puntuale come prima. Estraggo il telefono e lo metto sul tavolino, ma mi accorgo soltanto adesso che in questa casa non c'è campo. La signora mi invita a bere: «Eddy, bevi sennò il caffè si raffredda».

«Sì, grazie. Ma prima di gustarlo vorrei farle una domanda. Lei qui in casa ha per caso una vecchia sveglia, di quelle rumorose a cui si dava la carica?».

La signora Tina mi guarda increspando le sopracciglia, poi stringe gli occhi per mettermi meglio a fuoco e chiede: «No, Eddy, nessuna sveglia. Perché?».

Prima di parlare mi guardo intorno, per verificare se davvero non ci sia nessuno. Da dove sono seduto, posso soltanto vedere il corridoio e la porta di ingresso da cui sono entrato. Tamburellando con le dita sul bracciolo della poltrona, sto cercando le parole giuste da dire in questo momento. Poi attacco: «Signora Tina, voglio raccontarle una storia».

Lei mi fissa senza parlare e resta in attesa con i suoi occhi grigioverde attenti mentre io continuo: «Da quando mi hanno scelto per Sanremo, sono successe molte cose. Soprattutto negli ultimi giorni è capitato un fatto incredibile. C'è qualcuno che vuole impedirmi di andare in televisione».

Faccio una pausa e la fisso negli occhi attenti ma impassibili. Non batte nemmeno le ciglia e il suo sguardo si è fatto più duro.

«Per impedirmi di andare in televisione, qualcuno ha rapito mia nonna Delia. E poi ha continuato a sequestrare persone che conosco. La sorella del mio amico Rascel che si chiama Lory, poi Beatrice la figlia del mio manager Buenafuente e infine anche una ragazzina malata di cuore, per obbligare suo padre a fargli da complice».

La signora mi guarda stupefatta e domanda: «Hai chiamato la polizia?».

Anche questa volta sembra una domanda, ma la pone con un'intonazione ambigua come se fosse un'affermazione.

Io spiego: «No, ho deciso di indagare con i miei collaboratori per scoprire chi fosse questo personaggio che si firma Il Cacciatore di vegani. Ma purtroppo non siamo riusciti a scoprire chi sia».

«Mi dispiace molto, Eddy», dice lei con uno sguardo pieno di empatia, allora aggiungo: «Fino a ieri sera però».

L'empatia scompare dal suo volto, trasformandosi in un'espressione da Clint Eastwood.

Mi aspetto da un momento all'altro che se ne esca con una frase dell'ispettore Callaghan, ma la signora resta in silenzio.

Io continuo a informarla: «Ieri sera, ormai disilluso e sfinito, sono rientrato a casa, dove mi attendeva la sveglia ferma di mia nonna. Mi sono accomodato sul divano e per distrarmi ho ripreso a guardare un documentario sul grandissimo comico Massimo Troisi».

La signora pare innervosirsi, quindi mi incalza: «Eddy, non capisco perché mi dici queste cose, bevi il caffè perché altrimenti poi non è più buono».

Faccio un cenno invitandola ad aspettare. Poi riprendo il mio racconto, mentre lei accarezza le gomme della sedia a rotelle.

«Nel documentario ho sentito la testimonianza molto toccante di una donna che raccontava: "Era notte. Nel soggiorno dove ci eravamo incontrati io e Massimo insonni, percepivo un leggero ticchettio del quale, però, guardandomi intorno, non riuscivo a capire la provenienza. Allora chiesi: 'Massimo, ma hai un orologio a cipolla da tasca?'. E lui disse: 'No, non è l'orologio, è o' core mio'". Questa frase mi ha illuminato».

Mi alzo di scatto e la signora arretra con la sedia, quindi sorrido affermando: «Mi scusi, ma quando parlo mi piace muovermi come sul palco».

Lei mi guarda senza proferire parola, restando in attesa che io continui. Quindi, gesticolando, proseguo con il mio ragionamento: «Mi sono chiesto a lungo chi fosse il Cacciatore di vegani. Ironia della sorte, la soluzione mi è arrivata da un comico. Dopo aver sentito nel documentario che Massimo aveva il cuore che ticchettava, come tutti quelli che hanno una valvola mitralica di quell'epoca, ho guardato la sveglia di mia nonna. La sveglia era ferma alle due meno dieci. Ma allora come ho fatto a sentirla ticchettare alle due e mezzo quando sono rientrato e ho trovato il biglietto di minaccia? Molto semplice: quello che sentivo nel totale silenzio di casa mia non era il ticchettio della sveglia».

Mi fermo e nel silenzio glaciale che si è creato, risento quel ticchettio che avevo udito a casa mia.

Lo sento bene, identico a quello di un orologio, ecco perché a casa mia avevo pensato si trattasse della sveglia di mia nonna.

Quindi illumino la signora dettagliando la mia scoperta: «Mia nonna è stata rapita fuori casa, ma io penso che non sia stata rapita con la forza. È andata lei dal Cacciatore perché lo conosceva. Poi il Cacciatore ha minacciato e corrotto il portiere per entrare indisturbato in casa mia per lasciare il biglietto. Era tranquillo perché non si aspettava che io rientrassi così presto. Quindi si è dovuto nascondere in casa mia. Nel totale silenzio, ho potuto avvertire il ticchettio della sua valvola mitralica, scambiandolo per la sveglia di mia nonna che in realtà era ferma. E l'unica persona che ha una valvola mitralica che ticchetta e di cui mia nonna si fidava è lei signora Tina».

La signora si mette a ridere spalancando la bocca, poi batte le mani in un applauso sarcastico e afferma: «Certo che voi comici avete tanta fantasia, caro Eduardo. Hai il nome giusto per inventare storie».

Poi continua a ridere, ma io la incalzo: «Signora, posso sentire il suo cuore ticchettare anche in questo momento. Ed è un ticchettio identico a quello della sveglia di mia nonna. Ecco perché mi sono ingannato pensando che il suo cuore fosse la sveglia. Adesso facciamola finita e mi dica dove sono i sequestrati».

«Ma smettila, Eduardo, ma ti pare che una povera vecchia in sedia a rotelle possa essere questo Cacciatore di vegani?».

E continua a ridere di gusto, guardandomi come se fossi matto. Allora insisto con la mia tesi: «Certo, signora. Chi non si fiderebbe di una povera nonnina in sedia a rotelle in difficoltà? Ecco perché non ha faticato ad avvicinare le vittime che voleva sequestrare».

La signora si fa seria, quindi afferma dura: «In ogni caso sono solo tue supposizioni fantasiose. Inoltre, come potrei fare quello che hai detto se sono in sedia a rotelle?».

«Intanto basta puntare un'arma da fuoco per obbligare qualcuno a obbedire. Però io penso anche che lei non sia davvero paralizzata. Ho guardato il video che abbiamo fatto al centro anziani un milione di volte, ma solo stamattina riguardandolo con occhio indagatore ho notato una cosa. La musica ha un grande potere di coinvolgimento e lei nel video, oltre a battere le mani, batteva un piede sotto la stessa coperta a quadri che ha in grembo oggi».

Afferro il telefono per mostrarle il video come prova schiacciante, ma continua a non esserci campo in quella casa.

Sorrido di gusto io, adesso.

Prendo la tazzina con il caffè e lo butto giù d'istinto per inumidire la gola secca. Dopo averlo fatto, mi domando se ho commesso un'imprudenza. Ma ormai è andata, se c'era del veleno lo scoprirò a breve. Intanto mi guardo intorno individuando delle vie di fuga, nel caso si mettesse male.

La signora mi chiede cordiale: «Era buono il caffè?».

Poi mi guarda e si avvicina con la sua sedia a rotelle, fissandomi negli occhi.

Io prendo il libro, afferro la penna e scrivo la dedica: «IL CACCIATORE È SCOPERTO, LA CACCIA È FINITA. EDDY».

Porgo il libro alla signora che legge la dedica e poi sussurra: «Questa è la tua tesi folle. Ma per accusare qualcuno servono prove concrete, non chiacchiere».

Resto immobile per qualche secondo a meditare, poi calo l'asso: «Intanto c'è il video dove batte il piede, poi un testimone ha visto la sorella di Rascel, Lory, andare via su un'utilitaria grigia con il logo di AutoMotoMirafiori e mi ha dato due lettere della targa. Scommetto che l'auto è nel box, proprio qui dietro. Inoltre, penso che, se mi metto a cercare, in casa troverò la scatola del Rolex che lei ha inviato al portiere».

A questo punto la signora accusa il colpo e il suo sguardo si fa più aspro. Mette il braccio destro sotto la coperta a quadri e mi guarda minacciosa.

Con la mano sinistra fa scivolare via la coperta, svelando un fucile a canne mozze.

L'anziana signora si alza in piedi con un guizzo che non mi aspettavo, specie da un'ottantenne. Mi punta l'arma dritta al cuore, osservandomi con una smorfia di compiacimento. Nel silenzio preistorico della casa, posso sentire il ticchettio del suo cuore che ora accelera.

28

#ilgrandeboom

Siamo uno di fronte all'altra.

Il comico vegano e il Cacciatore di vegani che si fissano negli occhi. Chi avrebbe mai potuto indovinare che il Cacciatore di vegani fosse una signora di ottant'anni in sedia a rotelle? Immaginavo un uomo grosso, forte e psicopatico. Invece ho di fronte una nonnina dall'aria rassicurante.

Io che sono sempre stato a dieci centimetri dalla felicità, adesso sono a dieci centimetri da un fucile a canne mozze.

La signora lo impugna con decisione, puntandolo verso il mio petto. Nonostante il pericolo, trovo il coraggio di ironizzare: «Signora, molti pensano che i vegani abbiano carenza di ferro. Ma vedo che lei vuole darmi un integratore di piombo».

Cerco di sdrammatizzare come faccio sempre quando sono in difficoltà, ma la faccia della signora non si smuove di un millimetro.

Fuori ha ripreso a piovere, una pioggia sottile che posso intravedere attraverso la finestra del salotto.

Ma la signora pare decisa a non abbassare il fucile a canne mozze che continua a puntare su di me. Devo escogitare qualcosa per riuscire a salvarmi, non voglio morire proprio adesso che la mia vita potrebbe cambiare in meglio.

Tina in piedi è alta quanto me, ma ha ottant'anni quindi in uno scontro corpo a corpo dovrei avere la meglio.

Certo che, da pacifista, finire a picchiare le vecchiette non è proprio il massimo della vita. Anche se questa simpatica nonnina ha rapito quattro persone, mi sta puntando un fucile a canne mozze e pare intenzionata a usarlo.

Continuo a parlare per scaricare l'ansia: «Signora, visto che ormai dovrò morire penso di avere diritto a un ultimo desiderio».

Lei mi guarda con sdegno, poi mi fa un cenno con la testa ordinandomi di parlare. L'unica cosa che ho in mente è la domanda che mi sta attanagliando da quando ho intuito che fosse lei il Cacciatore di vegani.

«Perché ha fatto tutto questo?».

Lei impassibile inizia a parlare con voce ferma: «Caro Eddy, o Eduardo come ti chiamava tua nonna mentre la rinchiudevo. Se mi avessi ascoltato, domani sarebbe stato tutto risolto, ma hai voluto fare l'eroe. Avresti dovuto obbedire, ero stata molto chiara nel biglietto. Che cosa non hai capito della frase: adesso devi eseguire i miei ordini?».

«Sono sempre stato uno contro le regole, da piccolo non giocavo nemmeno a Strega comanda colore, perché non mi comanda nessuno. Ma lei non mi ha ancora risposto, perché?».

La signora sospira, guardando le foto appese alle pareti. Mentre le osserva, per una frazione di secondo la sua espressione si addolcisce. Poi torna a essere una maschera di sale, con gli occhi grigioverde che mi fissano in modo inquietante mentre parla: «Trent'anni fa, io e mio marito eravamo felici. Gli affari andavano bene e abbiamo comprato questa casa, per vivere accanto alla nostra azienda. Mio marito era un allevatore di animali da pelliccia, un lavoro che faceva con onore per mantenere la sua famiglia».

«Allevare animali e ucciderli solo per venderne la pelliccia non mi sembra tanto onorevole», dico.

«Zitto». Urla la vecchia, avvicinando il fucile ancora di più al mio torace.

Quindi ammutolisco per evitare di morire prima del tempo.

Lei riguarda le foto, poi continua: «Siete sempre pronti a giudicare, voi animalisti, ma non sapete niente della vita degli altri. Noi eravamo felici, con la nostra famiglia e il nostro lavoro. Ma una notte, dei maledetti animalisti sono entrati nella nostra proprietà e hanno liberato tutti gli animali dell'allevamento. La perdita economica è stata tale da mandare in fallimento l'azienda. Siamo andati in rovina e purtroppo mio marito non ha retto al tracollo economico».

Mentre lo dice alza gli occhi, poi continua: «Un pomeriggio sono entrata qui dove siamo ora e ho trovato mio marito senza vita, impiccato a questo lampadario».

Alzo lo sguardo e vedo un lampadario in ferro battuto, pensando che grande sofferenza deve essere stata per lei avere sempre davanti agli occhi quel ricordo terribile. Ma ancora non riesco a capire che cosa c'entrino il mio lavoro, mia nonna, i miei amici in tutto questo. Però non oso parlare, perché la signora Tina inizia ad agitarsi mentre racconta: «Quando lui è morto, mi è rimasta solo questa villa, che ho salvato con grandi sacrifici, vendendo tutto ciò che potevo. Ho speso tutti i risparmi per pagare un detective che trovasse i colpevoli e me li portasse qui. Volevo vendicare mio marito con le mie stesse mani. Io sapevo chi erano, perché li abbiamo identificati con la videosorveglianza. Attraverso le immagini, il detective è riuscito a risalire alla loro identità. Ma nel frattempo erano passati anni e lui non è più riuscito a trovare questi farabutti. Alla fine, mi sono dovuta arrendere alla triste realtà, cadendo in depressione. Poi dalla disperazione sono finita in sedia a rotelle per una paralisi e, anche se dopo qualche anno sono guarita, ho continuato a fingermi paralitica per avere l'amore e la comprensione degli altri».

Raccontando inizia a tremare e gli occhi le luccicano di lacrime trattenute per anni. Provo pena per questa povera anziana, ma non capisco perché se la prenda con me. Quindi mi faccio coraggio e domando: «Mi dispiace, signora. Ma io cosa c'entro in tutto questo?».

Il suo sguardo si ammorbidisce e lei sembra abbassare per un attimo l'arma, ma poi la rialza e piazza bene il dito sul grilletto.

Quindi continua a parlare con maggiore durezza: «Dopo trent'anni il dolore era sopito e il rancore aveva lasciato posto alla rassegnazione. Ma un giorno per caso ho conosciuto tua nonna Delia al centro anziani. Dai suoi racconti ho intuito che i due maledetti animalisti che hanno portato al suicidio mio marito erano i tuoi genitori».

La notizia mi arriva come un colpo inaspettato a un pugile sul ring, barcollo e prendo fiato cercando di resistere.

Ho sempre pensato che i miei genitori mi avessero abbandonato senza una ragione. Ma forse la ragione della loro fuga era in realtà molto valida. Spesso li ho odiati per avermi lasciato solo, però adesso scopro che sono dovuti fuggire per aver salvato degli animali.

Inizio a sentirmi in colpa per i molti pensieri di disprezzo che da adolescente ho avuto per loro.

Anche i miei occhi adesso luccicano di lacrime, ma devo trattenerle e mostrarmi forte.

La signora Tina comincia a essere molto agitata, mentre un filo di sudore le riga la fronte. Reggere per tanto tempo un fucile, che a occhio peserà due chili, non deve essere una passeggiata per un'ottantenne.

A questo punto, tento la mia mossa: «Signora, parliamone con calma, per favore abbassi l'arma».

«Fermo, non muoverti o sparo. Adesso devi obbedirmi e sono sicura che lo farai».

Mi immobilizzo, mentre fuori la pioggia è diventata battente. La signora continua con un tono sconsolato: «Quando ho scoperto che erano i tuoi genitori, non ho provato niente. Ormai gli anni avevano lenito il mio dolore, quasi fino a cancellarlo. Ma poi tu…».

Si ferma a respirare perché la fatica di parlare e tenere il fucile spianato inizia a farsi sentire.

«Tu hai iniziato con questa storia dei vegani che all'inizio faceva ridere. Poi però quando ho saputo che saresti andato in televisione, davanti a tutte quelle persone e davanti a milioni di italiani avresti elogiato vegani e animalisti, come coloro che hanno ucciso mio marito, questo non potevo accettarlo, soprattutto da parte del figlio dei veri colpevoli».

Lo dice serrando i denti e iniziando a tremare con il fucile sempre più vicino al mio petto.

Ma il suo racconto non è finito, quindi continua: «E poi dalla televisione magari avresti anche attaccato il nuovo zoo che sta nascendo a Torino, alzando un polverone con il rischio di farlo chiudere. E le famiglie di quei lavoratori che fine avrebbero fatto? Le persone che hanno investito tanto in quell'impresa si sarebbero dovute suicidare come mio marito?».

Capisco che la signora è sconvolta, ma mi sembra assurdo che abbia architettato un piano così diabolico per qualcosa successo trent'anni fa. Sono turbato dalla sua follia, ma anche dalla tenacia che ha avuto nello spiarci. Voglio sapere come ha fatto, quindi domando: «Come ha fatto a sapere i nostri movimenti. Ci ha spiati?».

«No, non ne ho avuto bisogno, perché voi giovani siete stupidi. Mettete tutta la vostra vita nei computer. Basta monitorarvi su Facebook per sapere dove siete, con chi siete, cosa fate, la vostra posizione. Dalle foto è facile scoprire chi sono le persone a cui tenete di più. Date in pasto al mondo ogni dettaglio della vostra inutile vita».

Resto colpito da questa osservazione che mi fa riflettere sul lato oscuro dei social network.

La signora Tina ormai è un fiume in piena e continua a vomitarmi addosso la sua verità: «E vuoi sapere perché mi sono accanita contro di te per proteggere lo zoo? Ho già perso un marito per colpa vostra e non avrei la forza di subire un'altra perdita».

Prende fiato e temo che sia giunta la mia ora, quando sussurra con un filo di voce e con gli occhi persi nel vuoto: «Ho difeso lo zoo, perché mio marito si chiamava come mio nipote: Walter Vanni».

Resto annichilito da questa rivelazione che non mi aspettavo. La signora Tina, il Cacciatore di vegani, è la nonna di Walter Vanni, il signore dello zoo.

Ha architettato tutto questo perché temeva che il mio successo avrebbe potuto nuocere a suo nipote. La signora pensava di perdere suo nipote per colpa mia, come trent'anni fa ha perso suo marito per colpa dei miei genitori.

Anche il Cacciatore di vegani tenta di colmare i dieci centimetri che lo dividono dalla felicità e mi vede come un ostacolo.

A questo punto credo che morirò davvero, senza vedere più mia nonna e senza poter liberare lei né Beatrice, Lory e Giada. Spero almeno che stiano bene, chiedendomi dove le abbia rinchiuse.

La signora ha il fucile spianato, mi fissa con lo sguardo assente e dai suoi occhi scendono lacrime fredde come il ghiaccio. Forse è il momento giusto per provare a reagire, disarmarla e scappare. Se devo morire, è meglio farlo provando a salvarmi che morire da codardo.

Lei mi ordina come un automa: «Adesso girati».

Ho un moto di orgoglio misto a rabbia e sento l'adrenalina che mi scoppia nelle vene, quindi urlo: «No, mio caro Cacciatore. Se vuoi uccidermi devi guardarmi in faccia».

E, mentre scandisco la frase con voce decisa, mi avvicino al fucile con il torace. La signora Tina è sorpresa dalla mia reazione, quindi con il braccio destro colpisco l'arma con tutta la forza che ho, riuscendo a spostarla dal bersaglio.

In quel momento sento il grande *boom*.

Una botta paurosa che riecheggia in tutta la casa, ma non sento ancora dolore.

Succede tutto in pochi secondi, ma è come se la vita andasse al rallentatore.

Abbasso lo sguardo su di me e non vedo sangue.

Alzo lo sguardo sulla signora che è sgomenta, ma non mi sembra ferita.

Inizio a sentire delle voci intorno a noi, coperte da rumore di passi ovunque.

Mi giro verso la finestra che dà sul cortile e non vedo nulla, allora cerco gli occhi della signora Tina che guarda altrove.

Mi giro verso quello che sta fissando e capisco cosa succede.

Il grande *boom* non era uno sparo, ma la porta d'ingresso che veniva sfondata con violenza.

In un attimo, l'intero salotto si riempie di poliziotti armati, guidati in prima fila da Alex che punta l'arma sul Cacciatore di vegani e intima: «Ferma! Polizia. Getti l'arma e si inginocchi».

Le parole di Alex arrivano come un balsamo per le mie orecchie, ma resto ancora immobile e sorpreso dalla presenza di tutti quei poliziotti in assetto da combattimento.

Credo che il mio messaggio con la posizione le sia servito, ma forse ha scoperto anche qualcosa sulla lista clienti di AutoMotoMirafiori.

Mi chiedo dove siano Rascel e Buenafuente, pensando che forse in ufficio attendono con ansia gli sviluppi della situazione.

Alex continua la sua trattativa con molta calma e decisione: «Signora, non peggiori la sua situazione, l'ho vista nei video di sorveglianza del Music Club mentre rapiva la ragazza. Abbassi l'arma e si arrenda».

La signora mi guarda, poi guarda Alex, poi squadra i militari in posizione e infine con lo sguardo perso nel vuoto esclama: «Se io muoio, non saprete mai dove le ho rinchiuse».

Poi scoppia in una risata diabolica e si punta il fucile al mento.

Adesso il *boom* che sento è davvero uno sparo, un suono molto forte che non avevo mai sentito e mi spaventa moltissimo.

La botta riecheggia nel salotto, facendo tremare i soprammobili, il vassoio di cioccolatini sul tavolino di cristallo e il lampadario in ferro battuto che dondola su di noi.

Sento che il mio corpo inizia a cedere per la tensione e tutto si fa confuso. I suoni, i rumori, i poliziotti che si muovono coordinati, mentre la pioggia incessante continua ad accompagnare la scena come una colonna sonora in sottofondo.

Eravamo uno di fronte all'altra: il comico vegano e il Cacciatore di vegani che si fissavano negli occhi. Adesso io fisso il vuoto, cercando di riempirlo con la speranza.

29

#alfestival

Nell'attesa ho paura, allora mi rifugio nei ricordi.

All'inizio volevo fare il modello, poi l'attore di film per adulti, infine ho scoperto di essere un comico.

Non avrei mai immaginato che questo mestiere mi avrebbe fatto vivere delle esperienze incredibili, come quella degli ultimi tre giorni.

Sono ospite a Sanremo, hanno rapito mia nonna, mi hanno sequestrato e ho avuto armi puntate in faccia, il che è il colmo per un pistola.

Ma è stata proprio la mia passione per la comicità a salvarmi e a farmi capire come risolvere l'enigma del Cacciatore di vegani.

La mia ossessione per i comici mi ha fatto scoprire l'arcano del ticchettio che mi ha portato dritto alla signora Tina. È davvero assurdo pensare che una vecchietta di ottant'anni fosse il Cacciatore di vegani che soltanto ieri si è puntato un fucile al mento.

Mi riecheggia ancora nelle orecchie quello sparo, forte e spaventoso. Un boato che ha fatto tremare la casa in cui si consumava l'atto finale di questa storia paradossale.

Dopo il forte rumore e la confusione, mi ha sorpreso scoprire che lo sparo non proveniva dal fucile.

Infatti, Alex, che aveva la nonnina sotto tiro, ha fatto fuoco nel momento esatto in cui la vecchietta ha sussurrato: «Se io muoio, non saprete mai dove le ho rinchiuse».

Uno sparo preciso all'arma della nonnina.

Un colpo netto che ha ferito di striscio la mano della signora, facendo schizzare il fucile sul tavolino di cristallo che si è frantumato in mille pezzi.

Ho ancora davanti agli occhi quella miriade di schegge brillanti che si spargono per la casa al rallentatore.

Poi la signora Tina è caduta a terra, mentre i militari intervenivano per immobilizzarla.

Alex le ha messo le manette con delicatezza, poi con l'aiuto dei suoi colleghi l'hanno fatta sedere sulla sedia a rotelle.

La mia amica poliziotta ha subito tentato di farsi dire qualcosa: «Signora, ci dica dove sono i sequestrati».

Ma la donna appariva come assente e non rispondeva.

«Deve dirci dove ha nascosto i prigionieri, non peggiori la sua situazione», insisteva Alex, ma invano.

Ormai la signora Tina sembrava immersa in un'altra dimensione, con gli occhi persi a fissare un punto lontano.

Intanto all'esterno si sentivano già le sirene di un'ambulanza che in pochi minuti era arrivata sul posto.

I soccorritori sono entrati e hanno prestato le prime cure all'anziana. Dopo averla medicata, la signora in stato catatonico è stata caricata su un'ambulanza. Poi il mezzo è uscito dalla casa, scortato da un'auto della polizia davanti e da una dietro.

Intanto erano giunti altri paramedici, entrati per visitarmi. Ma a parte un piccolo taglio causato da una scheggia del tavolino in frantumi, hanno verificato che stavo bene.

A quel punto Alex mi si è avvicinata e con voce amorevole mi ha chiesto: «Stai bene?».

«Sì, sto bene», ho detto.

Poi mi sono seduto sull'unica poltrona in cui non c'era traccia di cristalli del tavolino, in attesa che la polizia facesse il suo lavoro.

Sentivo un gran rumore di passi, mentre Alex e gli agenti setacciavano l'intero perimetro della casa, alla ricerca dei rapiti.

Hanno controllato tutto, dalla soffitta alla grande tavernetta, dal giardino esterno ai box.

Intanto io, seduto sulla poltrona, osservavo quella stanza vuota, rivivendo gli istanti precedenti.

A un tratto ho sentito dalla finestra la voce di Alex che urlava ai colleghi: «Nel garage c'è l'auto».

Avevano trovato l'utilitaria grigia con il logo AutoMotoMirafiori, su cui era stata vista la sorella di Rascel.

Purtroppo, delle quattro sequestrate non c'era ancora traccia da nessuna parte, nemmeno nei capanni e nella dépendance della villetta.

Mentre la polizia cercava, io riflettevo, guardando le foto in bianco e nero che ritraevano una giovane signora Tina in compagnia del marito e del nipotino Walter Vanni.

Osservavo il bambino pensando che avrei dovuto capirlo subito che era Vanni, perché la sua faccia è rimasta identica anche a distanza di trent'anni. La stessa faccia che aveva cercato di comprarmi e poi mi aveva salvato all'interno del Music Club.

Mi guardavo intorno come se stessi ancora vivendo un incubo, senza la possibilità di svegliarmi.

Mi sembrava tutto irreale e mi tornavano in mente le parole della signora Tina sui miei genitori. Allora ho ripensato a loro e a quanto mi mancano e mi sono mancati in questi anni.

Pensavo a quanto sia effimera la vita. Alla superficialità con cui spesso la viviamo, senza apprezzarla mai abbastanza.

Mi sono alzato dalla poltrona, avvicinandomi ai quadretti raffiguranti la famiglia della signora Tina.

Guardavo quelle foto in cui apparivano tutti felici: l'anziana signora, il marito e il nipotino.

Ho risentito echeggiare nella mente la voce piena di malinconia della signora Tina che diceva: «Trent'anni fa, io e mio marito eravamo felici. Gli affari andavano bene e abbiamo comprato questa casa, per vivere accanto alla nostra azienda».

Questa frase, che mi risuonava in testa, mi ha suggerito qualcosa che prima non ero riuscito ad afferrare. Era come la sensazione di aver capito qualcosa, che però ancora non mettevo a fuoco.

Ho continuato a guardare tutte le foto nei quadretti che ornavano le pareti della stanza.

In una foto in bianco e nero ho visto la signora Tina con il marito che sorridevano davanti a un capannone.

Ho pensato ancora alle parole dell'anziana: «Trent'anni fa, io e mio marito eravamo felici. Gli affari andavano bene e abbiamo comprato questa casa, per vivere accanto alla nostra azienda».

All'improvviso ho avuto un'intuizione, quindi sono uscito dalla casa per chiamare Alex che era nel cortile posteriore.

Lei è corsa da me, quindi le ho detto piano: «La signora mi ha raccontato la storia di lei e suo marito, dicendomi che avevano un allevamento di animali da pelliccia vicino casa. Secondo me i prigionieri potrebbero essere nella vecchia azienda. Una donna così legata al suo passato, per vendicarsi avrà rinchiuso le vittime nel luogo simbolo del suo rancore».

Alex, senza chiedermi altre spiegazioni, ha fatto concentrare le ricerche all'esterno della villetta. Dovevano individuare la posizione della vecchia azienda di famiglia.

Mentre proseguivano le ricerche, io camminavo avanti e indietro all'interno della villa. Ho iniziato a guardarmi intorno, ad aprire i cassetti e gli armadietti. Nascosto dietro i bicchieri di una vetrinetta, ho visto la custodia di un orologio Rolex.

Dopo una ventina di minuti che mi sono sembrati eterni, Alex è tornata indietro per avvertirmi che la sede diroccata della vecchia azienda esisteva ancora.

A poca distanza dalla casa, infatti, la polizia ha trovato il capannone che trent'anni prima era stato la sede dell'allevamento di animali da pelliccia.

«Voglio andare subito sul posto», ho detto ad Alex.

Nonostante il suo netto rifiuto per motivi di sicurezza, ho affermato deciso: «Io vado, se vuoi arrestami».

Alex ha scosso il capo, poi mi ha permesso di raggiungere il luogo insieme a lei.

Mentre camminavamo, mi ha fatto promettere di stare fermo in un angolo senza fare nulla.

Ero seduto di fronte al capannone, su cui svettava un cartello rotto e consumato con la scritta resa quasi invisibile dal tempo «ALLEVAMENTI VANNI», quando la polizia ha forzato il grande portone arrugginito.

L'ingresso era chiuso con una catena e un lucchetto nuovissimi che gli agenti hanno tagliato a fatica con delle tronchesi.

Ho sentito l'eco di voci confuse, mentre il cancello si schiudeva con un cigolio assordante. Il suono di un passato che tornava a farsi vivo, per punirci di una colpa che non avevamo.

Alcune ambulanze sono giunte sul posto, parcheggiandosi in fila davanti al capannone.

I paramedici sono scesi, pronti a soccorrere le vittime del sequestro.

Ho visto uscire Beatrice che si guardava intorno spaesata, tenendo per mano la quattordicenne Giada con il viso impolverato e rigato di lacrime.

Pensavo alla felicità di Buenafuente e di sua moglie quando avrebbero riabbracciato la loro amata Bea. Ho immaginato la gioia nei loro occhi, rispecchiata in quelli della figlia.

Immaginavo il povero Jerry di nuovo sorridente quando avrebbe avuto la notizia che sua figlia era sana e salva.

Poi è uscita la sorella di Rascel che vedendomi da lontano mi ha sorriso appena, ma con un sorriso intriso di malinconia.

Infine, ho atteso l'uscita di mia nonna Delia e quei secondi mi sono parsi secoli. Tempo immobile come la sua sveglia ferma sul comò della camera da letto.

Mi aspettavo di vederla, invece ho visto soltanto i poliziotti fare capolino. Poi ho visto i paramedici entrare di corsa nel capannone con una barella.

L'agitazione si è impadronita di me, mentre le lacrime sono scese da sole quando ho visto mia nonna Delia sdraiata sulla barella.

Sono corso da lei, ma era priva di sensi mentre la caricavano sull'ambulanza. Tre giorni di prigionia in un ambiente angusto e senza le sue medicine sono stati un colpo durissimo.

Ho preso per un braccio uno degli infermieri, dicendogli: «Per favore, mi dica qualcosa. Sta bene? Ce la farà?».

«Adesso la portiamo in ospedale e le faremo le analisi».

Quella frase, che mi ha fatto sempre ridere quando la dicevano a me, adesso mi faceva piangere.

La sirena dell'ambulanza si allontanava, portando via nonna Delia e il mio cuore.

E adesso sono in attesa di entrare in scena sul palco più importante della mia carriera, mentre mia nonna lotta tra la vita e la morte su un letto d'ospedale. Tutto questo perché una povera pazza ha deciso di diventare il Cacciatore di vegani e scatenare un'assurda vendetta covata per trent'anni.

La vita è molto strana.

La signora Tina ha fatto tutto per amore di suo nipote ed è stata tradita proprio dal suo cuore.

In fondo, la felicità nella vita forse è soltanto questo: amare ed essere amati.

Mentre ci penso è quasi giunto il mio turno di andare in scena e ho raggiunto la consapevolezza che non mi interessa affatto come finirà questa ospitata a Sanremo.

Non mi importa più diventare famoso a ogni costo, ma voglio dimostrare a me stesso che posso far ridere il pubblico.

Se riuscirò a far ridere una platea così importante, trattando argomenti delicati, avrò la prova che non sono soltanto un guitto da locali scadenti di periferia.

La felicità è ancora distante, perché mia nonna è in un letto d'ospedale e rischia la vita.

Io che tento di uscire dall'anonimato e lei che tenta di riemergere dal coma. Adesso che dovrei far ridere, vorrei scappare perché ho solamente voglia di piangere.

Ma come recita l'aria dell'opera *Pagliacci* di Leoncavallo:

«Tramuta in lazzi lo spasmo e il pianto;
in una smorfia il singhiozzo e 'l dolor.
Ridi, Pagliaccio, sul tuo amore infranto!
Ridi del duol che t'avvelena il cor!».

Ho capito che, nella vita come sulla scena, non bisogna mai mollare fino all'ultima battuta.

Adesso entrando so precisamente cosa rispondere quando mi faranno la fatidica domanda: «Ma tu salveresti un animale o tuo figlio?».

Io risponderei con una domanda: «E tu salveresti tuo figlio o uno sconosciuto?».

«Ovviamente salverei mio figlio».

«Ecco, io se non potessi salvare entrambi, salverei mio figlio. Ma di certo non mangerei lo sconosciuto».

«Perché?».

«Perché io non uccido».

Inspiro a pieni polmoni cercando la concentrazione giusta per recitare al meglio.

M'incammino verso l'ingresso, accompagnato dall'autore che è venuto a scovarmi alla Valle dei Sioux.

Parte una sigla che mi dà un'emozione che non avevo mai provato in tutta la mia vita.

Ecco la voce del presentatore più bravo della storia: «Signore e signori, ecco a voi Eddy, il comico vegano».

Eddy sono io.

E stasera finalmente proverò a colmare quei dieci centimetri che mi separano dalla felicità.

30

#epilogo

Sono in chiesa.

Dall'ospitata a Sanremo sono passati velocissimi sei mesi e la mia vita è cambiata.

Adesso sono un comico molto ricercato dal pubblico teatrale. Rivogliono indietro i soldi del biglietto.

Ormai sono uno showman che lavora una sera qua, una sera là. Praticamente lavoro due sere l'anno.

Ho iniziato ad annusare l'odore del successo, quello che ho tanto desiderato. Qualcuno mi scrive anche dall'estero, dove grazie al web hanno visto la mia ospitata a Sanremo e seguono il mio lavoro.

Mi arrivano messaggi su Facebook anche dagli Stati Uniti: *Caro Eddy, qui a New York saresti molto in alto.*

Sì, a pulire i vetri dei grattacieli.

In prima fila sui banchi della chiesa vedo diverse persone che piangono, ma io tento di combattere le lacrime.

Sono tutti seduti in attesa, mentre io sono in piedi sull'altare dove terrò il mio discorso.

«Eddy, toca a te parlare en questa ocasione».

Mi ha detto Buenafuente che, come al solito, ha organizzato le nostre vite. Poi si è seduto in prima fila con la moglie e la figlia Beatrice, con il suo abito impeccabile e il nuovo Rolex che ha comprato rischiando di divorziare.

Da qui posso vedere anche Alex in abito scuro, con tutto il suo fascino che mi ammalia.

Oggi in chiesa ci sono proprio tutti.

Il barista Maurì, elegante come non lo avevo mai visto e con la pelata luminescente. Accanto sua moglie che ha avuto la forza di portarlo a Torino per guadagnarsi la felicità.

Dietro di loro Perozzi, il mio amico giornalaio che ha un viso molto serio mentre tiene a bada i suoi bambini, aiutato dalla moglie.

Anche ilFenomeno ha abbandonato la portineria per venire a omaggiare una persona speciale. Con lui ha portato la moglie, ma purtroppo anche i suoi capelli bianchi cascati sulle spalle.

In prima fila tutta la famiglia di Rascel, con sua sorella Lory che trattiene le lacrime. Sua madre invece piange e il padre le accarezza la mano.

Dietro ci sono moltissime persone sconosciute che affollano i banchi della chiesa gremita. Sono tutti in attesa che io parli, ma sto ancora aggiustando l'altezza del microfono a stelo.

Guardo negli occhi azzurri e lucidi Rascel, poi Buenafuente e inspiro l'aria secca della chiesa.

Inizio a parlare scandendo bene le parole: «Quando qualcuno a cui vogliamo bene decide di fare un gesto inatteso, è difficile dire qualsiasi cosa. Ma siccome sono un comico, non farò discorsi strappalacrime. Sarò ironico come al solito e se volete ridere o applaudire sentitevi liberi di farlo».

Qualcuno inizia a sorridere, io tocco svariate volte il microfono a stelo e poi continuo: «Oggi una persona a me molto cara, ha deciso di farci questo brutto scherzo. Ci siamo dovuti svegliare all'alba, mettere il nostro abito migliore e fingerci felici soprattutto per lei».

Dicendo questa frase sorrido, poi con slancio mi lascio andare: «Intanto lasciatemi dire che forse tutto questo è anche un po' colpa mia. Ma ormai mi sono rassegnato, quindi, amici, voglio un grande applauso per Deborah, la povera sposa che da oggi dovrà sopportare ogni giorno quel frigo umano di Rascel».

Tutti i presenti in chiesa esplodono in una risata calorosa e io continuo il mio discorso ironico sugli sposi: «Deborah e Rascel hanno deciso di sposarsi dopo soli sei mesi di frequentazione e oggi siamo qui a festeggiarli con tutta la felicità che ci vuole».

Pensando a cosa dire, osservo in seconda fila una serie di signore anziane sorridenti insieme a mia nonna Delia.

Per fortuna mia nonna ha una tempra d'acciaio, quindi dopo qualche mese di ricovero è tornata a casa come nuova.

Quando glielo faccio notare con gioia, lei mi dice sempre: «Eduardo, ma ti pare che potevo morire proprio adesso! Io ho fatto la guerra».

«Infatti, nonna, eri un generale».

Al termine del mio discorso, la messa continua con tutti i riti tradizionali. Poi il parroco con voce solenne proclama: «Vi dichiaro marito e moglie».

L'applauso fragoroso inonda tutta la chiesa con il suo meraviglioso suono, avvolgendo gli sposi in un abbraccio.

Al termine della messa siamo fuori dalla chiesa in attesa di lanciare il riso, mentre la coppia scatta le foto all'interno.

Mi viene subito in mente una battuta scritta nel libro che ho donato alle nonnine.

«Nonna hai portato il riso da tirare agli sposi?».

«No, pareva brutto, ho fatto gli arancini».

Per fortuna oggi mia nonna ha portato solo il riso, che lanciamo con allegria addosso agli sposi. Temo che Rascel, affamato come al solito, lo mangi crudo, azzannandolo al volo.

In realtà è troppo preso a guardare la sua Deborah, come se non credesse che lei lo abbia sposato davvero.

Il corteo di automobili è lunghissimo e tutti suonano come dei matti in segno di giubilo. È incredibile come le cose siano relative: quando sei immerso nel traffico e quello dietro ti suona, scenderesti a ribaltarlo. Quando ti suonano dietro al corteo di un matrimonio, ridi come un deficiente e fai lo stesso.

In circa venti minuti di stradine in cui se incroci auto rischi lo specchietto, giungiamo al ristorante scelto dagli sposi.

Già immagino come andrà a finire: corteo di automobili all'andata, poi si mangia così tanto che il ritorno sarà un corteo di ambulanze. Al posto dei clacson, le sirene spiegate, con svolazzi di coccarde attaccate alle barelle.

Perso nelle mie fantasie, non mi accorgo che siamo arrivati e che da dietro mi stanno suonando per dirmi di parcheggiare.

Al ristorante prendiamo posto tutti vicini come ci indica la mappa preparata dagli sposi all'ingresso. Siamo allo stesso tavolo io, nonna Delia e le sue amiche, Buenafuente e famiglia, il Perozzi, Maurì con la moglie, ilFenomeno. Accanto a me siede Alex, che oggi sarà la mia accompagnatrice.

Finalmente dopo anni rivedo la moglie del mio amico agente. La guardo come se fosse un essere mitologico perché a volte ho dubitato persino della sua esistenza. È una bella donna, alta, con i capelli biondi raccolti. Noto subito che Buenafuente la segue con lo sguardo come fosse il suo navigatore. Pare che lei con un sopracciglio riesca a dargli ordini come un generale. Non dev'essere facile per un sudamericano come lui sposare una bellissima bionda, per poi ritrovarsi accanto un Che Guevara. Osservandola meglio però, e soprattutto parlandoci, ho scoperto che lei è il contrario di come la descrive lui. Lo accudisce così tanto che dovrebbe essere a posto con i libretti da badante.

Alla festa mancano soltanto Jerry e sua figlia, la quattordicenne Giada, ma per un motivo importantissimo.

Rientrato da Sanremo, in accordo con Buenafuente abbiamo deciso di lanciare una nuova raccolta fondi per Giada. Grazie alla mia momentanea popolarità, la raccolta ha avuto molto successo. A quella abbiamo aggiunto il mio cachet dell'ospitata a Sanremo e qualcosa offerto dai miei nuovi sponsor. Così siamo riusciti a raggiungere la cifra che ha permesso a Jerry di volare con Giada a Houston per l'operazione al cuore.

Nonostante ciò che aveva fatto, abbiamo deciso di aiutarlo. Lui ha passato gli ultimi sei mesi a scusarsi in ogni modo, ma mi aveva già convinto al "Ciao". Ho capito che nella vita l'amore per chi ti sta accanto può farti commettere molte sciocchezze.

Sedendomi al tavolo sono felice di scoprire che per l'occasione uno chef ha preparato un vero pranzo vegano per me e per gli altri malati. Quindi non mi troverò nella classica situazione dei matrimoni, in cui gli altri mangiano ogni ben di Dio, ma se sei vegano devi sorbirti le solite verdure grigliate.

Io sto gustando dei favolosi peperoni cucinati da un genio, quando Buenafuente guarda il suo nuovo Rolex con orgoglio e poi si alza dichiarando: «Alora, voliamo brindare agli esposi che sono meravigliosi?».

Tutti fanno il brindisi e poi un bell'applauso.

Mentre mi sto sedendo di nuovo per terminare i peperoni più buoni che abbia mai mangiato, Buenafuente continua: «Damas y caballeros, ahora el nostro caro amico Eddy che è anche el testimone, ed è un comico ormai famoso che me farà arricchire, se alzerà per regalarci un momento divertente».

Quando c'è una festa e sei un comico, è obbligatorio alzarti e lavorare. Mi domando se succede lo stesso a un ginecologo. Immagino la scena, con il testimone che si alza ed esclama: «Oggi con noi c'è il dottor Rossi, celebre ginecologo e andrologo. Su dottore, faccia una bella visita agli sposi».

E tutti i presenti ad applaudire felici.

Con grande piacere mi porto al centro della sala, dove Buenafuente ha fatto allestire l'impianto. Come al solito esagera e mi sembra di essere all'Eurovision.

Afferro il microfono con un guizzo, poi con grande eleganza e alito ai peperoni inizio: «Facciamo il primo applauso agli sposi. Auguri di cuore a Deborah e Rascel».

L'applauso è caloroso e il pubblico non vede l'ora di ridere.

«Un giorno ho chiesto a Rascel se si sarebbe voluto sposare. Lui mi ha risposto: forse non troverò mai qualcuno alla mia altezza».

Rascel mi guarda sorridendo, ma arrossisce tantissimo perché è sempre un gigante timido. Mia nonna Delia mi osserva con gli occhi severi, come quando da bambino commettevo una marachella.

«Essere sposati non è semplice, perché uomo e donna sono molto diversi. La donna quando vede un bell'uomo pensa: voglio farmi una famiglia. L'uomo se vede una bella donna non vuole farsi una famiglia, gli basta farsi lei. La donna è delicata e per lavarsi usa dei prodotti incredibili la cui composizione è il terzo segreto di Fatima. Un uomo come Rascel per lavarsi usa qualunque cosa faccia schiuma, dal detersivo per i piatti alla benzina agricola, l'importante è che ci sia la schiuma.

Quando ti sposi le cose peggiorano: lei passa ore a scegliere cosa indossare e, nonostante l'armadio sembri una bancarella, dice sempre che non ha niente da mettere. L'uomo è molto più basilare nella scelta dell'abbigliamento. Si alza al mattino, raccoglie da terra una maglietta, l'annusa e pensa: ma sì non puzza, me la metto anche oggi».

L'applauso caloroso e le risate mi fanno capire che il pubblico si sta divertendo, allora continuo per una buona mezz'ora.

Da lontano intravedo il maître che mi fa dei segnali perché deve entrare la torta che immagino trasportata da un furgone.

Quindi annuncio: «Amici, facciamo ancora un applauso agli sposi che adesso taglieranno la torta».

Taglio del dolce e foto di rito, più filmati, più dirette Facebook, più foto condivise su Instagram, poi nelle storie di ogni social, insomma sembra il giorno dell'insediamento presidenziale.

Quando tutti i presenti hanno terminato di gustare la loro porzione di dolce, riprendo la parola: «Amici, adesso gli sposi apriranno le danze».

Gli sposi si alzano e in un attimo tutti gli invitati li seguono, iniziando a ballare felici sulle note di una canzone allegra e spensierata.

Io mi avvicino al tavolo e do un bacio sulla guancia a mia nonna che mi accarezza il viso, poi porgo la mano ad Alex e facciamo due giri sulla pista. Standole vicino assaporo il suo profumo inebriante, mentre lei sentirà il mio alito ai peperoni.

Al termine della canzone la congedo e mi allontano da solo verso le vetrate del ristorante mentre la musica continua.

Mi fermo a guardare tutto da lontano come se fossi lo spettatore di un film. Tutti ballano e sono contento che la festa stia andando bene.

Rascel e Deborah ballano stretti in un abbraccio che non lascia dubbi sul loro amore.

Maurì si scatena con la moglie, ballando in modo molto buffo e disarticolato.

Il Perozzi balla con un'amica anziana di mia nonna e si scatena, mentre la moglie bada ai figli che continuano a mangiare senza sosta.

Anche ilFenomeno balla e mi stupisce perché ha molto stile mentre volteggia intorno alla moglie.

Alex adesso mi osserva da lontano, con lo sguardo che attraversandomi gli occhi riesce ad accarezzarmi l'anima.

La moglie di Buenafuente spinge suo marito ad alzarsi e ballare, perché lui non ci pensa proprio. Alla fine, lo convince e iniziano la loro danza con Beatrice che li filma sorridendo.

Dalla vetrata entra un sole forte che mi scalda la schiena, quando sento il telefono in tasca che vibra.

Sarà uno dei tanti messaggi che da qualche mese a questa parte ricevo con piacere dalle persone che seguono il mio lavoro.

Guardo Messenger di Facebook che mi dice: richieste di messaggi. Questo succede quando ti scrive qualcuno che non hai tra gli amici. Quindi devi accettare di vedere il messaggio o eliminarlo.

Accetto.

Il profilo ha un nome strano su cui sorvolo, curioso di leggere il testo del messaggio.

Per un attimo penso che il mio cuore si stia fermando, poi inizia a battere all'impazzata per le prime righe che leggo. Subito guardo mia nonna e la vedo sorridere felice insieme alle sue amiche.

Rifletto su tutto quello che ha passato e sono contento che stia bene. Ripenso anche con tenerezza alla signora Tina che si è trasformata nel Cacciatore di vegani. La povera donna ora è confinata in una clinica psichiatrica. Purtroppo, dopo il tentato suicidio non si è più ripresa dallo shock ed è rimasta in uno stato catatonico. Spero che, immersa in quel mondo onirico, possa almeno aver ritrovato la serenità dell'incoscienza.

La povera signora che voleva aiutare il nipote in realtà lo ha messo nei guai. Si è scoperto infatti che sia il Rolex, sia la vecchia azienda dove erano rinchiusi i prigionieri, erano di proprietà di Walter Vanni e ZooShow.

Questo ha fatto partire anche delle indagini sul manager Vanni e la sua società, per verificare se c'entrassero qualcosa con la brutta storia dei rapimenti. Quando l'inchiesta è finita su tutti i giornali, Walter Vanni è stato travolto dal clamore dei fatti.

Ne hanno parlato tutti e anche i programmi televisivi si sono buttati su questo caso, facendone uno scandalo pubblico.

In attesa che la tempesta si placasse, l'uomo ha deciso di interrompere per qualche tempo i lavori del nuovo zoo.

Poi all'improvviso è sparito, nell'attesa di dimostrare la sua estraneità alla storia. Pare che qualche giornalista lo abbia visto spesso andare a trovare la povera nonna, ma a parte questo di lui non si hanno più notizie.

Mentre ripenso a tutto questo, il telefono mi vibra ancora tra le mani e ricevo un altro pezzo del messaggio.

Con grande attenzione rileggo tutto dall'inizio alla fine, sedendomi sul davanzale della vetrata.

Ciao Eduardo.
Abbiamo visto tutto quello che hai fatto, bravissimo.
Siamo molto fieri di te. Chissà se un giorno potrai capire e perdonare le scelte che abbiamo dovuto fare per proteggerti. Forse non sarà facile comprendere, ma siamo sicuri che quel giorno capirai. Se lo vorrai, proveremo insieme a recuperare il tempo perduto. Da quanto abbiamo scoperto, adesso sei al sicuro e grazie a te forse lo siamo di più anche noi.
Forse è tempo di tornare a riabbracciarci.
Ti amiamo, Eduardo.
Ciao,

mamma e papà

Eduardo sono io.
E stasera sono a zero centimetri dalla felicità.

FSC
MISTO
Carta
FSC® C129194

Finito di stampare
nel mese di aprile 2024
presso Print on Web s.r.l.
Via Napoli, 85 – Isola del Liri (FR)
per conto di
Fazi Editore